¿Y SI FUÉRAMOS NOSOTROS?

BECKY ALBERTALLI Y ADAM SILVERA

¿Y SI FUÉRAMOS NOSOTROS?

Traducción de María Celina Rojas

Argentina – Chile – Colombia – España
Estados Unidos – México – Perú – Uruguay

Título original: *What if it's us*
Autores: Becky Albertalli y Adam Silvera
Traductora: María Celina Rojas

1.ª edición: enero 2019

© 2018 by Becky Albertalli y Adam Silvera
All Rights Reserved
© de la traducción 2019 *by* María Celina Rojas
© 2019 by Ediciones Urano, S.A.U.
Plaza de los Reyes Magos, 8, piso 1.º C y D – 28007 Madrid
www.mundopuck.com

ISBN: 978-84-92918-16-4
E-ISBN: 978-84-17312-96-1
Depósito legal: B-27.770-2018

Fotocomposición: Ediciones Urano, S.A.U.

Impreso por: Rodesa, S.A. – Polígono Industrial San Miguel
Parcelas E7-E8 – 31132 Villatuerta (Navarra)

Impreso en España – *Printed in Spain*

Para Brooks Sherman,
el agente del universo que nos reunió.
Y Andrew Eliopulos y Donna Bay,
quienes hicieron que nuestro universo fuera más grande.

PARTE UNO

¿Y si...?

1
ARTHUR

Lunes 9 de julio

No soy neoyorquino, y quiero regresar a casa.

Hay demasiadas reglas sobreentendidas cuando vives aquí, como que nunca puedes detenerte en mitad de la acera, o mirar con admiración los edificios altos o detenerte a leer grafitis. Nada de mapas desplegables gigantes, riñoneras ni contacto visual. Nada de tararear canciones de *Dear Evan Hansen* en público. Y definitivamente no debes hacerte selfies en las esquinas, incluso si hay un puesto de perritos calientes y una hilera de taxis amarillos al final, que es, por algún extraño motivo, cómo todo el mundo se imagina Nueva York. Tienes permitido apreciarla en silencio, pero tienes que ser guay. Por lo que veo, ese es el propósito de Nueva York: ser guay.

Yo no soy guay.

Por ejemplo, esta mañana cometí el error de mirar hacia el cielo, solo durante un instante, y ahora no puedo apartar los ojos. Mirando hacia arriba desde este ángulo es como si el mundo estuviera engulléndose a sí mismo: los edificios son vertiginosamente altos y el sol brilla como una bola de fuego.

Es preciosa. Voy a darle un voto a favor a Nueva York por eso. Es preciosa y surrealista, y no se parece en nada a Georgia. Inclino mi teléfono para hacer una foto. No una *story* de Instagram, nada de filtros. Nada elaborado.

Una simple fotografía rápida.

Una instantánea de los peatones: *Dios. Vamos. MUÉVETE. Malditos turistas.* De verdad, saco una fotografía en dos segundos y me convierto en la obstrucción personificada. Soy el responsable de cada retraso del metro, cada bloqueo de calles, el fenómeno mismo de la resistencia del viento.

Malditos turistas.

Ni siquiera soy turista. De alguna forma vivo aquí, al menos durante el verano. No es como si estuviera dando un alegre paseo turístico durante un lunes al mediodía. Estoy trabajando. Bueno, en realidad, estoy yendo a Starbucks, pero eso cuenta.

Y puede que haya elegido el camino más largo. Tal vez necesite estar unos minutos alejado de la oficina de mi madre. En general, ser becario es más aburrido que horrible, pero hoy es excepcionalmente espantoso. ¿Conocéis esa clase de día en que la impresora se queda sin papel, no hay de repuesto en el almacén, así que intentas robar un poco de la fotocopiadora, pero no puedes abrir el cajón, y entonces presionas algún botón incorrecto y la fotocopiadora comienza a emitir pitidos? ¿Y estás quieto allí pensando que quien sea que haya inventado las fotocopiadoras está *muy* cerca de que le hagan morder el polvo? ¿Por ti? ¿Por un chico judío de un metro sesenta y siete que tiene TDAH y la furia de un tornado? ¿Esa clase de día? Sí.

Y lo único que quiero hacer es desahogarme con Ethan y Jessie, pero todavía no he encontrado la manera de enviar mensajes mientras camino.

Me aparto de la acera, cerca de la entrada al correo y guau. No hay oficinas de correo como estas en Milton, Georgia. La fachada es de piedra blanca con pilares y detalles en bronce, y es tan dolorosamente elegante que casi me siento mal vestido. Y eso que llevo puesta una corbata.

Les envío la foto de la calle soleada a Ethan y Jessie: ¡Día difícil en la oficina!

Jessie me responde al instante: **Te odio y quiero ser tú.**

Esto es lo que sucede: Jessie e Ethan han sido mis mejores amigos desde el inicio de los tiempos, y yo siempre he sido el Arthur Auténtico con ellos. El Solitario y Complicado Arthur, en oposición al Arthur Optimista de Instagram. Pero por alguna razón, necesito que ellos piensen que mi vida en Nueva York es increíble. Simplemente lo necesito. Así que he estado enviándoles mensajes del Arthur Optimista de Instagram durante semanas. No sé si realmente se lo están creyendo, pero bueno.

Y también te echo de menos, escribe Jessie, y envía una fila completa de 💋. Es como mi *bobe* en un cuerpo de dieciséis años. Si pudiera, me enviaría una marca de pintalabios sobre mi mejilla. Lo extraño es que nunca hemos tenido una de esas amistades empalagosas, al menos no hasta la noche de graduación, que casualmente fue la noche en la que les conté a Jessie y a Ethan que soy gay.

Yo también os echo de menos, chicos admito.

VUELVE A CASA, ARTHUR.

Cuatro semanas más. No es que las esté contando.

Finalmente, Ethan interviene con uno de los emojis más ambiguos: 😬. Venga ya. ¿La *mueca*? Si la Jessie posgraduación envía mensajes como mi *bobe*, el Ethan posgraduación lo hace como un mimo. En realidad, la mayor parte del tiempo no lo hace tan mal en los mensajes que envía por el grupo, pero ¿en los chats individuales? Mi teléfono dejó de explotar con los mil mensajes que solía enviarme antes, aproximadamente cinco segundos después de que yo saliera del armario. No voy a mentir: es uno de los sentimientos mas asquerosos del mundo. Uno de estos días le haré frente, y será pronto. Quizás incluso hoy. Quizás…

Poco después, la puerta de la oficina de correos se abre y revela —no es broma— a un par de gemelos vestidos con monos completamente iguales. Con bigotes al estilo Dalí. A Ethan le *encantaría* esto. Lo que me enfada. Esto me pasa constantemente con Ethan. Hace un minuto, estaba listo para darle una patada a su culo lleno de emojis ambiguos. Ahora quiero escuchar su risa. Un giro emocional de ciento ochenta grados en sesenta segundos.

Los gemelos pasan junto a mí sin prisa, y veo que ambos llevan moños. Por supuesto que llevan moños. Nueva York debe ser un planeta aparte, lo juro, porque la gente ni pestañea.

Excepto una persona.

Hay un chico caminando hacia la entrada, cargando una caja de cartón, y, de repente, se detiene en seco cuando pasan los gemelos caminando. Parece tan confundido que me río en voz alta.

Y luego él encuentra mi mirada.

Y luego sonríe.

Y… ay, mierda.

Lo digo en serio. Ay, qué mierda tan enorme. Es el chico más mono del mundo. Quizás es el pelo o las pecas o lo rosadas que son sus mejillas. Y digo esto como alguien que nunca se ha percatado de las mejillas de otras personas en toda su vida. Pero sus mejillas son algo que vale la pena destacar. Todo sobre él merece destacarse. Su pelo castaño claro perfectamente despeinado. Vaqueros ajustados, zapatos desgastados, camiseta gris con las palabras Dream & Bean Coffee apenas visibles por encima de la caja que está sosteniendo. Es más alto que yo, aunque, bueno, la mayoría de los chicos lo son.

Todavía me está mirando.

Pero veinte puntos para Gryffindor, porque logro sonreírle.

—¿Crees que han aparcado su bicicleta tándem en la barbería especial para bigotes?

Su risa sorprendida es tan adorable que me aturde.

—Creo que lo han hecho en la barbería especial para bigotes barra galería de arte barra cervecería artesanal —bromea.

Durante un minuto, nos sonreímos el uno al otro sin hablar.

—Eh, ¿vas a entrar? —pregunta al final.

Echo un vistazo a la puerta.

—Sí.

Y lo hago. Lo sigo hacia el interior de la oficina de correos. Ni siquiera es una decisión. O, si lo es, mi cuerpo ya la ha tomado por mí. Hay algo en él. Es este tirón en el pecho. Esta sensación de que *tengo* que conocerlo, como si fuera inevitable.

Bueno, estoy a punto de admitir algo, y es probable que hagáis una mueca. Probablemente ya la estéis haciendo, pero da igual. Escuchadme.

Creo en el amor a primera vista. En el destino, en el universo, en todo. Pero no como vosotros estáis pensando. No me refiero a *nuestras almas se separaron y tú eres mi otra mitad para siempre.* Solo creo que uno está destinado a conocer a algunas personas. Creo que el universo les da un empujoncito para que se crucen en tu camino.

Incluso en una tarde cualquiera de lunes en julio. Incluso en la oficina de correos.

Pero seamos realistas, esta no es una oficina de correos normal y corriente. Es del tamaño suficiente para ser un salón de baile, tiene el suelo brillante e hileras de apartados de correos numerados y esculturas de verdad, como un museo. El Chico Caja camina hacia un mostrador pequeño cerca de la entrada, apoya el paquete junto a él y comienza a rellenar una etiqueta de envío.

Así que cojo un sobre de correo prioritario de un estante cercano y me deslizo hacia su mostrador. Muy casual. Esto no tiene que ser incómodo. Solo necesito encontrar las palabras perfectas para que esta conversación siga fluyendo. Para ser sincero, en general soy muy bueno hablando con extraños. No sé si es algo característico de Georgia o simplemente algo típico de Arthur, pero si hay un hombre mayor en una tienda, allí estoy yo revisando los precios de los zumos de ciruela por él. Si hay una señora embarazada en un avión, le habrá puesto mi nombre a su futuro niño después de que el avión aterrice. Es lo único que tengo a mi favor.

O tenía, hasta hoy. No creo que ahora mismo sea capaz de emitir sonidos. Es como si mi garganta estuviera cerrándose. Pero tengo que canalizar mi neoyorquino interior: guay y despreocupado. Le dedico una sonrisa tentativa. Respiro hondo.

—Tienes un gran paquete.

Y… mierda.

Las palabras salen en estampida.

—No me refiero a tu *paquete*. Simplemente. Tu caja. Es grande. —Separo las manos para hacer una demostración. Porque, al parecer, esa es la forma de probar que esto no es una insinuación. Separando las manos como si estuviera midiendo un pene.

El Chico Caja frunce el ceño.

—Perdón. No… te prometo que en general no hago comentarios sobre el tamaño de los paquetes de otros chicos.

Me mira a los ojos y sonríe, solo un poco.

—Bonita corbata —dice.

La miro y me sonrojo. Por supuesto que hoy no podría haberme puesto una corbata normal. Por supuesto que llevo una de la colección de mi padre. Color azul oscuro, estampada con cientos de pequeños perritos calientes.

—Al menos no llevas puesto un mono.

—Bien visto. —Sonríe una vez más, así que, por supuesto, me fijo en sus labios. Tienen la forma exacta de los labios de Emma Watson. *Labios de Emma Watson.* Justo ahí, en su cara.

—Así que no eres de aquí —comenta el Chico Caja.

Lo miro, sorprendido.

—¿Cómo lo has sabido?

—Bueno, no dejas de hablarme. —Después se sonroja—. Eso ha sonado mal. Me refiero a que, en general, solo los turistas entablan conversaciones.

—Ah.

—No me molesta, de todas formas —aclara.

—No soy turista.

—¿No?

—Bueno, *técnicamente* no soy de aquí, pero vivo aquí ahora. Solo durante el verano. Soy de Milton, Georgia.

—Milton, Georgia. —Sonríe.

Me siento inexplicablemente agitado. Siento las extremidades raras y flojas, y mi cabeza está llena de algodón. Es probable que mi cara tenga un color rojo brillante ahora mismo. Ni siquiera quiero saberlo. Solo tengo que seguir hablando.

—Lo sé. *Milton*. Suena como un tío abuelo judío.

—No estaba…

—En realidad tengo un tío abuelo judío llamado Milton. Nos estamos quedando en su apartamento.

—¿Quiénes?

—¿Te refieres a con quién vivo en el apartamento de mi tío abuelo Milton?

Asiente, y yo simplemente lo miro. Quiero decir, ¿con quién cree que vivo? ¿Con mi novio? ¿Con mi novio sexy de veintiocho años que tiene unos agujeros enormes en los lóbulos de sus orejas y quizás un piercing en la lengua y mi nombre tatuado en su pectoral? ¿O en *ambos* pectorales?

—Con mis padres —respondo con rapidez—. Mi madre es abogada, y su bufete tiene una oficina aquí, así que vino a fines de abril para un caso en el que está trabajando; yo habría venido en ese entonces, pero mi madre me dijo: «Buen intento, Arthur, te queda un mes de instituto todavía». Pero terminó siendo para mejor, porque supongo que pensaba que Nueva York sería una cosa y realmente es otra, y ahora estoy atrapado aquí y echo de menos a mis amigos y echo de menos mi coche y echo de menos la Casa de los Gofres.

—¿En ese orden?

—Bueno, sobre todo mi coche. —Sonrío—. Lo hemos dejado en la casa de mi *bobe* en New Haven. Ella vive justo al lado de Yale, que, con suerte, *con suerte*, será mi futura universidad. Crucemos los dedos. —Es como si no pudiera dejar de hablar—. Supongo que probablemente no necesites escuchar la historia de mi vida.

—No me molesta. —El Chico Caja hace una pausa, balanceando el paquete sobre su cadera—. ¿Quieres ir a ponerte a la cola?

Asiento, siguiéndolo de cerca desde atrás. Se vuelve para mirarme a la cara, pero la caja se interpone entre nosotros. No ha pegado la etiqueta de envío todavía. Está apoyada sobre el paquete. Intento echar un vistazo a la dirección, pero su letra es una porquería, y no puedo leerla al revés.

Me pilla mirándola.

—¿Eres un entrometido o algo así? —Me está observando con los ojos entrecerrados.

—Oh. —Trago saliva—. Un poco. Sí.

Eso lo hace sonreír.

—No es tan interesante. Son los restos de una ruptura.

—¿Los restos?

—Libros, regalos, una varita de Harry Potter. Todo lo que ya no quiero ver.

—¿No quieres ver una varita de Harry Potter?

—No quiero ver cualquier cosa que me haya dado mi exnovio.

Exnovio.

Lo que significa que el Chico Caja sale con chicos.

Y bueno. Vaya. Estas cosas no suelen pasarme. Simplemente no. Pero quizás el universo funcione de manera diferente aquí en Nueva York.

El Chico Caja sale con chicos.

YO SOY UN CHICO.

—Eso es genial —digo. Sin darle importancia. Pero luego me mira con extrañeza, y mi mano revolotea hacia mi boca—. No es genial. Dios. No. Las rupturas no son geniales. Solo… siento mucho tu pérdida.

—No está muerto.

—Ah, es verdad. Sí. Voy a… —Exhalo, mi mano descansa durante un instante en la barrera de cinta retráctil.

El Chico Caja sonríe de manera forzada.

—Claro. Así que eres uno de esos chicos que se comporta de forma extraña cuando está cerca de un gay.

—¿Qué? —Dejo escapar un gritito—. No. Para nada.

—Sí. —Pone los ojos en blanco y mira por encima de mi hombro.

—Nada de eso —me apresuro a decir—. Oye… Soy gay.

Y el mundo entero se detiene. Siento mi lengua densa y pesada.

Supongo que no digo esas palabras en voz alta con tanta frecuencia. *Soy gay.* Mis padres lo saben, Ethan y Jessie lo saben, y se lo conté como quién no quiere la cosa a las compañeras de verano del estudio de mi madre. Pero no soy una persona que vaya anunciándolo por la oficina de correos.

Excepto porque, al parecer, sí lo soy.

—Oh. ¿De verdad? —pregunta el Chico Caja.

—De verdad. —Lo digo sin aliento. Es extraño, ahora quiero demostrarlo. Quiero tener una tarjeta de identificación gay para enseñarla rápidamente, como si fuera una placa policial. O podría demostrarlo de otras formas. Dios. Lo demostraría de buena gana.

El Chico Caja sonríe, y sus hombros se relajan.

—Genial.

Y mierda. Esto está sucediendo de verdad. A duras penas puedo respirar. Es como si el universo hubiera querido que este momento ocurriera.

Una voz resuena desde detrás del mostrador.

—¿Estás en la cola o no? —Levanto la mirada y veo a una mujer con una argolla en el labio fulminándonos con la mirada. A esta empleada de correos le importa todo una mierda—. Tú, pecas. Vamos.

El Chico Caja me lanza una mirada vacilante antes de acercarse al mostrador. Ya hay una fila formándose detrás de mí. Y, bueno, no estoy *escuchando disimuladamente* lo que dice el Chico Caja. No exactamente. Es como si mis oídos estuvieran siendo atraídos por su voz. Tiene los brazos cruzados, los hombros tensos.

—Veintiséis con cincuenta por prioridad —informa Argolla en el Labio.

—¿Veintiséis con cincuenta? ¿Veintiséis dólares?

—No. Veintiséis con cincuenta.

El Chico Caja sacude la cabeza.

—Eso es mucho.

—Eso es lo que vale. O lo tomas o lo dejas.

Durante un minuto, el Chico Caja se queda quieto allí. Luego vuelve a coger la caja y la abraza contra el pecho.

—Lo siento.

—Siguiente —dice Argolla. Me hace un gesto a mí, pero yo me aparto de la fila.

El Chico Caja parpadea.

—¿Cómo puede ser que te cobren veintiséis con cincuenta por enviar un paquete?

—No lo sé. No está bien.

—Supongo que el universo me está diciendo que debería quedarme con todo esto.

El *universo*.

Mierda.

Es un creyente. Cree en el universo. Y no quiero sacar conclusiones apresuradas o algo así, pero que el Chico Caja crea en el universo definitivamente es una señal del universo.

—Vale. —El latido de mi corazón se acelera—. Pero ¿y si el universo en realidad te está diciendo que tires sus cosas a la basura?

—No funciona así.

—Ah, ¿de verdad?

—Piénsalo mejor. Deshacerme de la caja es el plan A, ¿verdad? El universo no estropearía el plan A para que yo siga con otra versión del plan A. Este, claramente, es el universo que pide un plan B.

—Y el plan B es...

—Aceptar que el universo es un idiota...

—¡El universo no es un idiota!

—Lo es. Confía en mí.

—¿Cómo puedes saber eso?

—Sé que el universo tiene algún jodido plan para esta caja.

—Pero ¡esa es la cuestión! —Lo miro fijamente—. En realidad no lo sabes. No tienes ni idea de a dónde quiere llegar el universo con esto. Quizás la razón por la que estás aquí es porque el universo quería que me encontraras, para que yo pudiera decirte que te deshagas de la caja.

Sonríe.

—¿Crees que el universo quería que nos encontráramos?

—¿Qué? ¡No! Quiero decir, no lo sé. Ese es el quid de la cuestión. No tenemos manera de averiguarlo.

—Bueno, supongo que ya veremos cómo resulta todo. —Observa la etiqueta de envío un instante, luego la rompe a la mitad, la arruga y la tira a la basura. Al menos apunta hacia el cubo de basura, pero aterriza en el suelo—. En fin —dice—. Eh, ¿estás...?

—Disculpen. —La voz de un hombre resuena a través de un altavoz—. ¿Pueden prestarme atención?

Miro de reojo al Chico Caja.

—¿Esto es...?

Hay un repentino chirrido de acople y la intro de un piano en ascenso.

Y luego una jodida banda de música entra marchando.

Una banda de música.

La gente inunda la oficina de correos, llevando tambores gigantescos, flautas y tubas, y tocan con estruendo una versión algo desafinada de esa canción de Bruno Mars llamada *Marry You*. Y ahora decenas de personas —personas mayores, que pensé que estaban haciendo cola para comprar sellos— comienzan a ejecutar un número de danza coreografiada, lanzan patadas al aire, hacen contoneos de cadera y menean los brazos. Básicamente todos los que no están bailando están grabando el número, pero yo estoy demasiado aturdido como para coger mi móvil. Quiero decir, no quiero interpretar demasiado las cosas, pero guau: ¿conozco a un chico guapísimo, y, cinco segundos después, me encuentro en mitad de un *flashmob* de una propuesta de matrimonio? ¿Podría ser todavía más claro este mensaje del universo?

La multitud se divide y aparece un tío tatuado en *skate* que se detiene frente al mostrador de información. Sostiene un estuche de joyería, pero, en lugar de hincarse sobre una rodilla, apoya los codos en el mostrador y le sonríe a Argolla.

—Kelsey. Cariño. ¿Te quieres casar conmigo?

La máscara de pestañas negra de Kelsey recorre su mejilla hasta la argolla de su labio.

—¡Sí! —Coge la cara de él para plantarle un beso empapado en lágrimas, y la multitud rompe en vítores.

Me golpea con fuerza en el pecho. Es esa sensación de Nueva York, esa de la que hablan en los musicales, esa alegría expuesta, ensordecedora y en tecnicolor. Yo he estado aquí pasando el verano entero lamentándome y echando de menos Georgia, pero ahora es como si alguien hubiera encendido un interruptor de luz dentro de mí.

Me pregunto si el Chico Caja también lo siente. Me vuelvo hacia él, sonriendo y con mi mano presionada contra el corazón…

Pero ha desaparecido.

Mi mano cae sin fuerzas. El chico no está por ningún lado. Su caja no está por ningún lado. Miro a mi alrededor, observo cada cara de la oficina de correos. Quizás el *flashmob* lo ha obligado a hacerse un lado. Quizás él era parte del *flashmob*. Quizás tenía alguna clase de reunión urgente, tan urgente que no ha podido anotar mi teléfono. Que no pudo ni siquiera despedirse.

No me puedo creer que no se haya despedido.

Pensaba… No lo sé, es estúpido, pero pensaba que habíamos conectado. Quiero decir, es obvio que el universo nos levantó en brazos y nos entregó el uno al otro. Eso ha sido lo que ha sucedido, ¿verdad? Ni siquiera sé de qué otra manera podría interpretarse.

Excepto porque ha desaparecido. Es Cenicienta a medianoche. Es como si nunca hubiera existido. Y ahora nunca sabré su nombre o cómo suena el mío cuando él lo pronuncia. Nunca tendré la oportunidad de demostrarle que el universo no es un idiota.

Desaparecido. Totalmente desaparecido. Y el desencanto me golpea con tanta fuerza que casi me doblo sobre mí mismo.

Hasta que mis ojos se encuentran con el cubo de basura.

Bueno. No es que vaya a revisar el cubo. Por supuesto que no. Soy un desastre, pero no soy *tan* desastroso.

Pero quizás el Chico Caja tenga razón. Quizás el universo esté exigiendo un plan B.

Esta es mi pregunta: si un residuo nunca llega al cubo de basura, ¿puedes llegar a considerarlo basura? Porque imaginemos —y esto es totalmente hipotético— que hay una etiqueta de envío medio rota en el suelo. ¿Eso es basura?

¿Y si es un zapato de cristal?

2
BEN

Vuelvo a estar en el punto de partida.

Tenía solo una tarea que cumplir. Enviar la caja de la ruptura. No salir corriendo de la oficina de correos cargando la caja de la ruptura. En mi defensa, diré que estaban pasando demasiadas cosas a la vez. Estaba ese chico genial y adorable llamado Arthur, a quien el universo ya podía haber empujado antes, porque realmente creo que estábamos destinados a encontrarnos. Todo el mismo día en que yo estaba intentando devolverle las cosas a Hudson. Estoy seguro de que Arthur cambió de opinión sobre el universo después de que la banda de música nos separara.

Subo al metro y regreso a Alphabet City para encontrarme con mi mejor amigo, Dylan. Yo vivo en la avenida B y Dylan vive en avenida D. El origen de nuestra historia comenzó con nuestros apellidos, Alejo y Boggs. Él se sentaba detrás de mí en tercer curso y no dejaba de tocar mi hombro para pedirme de todo, como lápices y hojas. Lo mismo sucedió cuando crecimos y él necesitaba mi iPhone dos modelos más antiguo que el de cualquiera para enviarle mensajes a su Amor de la Semana después de que su propia batería muriera. La única vez que yo, abro y cierro comillas, le pido prestado algo es cuando necesito que me deje dinero para el almuerzo. Y abro comillas porque es muy raro que le pueda devolver el dinero, pero a él le da igual. Dylan es un buen chico. No le importa que me gusten los chicos y a mí no me importa que le gusten las chicas. Le doy las gracias a mi mejor amigo el alfabeto por la palabra *bromance*.

Cuando salgo del metro, me detengo junto a varios cubos de basura, sosteniendo la caja de la ruptura sobre ellos, pero nunca reúno el coraje para tirarla.

Creo que no esperaba que la ruptura fuera tan difícil si era yo el que daba el paso. Pero dado que fue Hudson quien besó a otra persona, todavía siento como si hubiera sido él quien realmente cortó la relación. Las cosas habían dejado de ir bien entre nosotros desde que sus padres se divorciaron, pero yo tuve paciencia con él. Como cuando dejé que organizara mi cumpleaños y me llevó a un concierto de su grupo de música favorito. Pero lo dejé pasar porque era mi primer concierto y The Killers es genial. Después no apareció en el gran almuerzo de aniversario de mis padres. Lo dejé pasar una vez más porque celebrar el matrimonio de mis padres, después de todo lo que había sucedido con los suyos, quizás era demasiado para él. Y luego, cuando fuimos al cine a ver una comedia romántica sobre dos chicos adolescentes y se puso a decir que el amor, incluso el nuestro, nunca podría ser digno de Hollywood, yo me fui echando humo y pensé que él me seguiría y se disculparía, o me llamaría o haría cualquier cosa que un novio debería hacer.

Nada durante tres días. Nada hasta que lo llamé para preguntarle si alguna vez volveríamos a hablar. Luego me sorprendió en mi apartamento y me dijo que pensó que habíamos cortado y que había besado a un chico cualquiera en una fiesta. Quería otra oportunidad con desesperación, pero no. Yo ya no podía más. De verdad. Incluso si él pensaba que las cosas habían terminado entre nosotros, ¿no podía esperar ni siquiera una semana antes de seguir adelante? Bastante difícil es sentir que no vales nada después de eso.

Llego al edificio de Dylan, presiono el número de su apartamento y me hace subir de inmediato, lo cual me viene perfecto porque hoy no estoy dispuesto a esperar eternamente. Estoy cargando una caja con las cosas de mi exnovio. Llevo a cuestas una mochila con los deberes para el verano. Hoy es un día de mierda.

Bostezo en el ascensor. Me he tenido que levantar a las siete por culpa del instituto de verano. Viva la vida. El universo no deja de lanzarme puñetazos de acero al corazón y al ego.

Salgo del ascensor y entro sin llamar al apartamento de Dylan, porque somos así de cercanos. Pero tengo la inteligencia suficiente para llamar a la puerta de su dormitorio, ya que hace algunos meses entré sin avisar y me lo encontré muy ocupado consigo mismo.

—¿Tienes la mano fuera de tus pantalones? —pregunto.

—Desgraciadamente —responde Dylan desde el otro lado de la puerta.

La abro. Está sentado en su cama, enviando mensajes. Se ha cortado el pelo desde que lo vi anoche a la hora de la cena. Es el único chico de mi edad que conozco que lleva la barba con estilo. Durante mucho tiempo creí que iba con retraso en la pubertad porque ni siquiera me había crecido el bigote, pero es que lo de Dylan no es de este mundo; y, además de extraordinario, es guapo.

—Big Ben —canta Dylan, apoyando su teléfono—. Luz de mi vida. El chico que está atrapado en el instituto. —El instituto de verano es una mierda el doble de grande porque Dylan ha estado haciendo chistes desde aquel día en que salí de la oficina del director con la mala noticia. Él ha tenido suerte de que ninguna de sus parejas anteriores lo hayan persuadido para no estudiar y creer que las buenas notas llegarían sin más.

—Hola —saludo. Los apodos cariñosos en realidad no son lo mío.

Dylan señala mi pecho.

—Esa camiseta es bonita, ¿eh?

Su armario está repleto de camisetas de tiendas de café *indie* de toda la ciudad, y él me regaló esta camiseta de Dream & Bean anoche cuando vino a cenar. Dylan me regala esas camisetas cuando su vestidor se llena demasiado. En general, no suele deshacerse de sus favoritas, como la de Dream & Bean, pero no me quejo.

—No me quedaba ropa limpia —explico—. Esta camiseta no es nada del otro mundo.

—Eso duele, pero supongo que no estás de humor porque llevas la caja de la ruptura que le tenías que devolver a Hudson. ¿Qué ha pasado?

—Hoy no ha venido al instituto.

—Saltarse el primer día del instituto de verano parece un mal comienzo —resalta Dylan.

—Sí, le he pedido a Harriett que se la devolviese y me ha dicho que no —explico—. Luego he querido enviarla por correo, pero el envío prioritario es demasiado caro.

—¿Por qué querías hacerlo con envío prioritario?

—Porque quiero que la caja salga de mi vista lo antes posible.

—Un envío normal hubiera tenido el mismo efecto. —Dylan enarca su ceja izquierda—. No has sido capaz de hacerlo, ¿verdad?

Apoyo la caja que debí haber enviado por correo, o tirado a la basura, o atado a un bloque de cemento y arrojado al río.

—Deja de analizar mis excusas. Son mis excusas.

Dylan se pone de pie y me abraza.

—Shh shh shh shh. —Me masajea la espalda haciendo círculos.

—Tu intento de tranquilizarme no me está tranquilizando.

Dylan me besa la mejilla.

—Todo irá bien, cariño.

Me siento con las piernas cruzadas en su cama. Estoy tentado de coger mi teléfono para ver si me he perdido algún mensaje de texto de Hudson, o de revisar Instagram para ver si ha subido algún selfie nuevo. Pero sé que no hay ningún mensaje y he dejado de seguirlo en todas las redes.

—No quiero verlo fracasar en el instituto de verano por querer evitarme. Se quedará fuera si tiene tres faltas de asistencia.

—Quizás. Pero ese es su problema. Si no aparece no tendrás que compartir el verano con él. Problema resuelto.

Pasar el verano con Hudson era lo único en lo que podía pensar todo el tiempo. Un verano como novios en piscinas y parques, y en los dormitorios del otro mientras nuestros padres estaban trabajando; no como exnovios que están en el instituto de verano porque pasaron más tiempo estudiándose a sí mismos que haciendo los deberes de Química.

—Me gustaría que estuvieras conmigo en las trincheras —digo—. Él tiene a su mejor amiga y yo debería tener al mío también.

—Ay, hombre, recuérdame no cometer nunca un delito contigo. A ti te pillarían y me delatarías demasiado rápido. —Dylan revisa su teléfono, como si ni siquiera estuviéramos hablando, lo que es mi cosa menos favorita de los humanos—. Esa clase sería un drama de todas maneras. No puedo estar allí con mi ex, no es un ambiente sano.

—Yo estoy allí con mi ex, Dylan.

—No, no lo estás. Él no ha aparecido, y si lo hace, no olvides que tú llevas ventaja. Tú has ganado la ruptura al ser el Rompedor. Si hubiera sido él quien hubiera cortado contigo habría sido una mierda doble. Solo es una mierda en tu caso.

Cambiaría mi pobre reino por un universo donde romper un corazón no fuera una victoria. Pero aquí estamos.

Las rupturas recientes prueban que nunca deberíamos haber fastidiado nuestro círculo de amigos intentando salir entre nosotros. No es mi intención señalar a nadie, pero Dylan y Harriett comenzaron con esto. Nosotros cuatro teníamos algo especial hasta que Dylan y Harriett se besaron la noche de Año Nuevo. A mí me gustaba un poco Hudson, y estaba bastante seguro de que yo también le gustaba a él, pero cuando nos miramos esa noche en la que no nos besamos, simplemente sacudimos las cabezas porque yo conocía a mi mejor amigo y él conocía a su mejor amiga. No podía salir bien. Tal vez Hudson y yo no lo habríamos intentado si no nos hubieran dejado tanto tiempo a solas mientras Dylan y Harriett pasaban los fines de semana juntos.

Echo de menos nuestro grupo.

Me levanto y enciendo la Wii porque necesito un poco de desahogo y entretenimiento para animarme. La apertura triunfante de *Super Smash Bros.* ruge desde la televisión. El personaje favorito de Dylan es Luigi porque piensa que Mario está sobrevalorado. Yo escojo a Zelda porque se teletransporta, desvía proyectiles y lanza bolas de fuego desde grandes distancias, que son movimientos óptimos para cualquier jugador que quiera evitar el combate cuerpo a cuerpo.

Empezamos a jugar.

—En la escala de tristeza, ¿cómo te encuentras hoy? —pregunta Dylan—. ¿Triste como el principio de *Up*? ¿O como la muerte de la madre de Nemo?

—Ay, no. Definitivamente no como el principio de *Up*. Esa mierda fue devastadora. Supongo que estoy en algún punto a mitad de camino, triste como los últimos cinco minutos de *Toy Story 3*. Solo necesito tiempo para recuperarme.

—Claro. Bueno, tengo que contarte algo.

—¿Vas a cortar conmigo? —pregunto—. Porque eso no estaría bien.

—Algo así —dice Dylan. Hace esta gran pausa dramática mientras martillea un botón para que Luigi siga lanzando bolas de fuego verdes a Zelda—. He conocido a una chica en una cafetería.

—Esa es la frase más Dylan que has dicho nunca.

—Es cierto. —Su risita es encantadora—. Ayer, después de la consulta con mi médico, me dirigí hacia el norte de la ciudad para visitar una cafetería.

—Por supuesto, sales de una consulta por tu problema de corazón y vas directo a una cafetería. Muy típico de ti.

—El ritual anual —dice Dylan. Tiene una dolencia en el corazón llamada *prolapso de válvula mitral*, que no es tan grave como suena, al menos no en el caso de Dylan. No sé qué haría si los médicos le prohibieran por completo el café—. En fin. Estaba pasando por Kool Koffee, que siempre he evitado porque sabes que no me gusta la ortografía forzada, y ella estaba saliendo a sacar la basura. Fue un flechazo.

—Típico de ti.

—Pero no podía entrar allí llevando una camiseta de Dream & Bean.

—¿Por qué no?

—Eh. ¿Acaso tú entras a Burger King con un Happy Meal? No. Esa mierda es una falta de respeto. Ten un poco de sentido común.

—Mi sentido común me está diciendo que haga nuevos amigos.

—Simplemente no quería ser irrespetuoso.

—Me acabas de faltar al respeto a mí.

—Estoy hablando de ella.

—Por supuesto que sí. Espera. ¿Por eso me regalaste esta camiseta anoche?

—Sí. No quería ni verla.

—Eres muy raro. Continúa.

—Me atreví a ir a Kool Koffee hoy vestido de manera apropiada... —Dylan hace un gesto hacia su camiseta azul lisa. Bonita y neutral— ... y ella estaba tarareando una canción de Elliott Smith mientras preparaba un café y yo me *morí* en el acto. Muerte súbita. Big Ben, en un solo instante, conseguí una futura mujer y provisiones ilimitadas de café.

Es muy difícil estar feliz por alguien que ha encontrado el amor cuando yo, claramente, he perdido una oportunidad de encontrarlo hace un rato, pero es Dylan.

—Estoy deseando conocer a mi futura cuñada.

—¿Recuerdas ese *post* de BuzzFeed sobre el matrimonio temático de Harry Potter? Samantha y yo haremos lo mismo con el café. Todos llevarán delantales de camareros. Y brindarán con tazas de café. Y mi cara estará dibujada en la espuma del café de todos.

—Eres demasiado.

—Sin embargo, hay un inconveniente.

—¿Ya has encontrado uno?

—Es una gran fan de Kool Koffee porque ellos hacen donaciones a obras de caridad, y ella opina que los verdaderos bebedores de café deberían pensar mejor en dónde comprar su café. Y, sinceramente, no estoy listo para una relación monógama con Kool Koffee.

—¿Ella te ha pedido eso?

—No, pero… me lo pidió sin pedírmelo. Y cuando llega la Elegida, hay cosas que debemos sacrificar.

—No hay forma de que renuncies al café de Dream & Bean.

—Ah, no. Sencillamente no lo beberé cuando esté con Samantha. Ojos que no ven, corazón que no siente.

—Solo tú podrías hacer que beber café se convirtiera en algo malo.

—En fin. He puesto otras camisetas de tiendas de café en tu cajón, así no me siento tentado.

Reviso las camisetas, porque quizás haya alguna que mole. Y sí, tengo un cajón en su dormitorio y él tiene uno en el mío. Nos hemos quedado a dormir en la casa del otro las veces suficientes como para que esto tenga sentido. Cuando me estaba acostumbrando a eso de salir del armario en el instituto, siempre me sentía muy cohibido en el gimnasio, como si todos pensaran que yo los estaba mirando. Es muy agradable tener un *bro* como Dylan que se porte de una forma tan genial conmigo cuando se cambia delante de mí y yo me cambio delante de él. Espero no perder su genialidad de nuevo como sucede cada vez que conoce a la Elegida.

—Espera. ¿Por qué no me contaste lo de Samantha ayer por la noche cuando llegaste? —pregunto.

—No lo sé —admite Dylan. Como si esa fuera una respuesta satisfactoria. Como si yo fuera a decir «ah, bueno» y siguiera haciéndole morder el polvo en *Super Smash*.

—Nunca me cuentas nada cuando te empieza a gustar alguien —digo.

—Dime una vez que haya hecho eso.

—Con Gabriella, Heather, Natalia y…

—Dije una vez.

—… y Harriett. Es raro. Nos lo contamos todo.

Dylan asiente.

—Supongo que estoy intentando no atraer la mala suerte. ¿Te has dado cuenta de que mi padre siempre cuenta cómo supo que se casaría con mi madre cuando se conocieron en primer curso? Tengo esa misma sensación con Samantha.

Actúo como si no hubiera escuchado a Dylan decir esto antes, hace poco con Harriett, con la que lo dejó en marzo, pero hago la vista gorda. Quizás funcione esta vez. Seguimos jugando mientras Dylan continúa hablando sobre qué bebida caliente deberían elegir él y Samantha como nombre para su primer hijo, y me niego a ser el tío Ben de cualquier niño llamado Sidra.

Siento celos de que Dylan esté en esta etapa de su nuevo romance donde cree que cualquier cosa es posible. Como que Samantha podría ser el amor de su vida de verdad. Como cuando yo pensé que Hudson sería el mío. Como cuando no podía esperar a despertar para mirar su cara, sus preciosos ojos holgazanes, el pequeño hueso saliente de su nariz, sus cejas sugestivas y oscuras que no combinan con su pelo corto color castaño. La forma en la que él cambió mi visión del mundo, como las veces en las que tuvo que frenar a los idiotas en el instituto que lo molestaban debido a sus gestos afeminados; la verdad es que me ayudó a olvidar mi propia estupidez sobre lo que pensaba yo sobre cómo debería ser la apariencia de un hombre. Y esos nervios antes de que nos acostáramos por primera vez en marzo, sin saber si estaría bien o no. *Spoiler alert*: fue fantástico.

Quizás esta semana destaque tanto en el instituto que los profesores se darán cuenta de que en realidad no necesito estar atrapado en esas malditas clases durante el próximo mes, y entonces seré libre de Hudson.

Aunque tengo que ser realista, probablemente habría acabado en el instituto de verano incluso si Hudson nunca hubiera estado presente en mi vida. No soy demasiado aplicado.

—Siempre serás mi número uno, Big Ben —asegura Dylan—. Hasta que nazca bebé Sidra.

—949402511 *Bros* antes de los bebés —exijo.

—¿Trato?

Me encojo de hombros.

—Trato.

—Tú no estarás soltero durante mucho tiempo —afirma Dylan, como si fuera una Bola 8 Mágica en persona—. Eres alto, tu pelo está listo para Hollywood y tienes estilo sin esforzarte. Si yo no tuviera a la señora Samantha, cuyo apellido está todavía por descubrir, antes de que pueda unirlo apropiadamente con Boggs, estoy seguro de que me harías cambiar de bando dentro de un año.

—Qué mono. Sabes que hacer que alguien se vuelva gay por mí sería el mayor éxito de mi vida. —No persigo a chicos hetero, pero si alguien quiere experimentar cómo son las cosas, bienvenido a Casa Alejo. Deja tus zapatos en la puerta o tráetelos a la cama si eso es lo que te gusta.

Gano la primera partida porque yo soy yo y empezamos otra.

—Hablemos de las verdaderas razones por las que no has enviado la caja de la ruptura —propone Dylan, como si fuera a cobrarme por esta conversación.

—Solo si te deshaces de la voz de terapeuta —advierto.

—Tal vez podamos empezar por el motivo por el cual te molesta mi tono. ¿Te recuerdo a alguna figura de autoridad?

Noqueo a su personaje y lo envío por los aires.

—No sé... realmente pensé que tendría la oportunidad de entregarle la caja en persona, tener un final. Pero él no apareció en el instituto y de repente estaba en la oficina de correos hablando con un chico sobre Hudson cuando un *flashmob* empezó y...

—Espera. Retrocede.

—Sí, un *flashmob*. Estaban cantando una canción de Bruno Mars y...

—No. El chico. Qué. Quién.

Dylan se vuelve hacia mí, una vez más ignorando el hechizo complejo que supone presionar el botón de pausa.

—Eres un idiota. Vienes aquí a darme pena, pero ya estás fantaseando con alguien más.

—Qué, no. Esto no es real. No hay nadie con quien esté coqueteando o fantaseando.

—¿Por qué no? ¿Quién es él? Nombre. Dirección. Número de la Seguridad Social. Usuario de Twitter e Instagram.

—Arthur. No sé su apellido. Y, como comprenderás, no conozco su dirección. Y lo mismo pasa con sus usuarios, pero, ya que estamos con el tema, ¿por qué la gente no puede tener un solo usuario para todo lo que hace?

—Los seres humanos somos complejos. —Dylan asiente con sabiduría—. ¿Qué es lo que sabes de él?

—Es nuevo en la ciudad. Ha venido de visita desde Georgia. Llevaba puesta la corbata más ridícula del mundo.

—¿Gay?

—Sip. —Siempre es bueno saber de inmediato si un chico mono es gay o no. Intentar resolver ese misterio por uno mismo no es divertido y rara vez sale bien.

—Me está viniendo un presentimiento sexy. —Dylan se abanica a sí mismo.

—Es atractivo, sí. Más bajito de lo que me gustaría, pero nadie es perfecto. Medirá un metro setenta, uno sesenta y tantos sin las botas. Ojos azules de Photoshop, como un extraterrestre.

Dylan aplaude.

—Vale. Ya me lo has vendido. Apruebo la pareja que haces con el chico que has conocido cuando se suponía que debías estar enviando las reliquias de tu relación con tu último chico.

Sacudo la cabeza y apoyo mi mando.

—D, no. Yo soy una mala idea en este momento. Necesito estar conmigo a solas durante un tiempo.

—Tú nunca eres una mala idea, Big Ben.

—Eso es bonito, hombre. Gracias.

—En un futuro no tan distante beberemos tantas copas que me invitaré a tu casa a las dos de la mañana y... nos abrazaremos muy fuerte. Y prometo no tener que darme cuenta de que fue una mala idea a la mañana siguiente.

—Has estropeado el momento.

—Lo siento. Vuelve a confiar en ti —dice Dylan—. Estás siendo muy duro contigo mismo. Solo porque Hudson es un idiota que no supo valorarte no significa que el próximo chico haga lo mismo. Y, vaya, has conocido a un chico guapo que tiene muy mal gusto para elegir corbatas el mismo día en que estabas dejando atrás a tu ex. Eso es una señal.

Pienso en cómo Arthur y yo hablamos sobre el universo, y su imagen vuelve a mí. Él no es como tantos otros chicos monos que veo en la ciudad con los que sueño tener un amor épico solo para olvidar cómo son una hora más tarde. Los dientes de Arthur eran superblancos y tenía el canino partido. El cabello castaño revuelto. Estaba demasiado bien vestido para cualquier chico de nuestra edad; un extraterrestre probablemente se vestiría así si llegara de otro sistema solar y estuviera intentando hacerse pasar por un adulto sin darse cuenta de su cara de bebé. No debería haber salido corriendo de la oficina de correos como lo hice. Tal vez Dylan tenga razón, solo he ignorado esa señal.

—Tengo que irme —anuncio. Bastante desanimado ahora—. Hora de hacer los deberes.

—En un lunes de verano. Viviendo la buena vida. —Dylan se levanta y me abraza.

—Te llamaré más tarde.

—Si no estoy hablando con Samantha, te responderé.

Como si no lo supiera. Realmente espero no perder a mi mejor amigo y a mi novio en un mismo verano.

Estoy saliendo cuando Dylan me llama.

—¿Te olvidas algo? —Él mira la caja de la ruptura—. ¿A propósito? Puedo *encargarme* de esto si quieres. Conseguiré un pasamontañas y unos guantes y me encargaré de esta porquería a medianoche. Nadie tiene que enterarse de que fuimos nosotros.

—Necesitas ayuda —respondo. Levanto la caja—. Yo me haré cargo.

Todavía no sé si estoy mintiendo o no.

* * *

Me siento en mi escritorio y abro el portátil. Le lleva unos minutos encenderse porque no es exactamente el modelo más reciente, ni siquiera es el modelo antiguo más reciente. Jugar a *Los Sims* sería mucho más fácil si tuviera un portátil actualizado.

La verdad es que debería hacer mis deberes, pero concentrarme en Química ya era bastante difícil cuando no tenía a mi lado una caja llena de recuerdos de una relación que se suponía que era todo para mí y que ahora se ha quedado en nada. A veces me centro en lo que salió bien para no sentirme mal. Cómo Hudson apoyaba su mandíbula en mi hombro durante nuestros abrazos al final del día, casi como si no quisiera volver a su casa ni apartarse unos pocos pasos de mí. Y cómo me hacía sentir visible, incluso cuando sus ojos color café estaban mirando hacia otro lado, porque yo sabía que me estaban mirando a mí. Y leer libros juntos. Y enchufar mi teléfono al lado de mi cama para que pudiéramos hablar por FaceTime hasta tarde por la noche.

Pero ese Hudson desapareció cuando el divorcio de sus padres terminó el uno de abril después de veinte años de matrimonio. Hudson juró que era una broma ridícula del Día de los Inocentes por parte de su madre, porque él aún tenía esperanzas de que volvieran a estar juntos. Incluso cuando sus padres anunciaron que se estaban separando y su madre se mudó de Brooklyn a Manhattan, Hudson todavía tenía esperanzas de que todo fuese un mal sueño. Tenía ese espíritu de niño en una película que inventa un plan maestro para que sus padres se enamoren otra vez.

Observar cómo se desmoronaba un amor en el que él realmente creía no jugó a nuestro a favor. Estábamos en puntos muy distintos. Algunas veces él no quería que yo me quedase a su lado para consolarlo, y otras salíamos y él se volvía un completo idiota con respecto al amor. Tuve que soportar muchos golpes al corazón antes de necesitar hacerme a un lado. Le di muchas oportunidades, *nos* di muchas oportunidades. Yo no era suficiente para recordarle que el amor podía ser algo bueno.

Mi portátil está listo. Tengo que relajarme un poco antes de hacer los deberes, así que abro mi novela fantástica *self-insert* en la que he estado trabajando desde enero. Es la única vez en la que realmente he honrado un propósito de Año Nuevo, y estoy verdaderamente obsesionado con mi historia. *La guerra del mago maléfico* —LGMM, para abreviar— es confidencial pero tal vez algún día la comparta con el mundo. O al menos con Dylan, quien se muere por conocer al personaje que él mismo me inspiró.

La retomo donde la dejé la última vez.

Es una escena bastante simple con el personaje de Hudson. Ben-Jamin y Hudsonien se escabullen del Castillo Zen en la madrugada y se adentran en los Bosques Oscuros para un encuentro romántico. Ben-Jamin despeja la niebla con sus poderes de viento, y, sorpresa, una pandilla de Devoradores de Vidas aparece de pronto para terminar con Hudsonien. Qué lástima. Me recreo en los detalles sobre la enorme guillotina que utilizarán para decapitarlo, porque realmente me gusta pintar esa escena. Y justo cuando los Devoradores de Vidas dejan caer la cuchilla, cierro el portátil.

No puedo hacerlo.

No estoy listo para matar a Hudson… a Hudsonien.

Ni para deshacerme de la caja.

Quizás podamos resolver las cosas hablando. Lograr ponerle un cierre a nuestra relación. Ser amigos.

Quiero saber qué está haciendo.

Mi corazón galopa cuando reviso el perfil de Instagram de Hudson: @Hudsoncomoelrío. Hace una hora subió un selfie, y no sé por qué Harriett dijo que estaba enfermo, porque se lo ve jodidamente saludable. Está haciendo el signo de paz con los dedos y ha escrito en la descripción #SiguiendoAdelante. Queda muy claro qué dedo debería haber mostrado en cambio.

Hudson tiene que saber que dejé de seguirlo. Me conoce lo suficiente como para saber que revisaría su Instagram de todas maneras, ya que su perfil no es privado como el mío. Pero si él se encuentra tan listo para seguir con su vida, no debería tener problemas con aparecer en el instituto.

Me pregunto si realmente está siguiendo adelante. Dijo que ese chico de la fiesta no vive en Nueva York, pero tal vez tienen una relación a distancia. Algunas veces pensé que Hudson quizás tenía algo con Danny, de la clase de Matemáticas, pero Hudson me dijo que Danny no es su tipo, demasiado musculoso, demasiado obsesionado con los coches. Quizás es alguien completamente diferente.

Es decir, yo también puedo hashtag seguir adelante. Definitivamente el universo no estaba intentando ayudarme hoy, sino yo estaría mandándole mensajes a Arthur en lugar de estar espiando a mi exnovio. Pero Dylan se me ha metido en la cabeza de verdad, apelando al romántico que hay en mí. Pero esa parte de mí fue un problema con Hudson. Cuando cortamos, él dijo que mis expectativas eran demasiado grandes y que a veces soñaba demasiado. No entiendo por qué eso es tan malo. ¿Por qué no debería querer estar con alguien que me haga sentir valioso? ¿Alguien que quiera estar conmigo a largo plazo?

No sé cómo encontrar a desconocidos monos en Nueva York. En general los veo una sola vez y eso es todo. Pero he hablado con Arthur. Me sé su nombre. Salgo del perfil de Hudson y escribo *Arthur* en la barra de búsqueda y, quién sabe, tal vez el universo empuje al Arthur que conocí hasta arriba solo para hacerme la vida más fácil. No tengo ni idea de si Arthur tiene Instagram, pero si es como todos los demás en el instituto, subirá cada detalle de su vida en Twitter. Escribo *Arthur corbata de perritos calientes* para ver si ha dicho algo sobre su ridícula corbata. Nada excepto por un tweet sobre un concurso de comer perritos calientes con un tío llamado Arthur y un pedido de revancha. Escribo *Arthur Georgia* y no hay más que resultados aleatorios, como una chica llamada Georgia que acaba de hacer una maratón de cada una de las películas del rey Arturo, y nada sobre el Arthur de la oficina de correos que se mudó desde Georgia durante el verano.

Maldita sea.

Esto es Nueva York, así que el Arthur de la oficina de correos no volverá a aparecer en mi vida. Supongo que es lo mejor que puede pasar. No creo que pudiese haber sucedido algo entre los dos en ningún caso.

Gracias por nada, universo.

3
ARTHUR

Martes 10 de julio

Hudson. Como el río.

LOL, responde Jessie. **Sabes que eres raro como el demonio por robarle la etiqueta de envío, ¿verdad?**

😭 😭 😭. **Lo sé, te juro que no soy un acosador.**

E incluso si lo fuera —que no lo *soy*, *nunca* lo sería—, sería el peor *acosador* del mundo. Ni siquiera cogí la etiqueta completa. Está rasgada y arrugada hasta tal punto que ni siquiera sé si estoy mirando el destinatario o el remitente. La dirección está partida a la mitad, y el apellido me resulta completamente ilegible. Aun así, envío una fotografía al chat de grupo mientras el metro 2 se detiene. Repleto, como siempre. Me apretujo entre un hombre que lleva una camiseta de *Cats* y una mujer que tiene los brazos llenos de tatuajes.

Bueno, definitivamente pone Hudson, escribe Jessie.

Me inclino contra el poste.

Pienso lo mismo. Pero ¿Hudson es el chico o el novio?

Todavía me estoy castigando por haberlo dejado ir. Siempre pensé que era solo una expresión. *Castigarse a uno mismo.* Pero no, realmente estoy quieto aquí en el metro, dándome patadas en el pie con el talón. Lo único que tenía que hacer era pedirle su número. Solo eso. Solo tenía una sola cosa que hacer.

¿¿Por qué soy un imbécil tan cobarde??

¿¿Qué??, escribe Jessie. ¿De qué estás hablando? Tienes muchas agallas. Yo nunca me hubiera animado a hablar con un chico guapo que acabo de conocer. Eres lo máximo.

Dios, era guapísimo. No creo que entiendas lo guapísimo que era.

En serio, Arthur, eso hace que tus agallas sean mucho más impresionantes.

Coincido, interviene Ethan, le has hablado a un chico mono, felicidades.

Vale, ¿sabéis qué es inquietante? Hablar sobre chicos con Ethan. Y el hecho de que diga todo el rato lo correcto lo vuelve todo más extraño. Porque ahora ni siquiera sé qué Ethan es real. ¿El Ethan Comprensivo del chat de grupo? ¿O el de nuestro chat privado, que muestra una pared de mensajes míos que nunca recibieron respuesta? Y sé que son solo mensajes, y es algo raro con lo que obsesionarse. Mi madre dice que debería hablar con él. Pero ni siquiera sé qué decir. Y seguro que él, en primer lugar, negaría que algo fuera mal. Abro mi galería de fotos. Una parte de mí tiene que revolcarse en la miseria, una parte que deja listo el escenario para *Los Miserables* cuando estoy triste. No puedo evitarlo. Si voy a sentir algo, quiero *sentirlo de verdad*.

Retrocedo en el tiempo. Penúltimo curso. Jessie leyendo un libro durante el partido entre Milton y Roswell. Ethan llevando un sombrero de fieltro de forma burlona (pero no realmente). Jessie durmiendo la siesta en el asiento del pasajero de mi coche. Retrocedo incluso más. Segundo curso. Ethan frente a un carrito de helados King of Pops. Patinando sobre hielo en Avalon. Un primer plano de gofres embebidos en sirope de chocolate, porque siempre llevo a escondidas sirope de chocolate a la Casa de los Gofres.

Luego paso a mis vídeos, y hay un millón de Ethan cantando. Algunas veces llega a registros demasiado agudos. Solo voy a decir que Ethan es la razón por la cual he pasado años creyendo que a todos los chicos heterosexuales les gustaban los musicales.

Lo odio un poco.

Realmente lo echo de menos.

Levanto la mirada del teléfono y descubro que una mujer mayor me está observando, y, cuando nuestras miradas se encuentran, ella no aparta la vista. No sonríe. Solo me mira y acaricia su bolso gigantesco como si fuera un gato. Nueva York es de lo más extraña.

Aunque a veces es extraña en plan bien. Como ayer. Mi cerebro no deja de recordar al Chico Caja. Hudson.De lo que más me acuerdo es de su sonrisa, de cómo sonrió cuando le dije que yo era gay. Lo juro, se sentía feliz de escucharlo. Y sí, pudo haber sido un gesto solidario, como una especie de escala Kinsey mezclado con el Sombrero Seleccionador. «Mejor que seas… ¡¡¡¡¡GAY!!!!!!»… *pie a los aplausos y a la bandera de arcoíris siendo ondeada por Hudson de la Casa Gay*

Pero tal vez no fue solo un gesto solidario. No pareció un gesto solidario. Parecía el destino, como un reconocimiento y estar en el lugar indicado y un *ah, hola*. No soy un experto o algo por el estilo, pero podría haber jurado que estaba interesado. Pero no puedo imaginar por qué desapareció.

Bajo del metro y me sumerjo en el calor asfixiante. Es algo que no esperaba de Nueva York: el calor es peor que en Georgia. Quiero decir, hace más calor en Georgia, sí, pero en Nueva York lo sientes de verdad. Si hay treinta y dos grados, caminas. Si está lloviendo torrencialmente, caminas. En casa, ni siquiera caminamos para cruzar los aparcamientos en verano. Aparcas junto a Target y entras a Target. Después mueves cien metros tu coche con aire acondicionado a un Starbucks. Pero aquí, estoy sudando a través de mi camisa, y ni siquiera son las nueve de la mañana. Adivinad cuánto me gusta ser el becario sudoroso. Y la cosa mejora, porque trabajo en la oficina más elegante del mundo.

Es decir, el edificio entero resplandece. ¿Luces artísticas minimalistas? Hecho. ¿Ascensores con espejos? Hecho. ¿Sillones grises impecables y mesas de café metálicas y triangulares? Hecho y hecho. Incluso hay un portero, Morrie, que me llama *doctor*, que es algo que me sucede a menudo, a pesar de tener dieciséis y no poseer ningún conocimiento médico. Porque mi apellido es Seuss. Y la respuesta a la siguiente pregunta es *no*. No somos primos lejanos. Tampoco primos políticos. No, no me gustan los huevos verdes con jamón.

En fin, mi madre trabaja en el piso once. Es el mismo bufete para el que trabaja en Atlanta, pero su oficina de Nueva York es por lo menos tres veces más grande. Hay abogados, y asistentes, y secretarias, y recepcionistas, y todos parecen conocerse entre ellos, y, definitivamente, conocen a mi madre. Supongo que ella de alguna manera es VIP, porque fue a la la facultad de derecho con las mujeres que fundaron este bufete. Lo que explica cómo he terminado aquí en lugar de estar dirigiendo a niños de seis años en *El violinista en el tejado* en el Centro de la comunidad judía.

—Ey —dice Namrata—. Arthur, llegas tarde.

Tiene una pila gigante de ficheros de acordeón, lo que significa que voy a tener una mañana divertida. A Namrata le gusta darme órdenes, pero en realidad es bastante agradable. Hay solo dos asociadas de verano este año (ella y Juliet), así que siempre están hasta arriba de trabajo. Pero supongo que es así cuando estás en la facultad de derecho. Al parecer, quinientas sesenta y tres personas solicitaron los puestos de Namrata y Juliet. Mientras que mi proceso de solicitud consistió en que mi madre dijera: «Esto quedará bien en tus solicitudes de ingreso a la universidad».

Sigo a Namrata hasta la sala de conferencias, donde Juliet ya se encuentra hojeando una pila de papeles. Levanta la mirada.

—¿Los archivos de Shumaker?

—Aquí los tienes. —Namrata los apila en la mesa y se deja caer en una silla. Debería mencionar que las sillas aquí son sillas mullidas con rueditas. Probablemente sea la mayor ventaja de este trabajo.

Me echo hacia atrás en mi silla, empujándome con las patas de la mesa.

—¿Tantos archivos para un solo caso?

—Sip.

—Debe ser un gran caso.

—En realidad no —niega Namrata.

Ni siquiera levanta la mirada. Las chicas se ponen así a veces: hiperconcentradas e irritables. Pero, en el fondo, son geniales. Es decir, no son Ethan y Jessie, pero prácticamente son mi grupo de Nueva York. O lo serán, una vez que me las gane. Y lo haré.

—Ah, Julieeeettt. —Ruedo de regreso a la mesa y cojo mi teléfono—. Tengo algo para ti.

—¿Debería estar nerviosa? —Todavía está ensimismada en sus documentos.

—No, entusiasmada. —Deslizo el teléfono hacia ella—. Porque ha pasado esto.

—¿Qué es esto?

—Una captura de pantalla.

Para ser exactos, una captura de pantalla de una conversación que sucedió en Twitter a las 10:18 p.m. de anoche con Issa Rae, que, casualmente, es la actriz favorita de Juliet, de acuerdo con su Instagram, al que sigo en secreto.

—¿Le has dicho a Issa Rae que es mi cumpleaños?

Sonrío.

—Sip.

—¿Por qué?

—Para que te enviara un tweet de feliz cumpleaños.

—Mi cumpleaños es en marzo.

—*Lo sé*. Solo quería que…

—Le has mentido a mi reina Issa.

—No. Bueno. ¿Un poco? —Me restriego la frente—. En fin, ¿queréis escuchar mi último gran error?

—Creo que acabamos de escucharlo —comenta Namrata.

—No, esto es diferente. Tiene que ver con un chico.

Ambas levantan la mirada. Por fin. El grupo no puede resistirse a escuchar mi vida amorosa, aunque no es que tenga una. Pero les gusta escuchar cosas sobre los chicos monos que veo en el metro. Es bastante alucinante hablar sobre esto en voz alta. Como si no fuera nada del otro mundo. Como si solo fuera algo sobre mí.

—Conocí a un chico en la oficina de correos —suelto—, y adivinad qué.

—Os besasteis detrás de un buzón —dice Namrata.

—Eh, no.

—Dentro de un buzón —sugiere Juliet.

—No. No hubo beso. Pero tiene un exnovio.

—Ah, así que es gay.

—Sí, o bi o pan o algo. Y está soltero, a menos que comience a salir con alguien rápidamente por despecho. ¿Los chicos de Nueva York están despechados?

Namrata se dirige directa al quid de la cuestión.

—¿Cuál ha sido tu error?

—No le he pedido su número.

—Maldición —dice Namrata.

—¿Puedes encontrarlo online? —pregunta Juliet—. Pareces bueno en esa clase de cosas.

—Bueno, tampoco conseguí su nombre.

—Ay, querido.

—Bueno, en realidad lo hice. De alguna manera. Estoy un cincuenta por ciento seguro de que su nombre es Hudson.

—Cincuenta por ciento seguro. —La boca de Juliet hace una mueca.

Sacudo la cabeza lentamente. A ver, podría enseñarles la etiqueta de envío. Pero no estoy seguro de que necesiten saber que rebusqué entre la basura del suelo de la oficina de correos. Incluso Jessie piensa que eso es raro. Y es la chica que una vez le contó a la clase entera de Matemáticas que estaba emparentada con Beyoncé, y luego apareció al día siguiente con varias fotos retocadas con Photoshop para demostrarlo.

—Así que lo único que tienes de este chico es su nombre, que… quizás ni siquiera sea su nombre.

Asiento.

—Soy un caso perdido.

—Probablemente —afirma Namrata—. Pero podrías subir algo a Craigslist.

—¿Algo?

—Una conexión perdida. Como uno de esos *posts* que dicen *Te he visto en el metro F leyendo* Cincuenta sombras de Grey *y comiendo dulces de maíz.*

—Puaj, ¿dulces de maíz?

—Disculpa, pero los dulces de maíz son un maldito regalo del cielo —dice Namrata.

—Eh…

—En serio, Arthur, deberías hacerlo —insiste Juliet—. Tú escribe un *post* que describa el momento, como: *Ey, nos conocimos en la oficina de correos y nos besamos dentro de un buzón* y demás.

—Vale, ¿la gente de verdad se besa en los buzones aquí? Eso no es algo que hagamos en Georgia.

—Jules, nosotras deberíamos escribir el anuncio por él.

—¿Quién cabe en un buzón? —pregunto.

—Ey —dice Namrata—. Enciende tu portátil, niño.

Vale, algo que odio: cuando las chicas me llaman *niño*. Como si fueran muy maduras y sabias, y yo fuera una clase de feto a medio formar. Por supuesto, abro el portátil de todas maneras.

—Entra en Craigslist.

—¿La gente que usa Craigslist no termina asesinada?

—No —responde Namrata—. Termina asesinada por no recurrir a Craigslist de inmediato y hacerme perder el tiempo.

Así que ahora tengo a Namrata mirando por encima de mi hombro y a Juliet junto a mí, y un millón de enlaces azules dispuestos en columnas estrechas en mi pantalla.

—Eh. Vale.

Namrata toca la pantalla.

—Justo aquí, en anuncios personales.

—Pareces conocer muy bien Craigslist —resalto, y ella me propina un golpecito.

Tengo que admitir que me encanta esto. El hecho de que estén interesadas. Siempre me emparanoio con que soy un fastidio para Namrata y Juliet. Como si fuera un niño de primaria al que ellas se ven obligadas a cuidar cuando preferirían estar haciendo cosas importantes, como organizando los archivos de Shumaker.

El hecho es que ellas son el único grupo que tengo en Nueva York. No sé cómo consigue la gente hacer amigos durante el verano. Hay un millón y medio de personas en Manhattan, pero ninguna de ellas mantiene contacto visual a menos que ya las conozcas. Y yo no conozco a ninguna de ellas, excepto a las que trabajan en este estudio de abogados.

Algunas veces echo tanto de menos a Ethan y Jessie que me duele el pecho.

Juliet se hace con el control de mi portátil.

—Ay, Dios, algunos son verdaderamente adorables —comenta—. Mirad.

Gira el ordenador hacia mí. La pantalla dice:

Starbucks de Bleecker Street/ Para el que no se llama Ryan —
hombre/hombre (Greenwhich Village)
Tú: camisa sin corbata. Yo: camiseta polo y cuello levantado.
Escribieron Ryan en tu bebida y tú balbuceaste: «¿Quién demonios
es Ryan?». Después encontraste mi mirada y me dedicaste una
sonrisa tímida y fue maravilloso. Desearía haberme animado a
pedirte tu número.

Mierda.

—Auch. Esto es una mierda.

Hago clic en la siguiente entrada.

Equinox calle Ochenta y cinco — hombre/hombre (Upper East
Side)
Te he visto en la cinta de correr, parecías estar bien. Búscame.

Juliet hace una mueca.

—Y dicen que el romanticismo ha muerto.

—Me encanta la falta total de especificidad —manifiesta
Namrata—. Es como si dijera: «Ey, no estás mal. ¿Por qué no
darte ningún marco de referencia sobre mí?».

—Bueno —dice Juliet—, al menos lo está intentando. Arthur,
quieres volver a tener sexo con este chico en un buzón, ¿verdad?

—Eso no existe. El sexo de buzón no existe.

—Solo estoy diciendo que…

—Mira, ¡se está sonrojando!

—Vale, voy a cerrar esto ya. —Deslizo mi portátil hacia el centro de la mesa y hundo la cara en mis brazos—. Ocupémonos de
los archivos Shumaker.

—Y así —declara Namrata—, es cómo logramos que Arthur
haga su jodido trabajo.

4
BEN

—Creo que ha muerto —declara Dylan por FaceTime.

Quizás no debía haber respondido la llamada de Dylan de camino al instituto. Esta semana he estado obsesionado con Lorde y podría estar escuchando más de su música antes de clase, pero estoy cumpliendo mi papel de mejor amigo porque Samantha está ignorando a Dylan. Anoche él le envió unos vídeos de YouTube de canciones poco conocidas de Elliott Smith y aún no ha recibido respuesta. El amor de Dylan por Elliott Smith a veces es exagerado, como cuando me trató como la mierda durante una semana entera solo porque deletreé el nombre de Elliott con una sola *t*.

—No creo que esté muerta. Probablemente tenga una vida —digo.

—¿Y qué se supone que está haciendo?

—No lo sé. Cazando vampiros.

—Es de día. No hay vampiros en el exterior. Inténtalo una vez más.

—Estoy seguro de que todo va bien. Ayer hablasteis durante dos horas.

—Dos horas y doce minutos —corrige Dylan. Vuelve a llenar su taza de café. No ha dormido mucho. Me desperté con dos llamadas perdidas de FaceTime a medianoche y diez mil mensajes de texto relacionados con Samantha.

Realmente no entiendo su obsesión con el café, y en especial no comprendo su obsesión con el café durante el verano, y no comprendo en un cien por cien su obsesión por el café cuando ya tienes dificultades para dormir. Esa ecuación no tiene sentido, pero las chicas tienen ese efecto en Dylan.

—Tiene apellido —informa Dylan.

—Qué novedad.

—Samantha O'Malley —dice. Me pone al tanto de cada detalle que descubrió ayer sobre ella: ser camarera la hace sentir más feliz que a sus compañeros de trabajo, sus películas favoritas son *Titanic* y *Nuestra pandilla*, lleva a su hermana pequeña a comer marisco cada semana, es genial jugando videojuegos—. Y pensé que yo le gustaba.

He visto a Dylan pasar por decenas de «relaciones» desde tercer curso, pero nunca ha estado tan insoportable al segundo día de haber conocido a una chica. Incluso su enamoramiento con Harriett tardó un mes en consolidarse, lo que significa años en Tiempo Dylan. Los ojos enamorados de Dylan por Samantha me recuerdan a cómo me sentía yo con Hudson cuando él salía corriendo a buscarme después del instituto. Sabemos lo que sucede a continuación.

—Estoy seguro de que le gustas, amigo.

—Le gustaba. Está muerta. Te veré en el próximo encuentro de Corazones Rotos Anónimos.

Giro en la esquina y me dirijo a la entrada del instituto. Belleza High en el Midtown no es el instituto al que vamos Dylan y yo, pero este año está recibiendo a una catarata de desdichados de verano de Nueva York provenientes de otros institutos públicos. Estoy a punto de asegurarle a Dylan que Samantha lo llamará cuando veo a Hudson y a Harriett sentados en los escalones de entrada del instituto.

Tal como mostraba su fotografía de Instagram ayer, Hudson parece perfectamente saludable. Me ve justo antes de dar otro mordisco a su *roll* de beicon, huevo y queso, y se vuelve hacia Harriett y estalla en carcajadas. No tengo problemas con Harriett porque es genial, pero no es graciosa. Incluso ella lo está mirando como si se hubiera vuelto loco.

—Eh —digo—. D, me tengo que ir.

—¿Qué sucede? —pregunta Dylan. Giro el teléfono y Dylan, de pronto, también está viendo a Hudson y Harriett—. AH. Hola, chicos.

Harriett sacude la cabeza.

—No, gracias.

—Está bien, entonces —dice Dylan—. Hudson, amigo, tienes kétchup en la cara.

Sacudo la cabeza y cierro FaceTime mientras Hudson se repasa la cara con una servilleta.

—Ey, hola —saludo a Hudson y Harriet.

—Hola —responde Harriet. Pero a diferencia de ayer, no me abraza porque Hudson está aquí y ella no puede traicionarlo. Lo que realmente es una mierda, ya que nos conocíamos antes de que Hudson llegara a nuestro instituto a comienzos del penúltimo curso. Ojalá pudiéramos ser amigos de nuevo. Que Harriett y yo todavía pudiéramos hablar de nuestros programas favoritos de superhéroes. Que Dylan y Hudson jugasen otra vez al ajedrez. Que Hudson y yo volviéramos a ser amigos. Lo mismo que Dylan y Harriett. Tal vez algún día podamos intentar ser un grupo de amigos otra vez.

—Hola —saluda Hudson, sin mirarme. Sin su expresión valiente de Instagram en el día de hoy. Está a punto de dar otro bocado a su *roll* pero se detiene, probablemente aún mortificado por tener kétchup en la cara. La verdad es que Hudson siempre ha comido de manera torpe, pero yo nunca se lo hice notar. Ir caminando al instituto y comer bocadillos baratos mientras hablábamos era un momento especial para mí. Sé que no debería dolerme verlo desayunar con Harriett, pero me duele. Como si para Hudson fuera muy sencillo borrarme de su vida.

—¿Estás mejor? —pregunto. La verdad es que estoy intentando que este verano no sea un desastre.

—Sano y feliz. —Hudson envuelve su bocadillo en el papel de aluminio—. Y yéndome. —Sube los escalones y cruza la puerta.

—Hoy va a ser un día divertido —señala Harriett.

—Creo que nunca le volveré a preguntar cómo está —anuncio.

—Necesitará algo de tiempo. Tiene el ego golpeado.

—Es él quien besó a otro chico —aclaro.

—Creyó que habíais cortado —dice Harriett.

—Lo besó dos días después de que nos peleáramos.

Harriett levanta las manos.

—Es más complicado para él y creo que tú lo sabes.

—Eso no es justo. Él me rompió el corazón primero —protesto—. No entiendo por qué Hudson queda de víctima solo porque yo fui quien lo dejó. Tuve mis razones. Las conoces todas.

—No quiero estar más en el medio de lo que ya estoy —se queja Harriett—. Lo lamento, Ben. —Se dirige hacia el edificio.

Respiro hondo. No sé en qué mundo retorcido vive Harriett si cree que ella está en el medio de esto; claramente es del Equipo Hudson. Nada de esto habría sucedido si Hudson y yo hubiéramos seguido siendo amigos.

Subo los escalones, temiendo esta clase. Pero no retrocedo. No repetiré el penúltimo curso porque mi exnovio me mantuvo alejado del instituto de verano.

Nuestro profesor, el señor Hayes, está fuera de la clase coqueteando con la profesora de Álgebra. El señor Hayes es bastante joven, ronda los veintitantos. Suele trabajar como misionero en otros países durante el verano, pero en mayo se hizo un esguince en un tobillo durante una Carrera Espartana, así que se mantiene ocupado enseñándonos Química. No es exactamente mi tipo porque está demasiado en forma, la clase de hombre que uno ve en los anuncios de ropa interior, pero no se puede negar que es muy guapo.

Me dirijo al fondo de la clase, tan lejos de Hudson y Harriett como me es posible. Abro mi cuaderno y me quedo en silencio.

Nunca he sido bueno en el instituto. Que Hudson me dijera que no tenía que estudiar tanto para los exámenes definitivamente no ayudó, pero siempre he tenido problemas para concentrarme en clase. Para empezar, paso demasiado tiempo sumido en mis propios pensamientos. Cada vez que hay un examen, estudio en casa durante veinte minutos y me pongo a jugar a *Los Sims* y a pensar en mis cosas. Mi madre estaba tan frustrada conmigo durante mi primer semestre que me confiscó el portátil hasta que mis notas mejoraran, lo cual sucedió simplemente porque realmente necesitaba recuperar mis mundos inventados.

Pero aun cuando me esfuerzo mucho para prestar atención en clase, me doy cuenta de que voy demasiado atrasado. Como cuando te pierdes una clase porque estás enfermo o con la mirada perdida pensando en cómo será ser realmente amado y los profesores no interrumpen la clase para volver a explicar. Siguen adelante. Olvido quién combatió en la Segunda Guerra Mundial. No puedo nombrar más de diez presidentes. Estoy geográficamente perdido. El juego Trivial Pursuit es mi peor pesadilla.

Quiero conocer mejor el mundo verdadero. No solo los que invento o con los que juego en *Los Sims*. Pero ahora mismo me siento solo y abandonado en el mundo real.

El señor Hayes entra con una muleta bajo un brazo y llevando un bolso en la otra mano, como si estuviera a punto de hacer ejercicio en lugar de hablar sobre las propiedades químicas durante las próximas dos horas.

—Buenos días, amigos —saluda—. Pasemos lista.

Hudson levanta la mano.

—Hola. Soy Hudson Robinson. Falté ayer.

El señor Hayes asiente.

—Efectivamente. ¿Te encuentras mejor?

—Al cien por cien.

—Genial. Hablaremos después de clase. Puedo ponerte al tanto de lo que te perdiste —dice el señor Hayes—. Vale, Pete está aquí. Scarlett…

—Espere —interrumpe Hudson—. No me voy a quedar después de clase. Venir al instituto durante el verano ya es suficiente, muchas gracias.

Harriett le lanza a Hudson su mirada característica de «Amigo, cállate de una vez».

—Yo no soy el que te suspendió. Es mi trabajo asegurarme de que no vuelvas a suspender. Quédate treinta minutos después de clases para no tener que pasar el próximo año viendo cómo tus amigos se preparan para el baile, la graduación y la universidad mientras tú estás haciendo amigos con los del penúltimo curso. —Hombre, el señor Hayes sabe cómo saltar a la yugular sin sonar como un completo imbécil.

—No soy estúpido, me sé el temario —responde Hudson. Nunca lo había visto hablarle a un profesor de esa manera—. No estoy aquí por esa razón. Solo estaba… —No me mira—. Solo falté el primer día. Tengo los conceptos básicos cubiertos.

—Fantástico. Cuéntanos cómo se forman los enlaces iónicos y te ganarás la libertad.

Hudson no dice nada.

—Las aleaciones son la combinación ¿de qué?

Nada. ¿Veis? El instituto no se detiene para nadie. Ni siquiera para los exnovios complicados.

Hudson se encoge de hombros, coge su teléfono y mierda, espero que esté buscando las respuestas en Google y no dedicándose a mandar mensajes de texto. Este intervalo de silencio incómodo se vuelve incluso más incómodo cuando Hudson comienza a ruborizarse. Nunca lo había visto tan callado desde que Kim Epstein quiso llamarlo *chica* como insulto porque es un poco afeminado, y Harriett la avergonzó delante de todos por intentar meterse con su mejor amigo.

Terminaré con este silencio incómodo.

—Las aleaciones son una combinación de metales. —Volvimos a repasar eso ayer.

Hudson deja el teléfono con brusquedad y me mira con fijeza.

—No necesito nada de ti, ¿vale? *No* me preguntes cómo estoy. *No* me ayudes. —Su rostro está tan ruborizado que es un milagro que no entre en combustión de manera no tan espontánea.

Quiero levantar mi cuaderno y esconderme detrás.

Nadie aquí conoce nuestra historia excepto Harriet.

Deben pensar que Hudson es un chiflado y que yo soy el sabelotodo del instituto de verano. Solo voy a decir una cosa: este va a ser un verano largo.

5
ARTHUR

En el viaje de metro camino a casa, el presente me golpea: estoy real, verdadera e irrevocablemente hecho un desastre. He conocido al chico más guapo con las mejillas más sonrojadas, y lo más raro es que creo que yo también le gusté. Esa sonrisa. No era una sonrisa de solidaridad. Era una sonrisa como una puerta abierta. Pero esa puerta ahora está cerrada, con pestillo y candado. Nunca volveré a ver a Hudson. Nunca lo besaré en su boca de Emma Watson. ¿Y no es esa la historia de mi vida? Estado sentimental: solo para siempre.

Desearía haber tenido las agallas para pedirte tu número.

Jessie está muy equivocada al llamarme *valiente*. La verdad es que tengo cero agallas y cero audacia. Nunca he tenido novio, nunca me he acostado con nadie, nunca he besado a nadie, ni de cerca. No me había molestado hasta ahora. Simplemente parecía normal. Después de todo, Ethan y Jessie están en el mismo punto conmigo. Pero parece como si estuviera en una audición para Broadway, sin experiencia y con un currículum vacío. Sin preparación ni aptitudes y total y completamente fuera de lugar.

Y durante todo el camino a casa me siento verdaderamente apabullado. Bajo en la calle Setenta y dos y salgo al caos de gente, y taxis, y carritos para bebés y ruido. Hay tres calles entre la estación de metro y mi casa. Paso todo el camino leyendo las conexiones perdidas en mi teléfono.

Tan pronto abro la puerta:

—Art, ¿eres tú?

Apoyo el bolso del portátil sobre la mesa del comedor, que es también la mesa de la sala de estar y la mesa de la cocina. El apartamento de mi tío abuelo Milton tiene dos dormitorios, y supongo que eso es grande para Nueva York. Aun así, me hace sentir como una momia en un sarcófago. Definitivamente entiendo por qué el tío Milton se queda en Martha's Vineyard todo el verano.

Sigo la voz de mi padre, que está sentado en mi escritorio con una taza de café y su portátil.

—¿Por qué estás en mi habitación?

Sacude la cabeza como si estuviera sorprendido de encontrarse allí.

—No lo sé, ¿cambio de ambiente?

—Te asustan los caballos.

—Me encantan los caballos. Pero no entiendo por qué tu tío Milton necesita veintidós cuadros de ellos —se queja mi padre—. Te siguen con los ojos, ¿no te parece? ¿O me lo estoy imaginando?

—No te lo estás imaginando.

—Solo quiero, digamos… pegarles gafas de sol o algo así.

—Qué buena idea. Mamá estaría encantada.

Durante un instante, solo sonreímos. A veces parece que mi padre y yo somos dos niños que se sientan en el fondo de la clase… Lo que significa que en ocasiones tenemos que tirar bolitas de papel a la nuca de mi madre. Metafóricamente hablando.

Espío el ordenador de mi padre.

—¿Eso es algún trabajo como *freelance*?

—No, solo estoy jugando. —Mi padre es desarrollador de páginas web. En Georgia, era la clase de desarrollador que ganaba dinero, hasta que lo despidieron el día anterior a Navidad. Así que ahora es de la clase que juega.

Hay algo que aprendes cuando vives en un sarcófago: el sonido viaja a través de las paredes. Lo que significa que, la mayoría de las noches, escucho cómo mi madre reprende a mi padre por no esforzarse en su búsqueda de trabajo. Lo que, por lo general, hace que mi padre balbucee sobre lo difícil que es conseguir trabajo en Georgia mientras vive en Nueva York. Lo que *siempre* termina con mi madre recordándole que puede volver a casa cuando él quiera.

Imaginaros lo incómodo que es eso.

—Ey, ¿qué piensas de las conexiones perdidas de Craigslist? —suelto.

No sé por qué hago esto. Definitivamente no tenía planeado contarles a mis padres la historia de la oficina de correos. Tal como no había planeado hablarles de mi triste flechazo con Cody Feinman del instituto hebreo. O mi flechazo incluso más triste con el hermano un poquito más joven de Jessie. O el hecho de que soy gay en primer lugar. Pero algunas veces las cosas simplemente pasan.

—¿Te refieres a un aviso personal?

—Bueno, sí, pero no algo como *le tienen que gustar los perros y las largas caminatas por la playa*. Es más bien… —asiento—. Vale, es como un aviso de un gato perdido, excepto que el gato es en realidad un chico guapo que he conocido en la oficina de correos. Pero un chico guapo humano. No un gato.

—Ya lo he entendido —dice mi padre—. Así que quieres subir un aviso para encontrar al chico de la oficina de correos.

—¡No! No lo sé. —Sacudo la cabeza—. Juliet y Namrata lo han sugerido, sí, pero es una posibilidad muy remota. Ni siquiera sé si alguien lee esas cosas.

Mi padre asiente con lentitud.

—Definitivamente es poco probable.

—Por supuesto. Es una idea estúpida. Vale…

—No es una idea estúpida. Deberíamos hacerlo.

—No lo leerá.

—Podría hacerlo. Vale la pena intentarlo, ¿verdad? —Abre una nueva ventana de búsqueda.

—Vale, no. No, no, no. Craigslist no es una actividad de padre e hijo.

Pero él ya está escribiendo, y me doy cuenta por el gesto de su mandíbula: está totalmente involucrado.

—Papá.

La puerta del apartamento se abre con un crujido, y escucho el sonido de tacones contra el suelo de madera. Un instante después, mi madre está en el umbral.

Mi padre ni siquiera levanta la mirada de la pantalla del ordenador.

—Llegas temprano —resalta.

—Son las seis y media.

De pronto, todos se quedan callados. Y ni siquiera es la clase de silencio normal. Es uno de esos silencios cargados y atómicos.

Me zambullo en él de cabeza.

—Estamos subiendo un aviso a Craigslist para encontrar a un chico de la oficina de correos.

—¿Craigslist? —Mi madre entrecierra los ojos—. Arthur, no lo hagas bajo ningún concepto.

—¿Por qué no? Quiero decir, además del hecho de que es inútil y que no hay posibilidades de que lo vaya a leer...

Mi padre se restriega la barba.

—¿Por qué piensas que él no lo va a leer?

—Porque los chicos como él no están en Craigslist.

—Los chicos como tú no están en Craigslist —señala mi madre—. No voy a permitir que te mate un asesino con un machete.

Suelto una risita.

—Bueno, estoy muy seguro de que eso no va a suceder. ¿Fotografías de penes? Probablemente. Asesinos con machetes...

—Ahh. Sí, como tu madre, tendré que actuar y vetar las fotografías de penes también.

—¡No estoy pidiendo fotografías de penes!

—Si subes un aviso en Craigslist, estás pidiendo fotografías de penes.

Mi padre mira de reojo a mi madre.

—Mara, ¿no piensas que estás siendo un poco...?

—¿Qué, Michael? Estoy siendo ¿qué?

—¿No crees que estás exagerando? ¿Solo un poco?

—¿Porque no quiero que nuestro hijo de dieciséis años esté rondando el bajo vientre de Internet...?

—¡Tengo casi diecisiete!

—¿Craigslist? —sonríe mi padre—. ¿Tú piensas que Craigslist es el bajo vientre de Internet?

—Bueno, tú lo sabrás —suelta mi madre.

Mi padre parece confundido.

—¿Qué se supone que significa eso?

—Vale, parad, por favor —interrumpo—. Obviamente, no voy a hacerlo. No voy a perder el tiempo buscando a un chico cualquiera con el que he hablado cinco segundos. ¿Vale? ¿Podemos tranquilizarnos?

Miro de mi madre a mi padre, y luego otra vez a mi madre, pero es como si no me vieran. Están demasiado ocupados evitando mirarse deliberadamente.

Así que me retiro. Cojo mi portátil. Salgo de escena.

Mi corazón está latiendo tan fuerte que casi tartamudea. Odio esto. Nunca habían llegado a este punto. Sí, los he visto ser bruscos el uno con el otro. No somos robots. Pero siempre han encontrado una forma divertida para arreglarse entre ellos. Pero estos días, incluso los momentos divertidos parecen como un cese de fuego temporal.

Me desplomo en el sillón de la sala de estar y cierro los ojos, pero juro que estoy siendo observado. Por caballos. Para ser más exactos, por la gigantesca pintura al óleo que está colgada sobre la mesa y que solo puedo asumir que fue un retrato temprano de Bo-Jack Horseman pintado por el mismo Leonardo da Vinci.

La voz de mi madre se filtra desde mi habitación.

—… a casa temprano. ¿Perdón? He reprogramado dos conferencias telefónicas para estar…

—Sí. Como he dicho… —La voz de mi padre se desvanece— … temprano.

—Oh, venga. ¿Estás bromeando? Eso no…

—Le estás dando demasiada importancia…

—Vale, ¿sabes qué no vas a hacer, Michael? No vas a pasar el día jugando a videojuegos en casa y luego atacarme para…

Abro el portátil. Hago clic en iTunes. *Spring Awakening*, álbum del elenco original. Presiono F12 con fuerza hasta que el volumen llega al máximo.

—Mara, ¿puedes…?

Y dejo que Jonathan Groff los sofoque.

Porque para eso están los chicos monos.

6
BEN

Desearía sentirme puertorriqueño en el mundo exterior de la misma manera que me siento en casa.

Algunos amigos del instituto me dijeron que yo no era realmente puertorriqueño porque paso por blanco y solo conozco una decena de frases básicas en español, cosas como «te quiero» y «cómo estás». Se lo conté a mi padre ese día, le rogué que pegara notitas en diferentes objetos alrededor del apartamento para enseñarme español y no ser acosado de nuevo. A mi padre pareció entusiasmarle la idea, pero me explicó que ser puertorriqueño no se reducía al color de mi piel o a saber hablar español, sino a mi sangre y a mi familia. La verdad es que eso me gustó. Pero no significa que no esté constantemente diciendo: «Hola, soy Ben. Soy puertorriqueño». El color de piel de mi padre es el más oscuro de nuestra familia, aunque sigue siendo muy claro, como el bronceado de una persona blanca, y su aspecto es como el que todos esperan que yo tenga. Nadie cuestiona nunca que mi padre es puertorriqueño.

Si los chicos de mi instituto me viesen en casa, dominando por completo la tarea de cocinar sofrito y relajándome al compás de Lana Del Rey mientras mezclo el cilantro, los ajíes, las cebollas y el ajo junto con el orégano fresco que la compañera de trabajo de mi madre nos regaló. Primero mi padre prepara nuestros platos con ensalada, y luego apila su arroz y guandules encima de todo. Me regala pegao extra porque me gusta el arroz crujiente desde que era un niño, quizás porque su crujido me recuerda a algunos de mis dulces favoritos. Mi madre pone el budín de coco en el horno y ya estamos listos.

Mi madre me da un golpecito en el hombro y dice algo por encima la música que no logro escuchar. Me quita un auricular.

—¿Qué pasa contigo? —Su pelo oscuro cae sobre su hombro y huele a champú de coco de su ducha después del trabajo. Es auxiliar contable en Blink Fitness, y, aunque trabaja todo el día en una oficina, el olor a sudor se le pega tanto como un tío de gimnasio se aferra a su barra de flexiones, así que siempre se apresura a darse una ducha cuando llega a casa.

—Ha sido un día difícil —respondo.

—¿Hudson? —pregunta mi padre.

—Has dado en el blanco.

Mi padre sacude la cabeza mientras limpia las ollas y sartenes antes de que comamos, para que más tarde no esté todo acumulado cuando nuestros estómagos ya estén satisfechos, un truco que le enseñó el abuelo. El detergente hace espuma en sus manos.

—Diego, date prisa, me muero de hambre. —Mi madre me pasa los cubiertos—. Benito, pon la mesa. Cuéntanoslo todo después de la oración.

Coloco los tenedores y cuchillos sobre nuestros manteles individuales, esas compras impulsivas que hicimos en la tienda de la esquina cuando nuestra situación económica era un poco mejor de lo que es ahora. El de mi madre tiene forma de lechuza, su animal favorito. El de mi padre es de lino tramado blanco y negro y siempre lo rasca mientras espera a que nosotros terminemos nuestra cena. Y el mío tiene un T-Rex que está intentando beber de una fuente de agua pero que no me ha hecho sonreír desde que lo dejé con Hudson.

Nos colocamos en nuestras sillas, muy cerca unos de otros. Mis padres jamás se sientan a la cabecera de la mesa. Mi madre dice que resulta demasiado ceremonioso, como si estuviéramos comiendo un banquete en el comedor de un castillo enorme en lugar de en el apartamento superacogedor de dos dormitorios. Y a mi padre simplemente no le gusta estar tan lejos de ella.

Nos cogemos de las manos y mi madre bendice la mesa. Mis padres son personas de fe y nos gusta decir que tenemos una relación saludable con la religión. No somos de esos católicos de la vieja escuela que se rigen por la Biblia y que, convenientemente, ignoran todos los versos que contradicen el odio que sale de sus bocas. Somos la clase de católicos que piensan que las personas no deberían ir al Infierno por no ser heterosexuales, y así era incluso antes de que yo saliera del armario. Mis padres le rezan a Dios con frecuencia y yo me uno a ellos durante las cenas. Esta noche, mi madre le está agradeciendo la comida que tenemos sobre la mesa; también reza por mi abuela, que se cayó saliendo del coche; por mi tía, que la está cuidando; por el modesto aumento de sueldo que le van a dar a mi padre en Duane Reade y por el bienestar de todos.

—Bueno. —Mi madre junta las manos—. Hudson. ¿Qué pasa con él?

Me gusta que mis padres estén muy pendientes de mí, pero también que sepan darme espacio.

—Estaba intentando ayudarlo en clase, y se enfadó conmigo.

Mi padre entrecierra los ojos.

—Pensé que habías dicho que él no era muy dado a montar drama.

—Definitivamente no lo es —digo, y mi padre se tranquiliza. Hace dos años me robaron fuera de una tienda y mis padres me encerraron y me pusieron horarios estrictos, lo que me pareció un castigo por ser la víctima, pero yo sabía que era un acto de amor que mi padre me hubiera enseñado a levantar las manos y a salir corriendo. Aun así, me perdí todo el verano, y como todos sabemos, el verano no llega tan rápido como los fines de semana—. Simplemente me gritó delante de todo el mundo. Y yo no le respondí.

—Bien —dice mi madre.

—También es bueno saber que puedes frenarlo si es necesario.

—Está claro. —Hubo una vez en que levanté a Hudson y lo besé contra una pared porque habíamos visto cómo lo hacía una pareja de un chico y una chica en una película y queríamos probarlo con una pareja de dos chicos. Después cambiamos de posición, y, a pesar de que pesábamos lo mismo, él tuvo dificultades para levantarme.

—Ya vale, bárbaros. —Mi madre sacude la cabeza porque no va a tolerar más conversaciones sobre la violencia. Ni siquiera le gustan las películas de acción, cosa que a mi padre y a mí no nos molesta, ya que siempre hace diez mil preguntas durante una película, incluso si todos la estamos viendo por primera vez—. Espero que las cosas se calmen pronto.

—No tengo muchas esperanzas.

Intento estirar la cena durante tanto tiempo como puedo porque estar solo realmente me está afectando. Mi madre nos habla sobre el nuevo podcast de suspenso que ha estado escuchando, y cómo en cada capítulo aumenta tanto la tensión que casi desea que la serie termine para poder respirar y no estar presa de la intriga durante más tiempo. Mi padre nos cuenta que esta tarde un padre y su hijo estaban comprando condones al mismo tiempo sin darse cuenta de que el otro estaba allí.

—¿Cómo va tu historia, Benito? ¿He vuelto a aparecer? —pregunta mi madre.

Las únicas personas que saben que estoy escribiendo esta novela son Dylan, Hudson, Harriett y mis padres. Este año no pude comprarle nada a mi madre por el Día de la Madre, así que la incluí en mi historia como una hechicera que no envejece y que lanza hechizos de paz. Imprimí su parte, pero, en el último segundo, se activaron mis inseguridades y solo le conté lo que hacía su personaje en lugar de dejar que ella lo leyera por sí misma. He llegado tan lejos con esta historia que me pone nervioso que cualquier crítica negativa me haga abandonarla.

—No. Isabel la Serena necesita quedarse en su torre. No puede lanzar más hechizos de paz en mitad de una guerra con magos.

—Quizás puedan llegar a un acuerdo hablando.

—Mamá, no. —Sonreí un poco—. El portátil no ha estado funcionando bien últimamente. Se sobrecalienta después de unos veinte minutos.

—Tal vez si apruebas el instituto de verano podamos comprarte una nuevo —sugiere ella.

—No —niega mi padre—. Su premio por aprobar el instituto de verano es no quedarse atrás.

—Mejor tenerme en casa escribiendo que fuera expuesto a los robos, ¿verdad?

—Golpe bajo —protesta él—. Pero bien jugado. Héctor el Regateador te enseñó bien. —Héctor el Regateador está incluso menos presente en mi historia que el personaje de mi madre.

—Podemos comprar otro en Craigslist —propone mi madre.

Creía que conseguir un ordenador en Craigslist no era el mayor de mis problemas, pero no me puedo quejar.

—Frankie conoció a su nueva novia en Craigslist —dice mi padre.

—¿Qué Frankie? ¿El empleado Frankie o el cartero Frankie? —pregunto.

—El empleado Frankie. Rodríguez. Me estaba hablando sobre esta página, Craigslist, donde puedes encontrar a la gente que conociste o que casi conociste. Tus contactos perdidos, creo. —Mi padre nos mira a mí y a mi madre como si tuviéramos que saber de qué está hablando. Se encoge de hombros—. Bueno, Frankie conoció a Lola en el metro y no intercambiaron números antes de que él se bajara. Su amigo le aconsejó que entrara en Craigslist y encontró un anuncio de Lola. Llevan saliendo dos semanas.

—Es maravilloso —dice mi madre.

—Impresionante —declaro.

Es como si Craigslist fuera un representante del universo. Se encarga de las cosas. Y quizás el universo esté hablando a través de mi padre ahora mismo para impulsarme a hacer lo mismo. Para ver si Arthur, mi Lola, también ha intentado buscarme. Me levanto de la mesa.

—Tengo que hacer algo —anuncio.

—¿Y qué pasa con el postre? —pregunta mi madre.

Me detengo y casi vuelvo sobre mis pasos, pero luego continúo mi marcha. El postre me esperará. Tengo una sensación de «debo hacer esto ahora mismo o explotaré» en el pecho. Cierro la puerta de mi habitación y me siento en la cama con el viejo portátil que ha iniciado toda esta conversación sobre Craigslist. Me invade una esperanza emocionante de que haya algo más en esta historia, como cuando Hudson y yo comenzamos a hablar por mensaje por primera vez, como cuando Arthur me saludó y coqueteamos y hablamos sobre el universo.

Abro Craigslist y encuentro las conexiones perdidas —no los contactos perdidos, papá, guau— y reviso las listas de hombres para hombres de Manhattan. Lo que comienza como una búsqueda esperanzadora pronto se convierte en una derrota, y, en cierto modo, deseo fundar un grupo de ayuda para todas estas personas con sus arrepentimientos y fantasías de «¿Y si...?».

Cierro el portátil.

Supongo que este asunto de Arthur está terminado.

7
ARTHUR

Miércoles 11 de julio

—Arthur, zapatos. Vamos. Llegaremos tarde. —Mi madre revisa su teléfono—. Ay. Voy a pedir un Lyft.

La espío desde el sillón.

—Acaban de dar las ocho.

—Bueno, ya que tu padre se ha terminado el café sin avisarme —dice en voz alta, en dirección a su habitación—, tendremos que hacer una parada en el Starbucks antes de la llamada por Skype de Bray-Eliopulos. Has tomado tu pastilla, ¿verdad?

—Sí —me siento lentamente—, pero ¿por qué mejor no cojo el metro?

—Tendrías que salir ahora mismo para coger el metro.

—No es necesario. No hasta las ocho y veinte.

Mi madre resopla.

—¿Es esa la razón por la cual siempre llegas a la oficina a las nueve y cuarto?

—¡Eso fue una sola vez!

Me revuelve el cabello.

—Vamos. Ya he llamado al Lyft.

Pero luego se abre la puerta de la habitación de mis padres y sale mi padre arrastrando los pies, llevando puestos unos pantalones de franela y la camiseta del día de anterior.

—Buenos días —bosteza, restregándose la barba—. Hola, Art. ¿Quieres ir a por unos *bagels*?

—¡Sí!

—Michael, puedes... no. —Mi madre exhala—. Ahora no.

Se miran, y es una de esas silenciosas discusiones parentales veloces como un rayo, si es que se las puede llamar *discusiones*. Es más bien como presenciar cómo una apisonadora aplasta a un gusano.

Mi padre me da una palmadita en el hombro.

—Iremos a comer *bagels* mañana.

—Pero no quiero estar atrapado en un Lyft con mamá antes de tomar mi primer café —susurro.

—Sobrevivirás.

El Lyft aparca frente a nuestro edificio, y me deslizo en el asiento trasero con mi madre. Se alisa la falda y apoya el teléfono sobre su regazo, la pantalla hacia abajo, las manos entrelazadas. Ha recobrado la compostura ahora que nos estamos moviendo, pero me observa con atención, y creo que eso es casi peor. Claramente, se está armando de valor para una charla.

Se aclara la garganta.

—Bueno, háblame de ese chico.

—¿Qué chico?

—¡Arthur! —Me propina un empujoncito—. El de la oficina de correos.

La miro de reojo.

—Ya te he hablado sobre él.

—Solo me contaste lo que pasó en la oficina de correos, pero quiero la historia completa.

—Vale. Eh. No quisiste que lo buscara, así que... esa es la historia completa.

—Cariño, es que no quiero que entres en Craigslist. ¿Has leído ese artículo que…?

—Lo sé. *Lo sé.* Machetes y fotografías de penes. —Me encojo de hombros—. No voy a entrar en Craigslist. Ni siquiera me importa tanto.

—Lo siento, Arthur. Sé que esperabas encontrarlo.

—No importa. Solo es un chico cualquiera.

—Bueno, creo que… —comienza a decir mi madre, pero después suena su teléfono en su regazo. Espía la pantalla y suspira—. Tengo que responder. Dame un minuto. —Se vuelve hacia la ventana—. ¿Cómo estás…? Sí. Vale, sí. Estamos yendo. Diez minutos, y pasaremos por Starbucks… ¿qué? Ay. Ay, no. —Tamborilea sobre su maletín. Luego se vuelve hacia mí, los ojos un tanto en blanco, y articula—: Trabajo.

Lo que significa que no va a cortar la comunicación en breve. Así que me giro hacia mi propia ventana y hago un catálogo mental de los restaurantes y escaparates. Ni siquiera son las nueve, pero las aceras están repletas de transeúntes. Todos parecen exhaustos y, en general, miserables.

Miserables. ¡En Nueva York!

No lo sé. A veces creo que los neoyorquinos no le hacen justicia a Nueva York. ¿Dónde está la gente balanceándose en los postes del metro, y bailando en las escaleras de incendios, y besándose en Times Square? El *flashmob* de la oficina de correos fue un comienzo, pero ¿cuándo aparecerá el siguiente gran número? Me había imaginado Nueva York como *West Side Story* + *En Los Altos* + *Avenue Q*, pero en realidad es una ciudad repleta de construcciones, tráfico, iPhones y humedad. Para eso deberían escribir musicales sobre Milton, Georgia. Comenzaríamos con una balada: «Domingo en el centro comercial». Luego «Dejé el corazón en Target». Si Ethan estuviera aquí, tendría el libreto completo escrito para cuando saliéramos del coche.

—Ah, no lo creo —está diciendo mi madre al teléfono—. A menos que Wingate haya presentado un escrito. Muy bien, estamos a una calle. —Hace una pausa—. No, está bien, enviaré a Arthur. Estaré allí enseguida.

Se dispone a coger un billete de veinte de su bolso.

—Un *latte* con leche desnatada —articula.

Hashtag vida de becario.

Le envío un mensaje a Ethan mientras espero en la fila del Starbucks. **Concepto: un musical ambientado en los suburbios de Atlanta llamado... prepárate... Ja-Milton.** 🎤. ⬇️. *Bum.*

Pero Ethan no responde.

Jueves 12 de julio

Hay silencio de radio hasta la mañana siguiente, cuando Ethan envía un selfie para —sorpresa, sorpresa— el chat de grupo. Es de él y Jessie en la Casa de los Gofres sosteniendo una botella de sirope de chocolate. **¡Estás aquí en espíritu, amigo mío!**, escribe.

Esto es una mierda. Cualquier otro verano, estaría sentado junto a Jessie en ese reservado, comiendo bocadillos de queso y despotricando contra la política, o Twitter, o las adaptaciones del escenario a la pantalla. Les estaría contando a Ethan y a Jessie la historia completa y sin abreviar de la oficina de correos, y, probablemente, anotaríamos en mi aplicación de notas un plan de acción al estilo futbolístico llamado Operación Hudson.

En oposición a lo que ocurre aquí, donde las chicas hacen oídos sordos cada vez que digo la palabra *Hudson*. Lo juro, hoy están incluso peor que de costumbre. Uno de los paralegales deja un paquete para Namrata, y ella apenas le echa un vistazo. Es como si no pudiera dejar de escribir. Durante un instante, solo la observo.

—¿Qué es eso? —pregunto finalmente.

—No lo sé.

—Quizás deberías abrirlo.

—Lo haré.

Los dedos de Namrata se quedan quietos sobre el teclado durante un instante mientras lee algo en su pantalla. Luego mira una pila de documentos, vuelve a mirar a la pantalla y comienza a teclear otra vez.

—¿Cuándo?

—¿Qué?

—¿Cuándo piensas que lo abrirás?

—Déjame adivinar. —Namrata suspira con tanta fuerza que mueve los documentos Shumaker—. No me dejarás trabajar hasta que lo haga.

—Eso probablemente es verdad.

—Entonces hagámoslo. —Abre el paquete con brusquedad y espía su contenido durante lo que parecen diez minutos, pero cuando por fin lo vuelve hacia mí, está sonriendo—. ¿Por qué demonios me has comprado dos kilos y medio de dulces de maíz?

—En realidad son dos kilos doscientos…

—De dulce de maíz.

—En julio —agrega Juliet.

—Arthur, eres el mejor —dice Namrata. Traducción: he acertado.

Juliet me revuelve el pelo.

—¿Quieres comer con nosotras? —Traducción: *superacerté*.

Estoy tan feliz que podría cantar. Si las chicas y yo somos compañeros de comida, probablemente estamos muy cerca de hacernos unos bonitos tatuajes de mejores amigos la semana que viene. Y luego me presentarán a los chicos guapos de la facultad de derecho, más monos que Hudson, y nunca volveré a casa. Me quedaré aquí en Nueva York con mi maravilloso grupo nuevo. Mis nuevas mejores amigas. Vamos a ver, ¿quién necesita la Casa de los Gofres? Yo estaré aquí teniendo comidas de trabajo en la maldita ciudad de Nueva York, el centro culinario del universo. Ethan y Jessie pueden pasar el resto de sus vidas comiendo en cadenas de restaurantes. De ahora en adelante, solo comeré en *food trucks* de comida artesanal y orgánica, y en emblemáticos restaurantes *gourmet*.

—Siempre he querido ir al restaurante Tavern on the Green —declaro.

—Arthur, tenemos media hora.

—¿Sardi's?

—¿Qué te parece Panera?

Suelto un gritito ahogado.

—Me encanta Panera.

—Sí, lo suponía —dice Namrata, y luego engulle un puñado de dulces de maíz.

Cinco minutos más tarde, salimos a la calle, y no puedo creer lo diferentes que son las chicas cuando se encuentran fuera de la oficina. Son muy *abiertas*. Hasta el día de hoy, la mayor parte de mi información sobre Namrata y Juliet provenía de una de estas tres fuentes: escuchar a escondidas, Instagram y mi madre. Ahora sé que Juliet es bailarina y Namrata es vegetariana, y se odiaron durante todo el primer año de la facultad de derecho pero ahora son mejores amigas y salen a correr juntas y comen *cupcakes*, y ninguna de las dos se ha saltado ni siquiera una lectura para ninguna clase. Me enteré de todo esto incluso antes de llegar a la fila en Panera.

—Estoy más que asqueada —le está diciendo Namrata a Juliet—. ¿Sabes qué? Está bien, no los critico, pero adivina qué. Ya no quiero pasar la noche allí. Lo siento, David, pero el porno de dinosaurios me supera.

Juliet suelta un quejido.

—Puajjjjj.

—Esperad, ¿quién es David? ¿Y por qué le gusta el porno de dinosaurios?

Bueno, hablando en serio: odio cuando la gente dice un nombre al azar como si yo supiera mágicamente de quién se trata.

—No, son los compañeros de habitación de David —explica Juliet.

—Y no solo les atrae el porno de dinosaurios —agrega Namrata—, sino que, en realidad, quieren crear uno propio, no estoy bromeando, un *webcómic de porno de dinosaurios*. Lo cual, bueno, que hagan lo que quieran. Pero luego dejan sus bocetos en la maldita sala de estar y yo tengo que decir: «David, ¿por qué tengo que mirar esta imagen de un T-Rex masturbándose?».

—Pero… brazos de T-Rex. —Juliet parece confundida—. ¿Cómo?

—En serio, ¿quién es David? —pregunto.

Namrata parece divertida.

—Mi novio.

—¿Tienes novio?

—Han estado saliendo durante seis años —informa Juliet.

—¿Qué? No puede ser. —Me vuelvo hacia Juliet—. ¿Tú tienes novio?

—Tengo novia —corrige Juliet.

—¿Eres lesbiana?

—Siguiente —dice el chico detrás del mostrador.

Juliet avanza y pide una sopa. Luego se vuelve hacia mí y dice:

—Bueno, soy asexual birromántica, lo que significa…

—Lo sé, lo sé. Pero nunca lo habías mencionado. ¿Por qué nunca me decís nada?

—Te decimos que trabajes —contesta Juliet—. Te lo decimos bastantes veces.

—Pero nunca me habláis sobre vuestras vidas amorosas. Yo os he contado cada detalle sobre Hudson, ¡y ni siquiera sabía que tenías novia! Y, por supuesto, no sabía que Namrata tenía un novio llamado David que dibuja porno de dinosaurios.

—No, los *compañeros de habitación* de David dibujan porno de dinosaurios —intercede Namrata, regresando lentamente del mostrador—. Ese es un dato clave. Arthur, tu turno. Pide tu Happy Meal de mantequilla de cacahuete y mermelada.

—Shhh. Me voy a comprar un bocadillo de queso fundido. Un bocadillo de adulto.

Namrata me da una palmada en la cabeza.

—Muy sofisticado.

—Hudson —dice alguien por un micrófono, y me paralizo. Namrata y Juliet se paralizan. El mundo entero se paraliza—. Hudson, su pedido está listo.

—Arthur. —Juliet se lleva la mano a la boca.

—No es él.

—¿Cómo lo sabes?

—No puede ser él. Sería demasiado raro. Vamos a ver, ¿cuáles son las probabilidades? —Sacudo la cabeza—. Es algún otro Hudson.

—Estamos al lado de la oficina de correos —indica Juliet—. Es posible que trabaje cerca de aquí o viva aquí o algo así. En realidad no es un nombre tan común.

—Sí, vamos —propone Namrata.

—De eso nada. ¡Sería muy sospechoso!

—No, no lo es. —Me tira de una manera no muy amable hacia el mostrador de entregas. Allí, dándonos la espalda hay un chico en vaqueros y una camiseta polo ajustada; es blanco, más alto que yo y tiene el pelo totalmente cubierto por una gorra de béisbol colocada hacia atrás—. ¿Es él?

—No lo sé.

—EY, HUDSON —llama Namrata en voz muy alta.

Mi corazón se detiene.

Y el chico se vuelve, algo inquieto.

—¿Te conozco? —le pregunta a Namrata.

No es él.

No es Hudson. Bueno, al parecer *sí* es Hudson, o por lo menos responde al nombre Hudson, pero no es *mi* Hudson, si mi Hudson es un Hudson para empezar. Mi cabeza está dando vueltas. Este Hudson es bastante guapo. Tiene unos pómulos demasiado bonitos y unas cejas increíbles. Ahora nos está mirando, y parece desconcertado, y yo deseo que la tierra se abra y me engulla.

—Hudson. ¿Del campamento de bandas de música? —pregunta Namrata con soltura.

—No he ido a ningún campamento de bandas.

—Ah, bueno. Te he confundido con otra persona.

—¿Con alquien que se llama Hudson? —pregunta.

Namrata ni siquiera pestañea.

—Sí, Hudson Panini.

Hudson Panini. ¿Namrata acaba de inventarse a un amigo de campamento ficticio llamado Hudson Panini?

—Oh, vaya. Mucho más épico que Hudson Robinson.

—Me temo que sí. —Namrata coge mi mano—. Pero disfruta de tu cuenco de pan, Hudson Robinson.

—He pedido un panini —aclara Hudson en voz baja.

Pero para entonces, estamos a mitad de camino de regreso a la mesa.

Juliet se abalanza sobre nosotros de inmediato.

—¿Cómo os ha ido?

—Voy a asesinar a Namrata —le informo.

Namrata resopla.

—¿Perdón?

—¿HUDSON PANINI?

—Vi un panini.

—Genial —dice Juliet.

Me desplomo en mi silla.

—Ha sido muy humillante.

—Da igual. Estabas siendo un pequeño cobarde —dice Namrata—. Ni siquiera tenías pensado hablarle.

—¡Ni siquiera era él! Era el chico equivocado.

—Bueno, obviamente. Ni siquiera te reconoció.

Juliet se recuesta en su silla.

—¿De modo que era un Hudson totalmente distinto?

—O es el exnovio —conjetura Namrata de forma casual—. En cuyo caso, de nada. Acabo de conseguirte su apellido.

—Espera —murmuro.

Pero el resto de mis palabras se evaporan.

Porque puede que Namrata esté equivocada. Pero también puede que no lo esté.

Tal vez Hudson Robinson —Hudson Robinson, el de la gorra hacia atrás y las cejas perfectas— es el exnovio del Chico Caja. Seguro que ha estado muy deprimido para lavarse el pelo desde la ruptura, *razón por la cual lleva la gorra*. Mierda.

Hudson Robinson. No soy un acosador ni nada de eso. No tengo ninguna intención de aparecer en su puerta. Pero se puede encontrar a cualquiera en Internet, ¿verdad?

Quiero decir, quizás yo estaba de verdad destinado a conocer al chico de la oficina de correos. Tal vez esté destinado a volver a cruzarme con él. Y tal vez —solo tal vez— se supone que deba encontrarlo siguiendo al chico que lo llevó a la oficina de correos en primer lugar.

Hudson Robinson, tecleo. Y luego presiono *«enter»*.

8
BEN

Jueves 12 de julio

Tener clase ha sido difícil y lo último que quiero hacer es conocer a la futura y temporal novia de Dylan, pero de todas formas me apresuro a llegar al centro como si alejarme lo suficiente del instituto me ayudara a olvidar cuánto duele estar excluido de todas las risas que Hudson y Harriett comparten al comienzo y al final de la clase. Me bajo del metro y me encuentro a Dylan fuera de una farmacia sosteniendo una taza térmica de Dream & Bean y un ramo de flores.

—Tienes Cara de Asesino en este momento —señala Dylan—. Cara de Asesino Culpable. Tal vez podamos cambiar tu expresión por completo antes de que conozcas a Samantha. Cara de Mejor Amigo Feliz, si necesitas alguna sugerencia. —Dylan guiña un ojo.

Adoptaré mi Cara de Mejor Amigo Feliz porque se trata de Dylan. Pero la verdad es que se me está haciendo muy pesado llegar a conocer a todas sus novias, conectar con ellas y perder su amistad en un abrir y cerrar de ojos después de que Dylan corte con ellas.

—Lo pides, lo tienes. ¿Por qué las rosas? —pregunto.

—Samantha mencionó que las rosas son sus flores favoritas mientras estábamos viendo *Titanic* —comunica Dylan, exultante, como si fuera una cualidad sobrehumana recordar algo que se dijo hace menos de veinticuatro horas.

—¿Habéis visto una peli juntos?

—Ayer por la noche, por FaceTime.

—¿Estuvisteis en FaceTime todo el tiempo? ¿Esa película no dura más de tres horas?

Dylan asiente.

—Nos llevó más de cuatro terminarla. No dejábamos de ponerla en pausa para hablar.

—Eso es impresionante —respondo. Lo digo en serio. En especial considerando todas las horas de sueño que perdió la noche anterior, porque ella no le había respondido sus mensajes sobre Elliott Smith. Resulta que todavía no había podido escuchar las canciones. Y le encantaron—. ¿Te gustó?

—Pensé que el barco se hundiría mucho más rápido, si entiendes lo que quiero decir.

—Te aburriste hasta que el barco comenzó a hundirse…

—Me aburrí hasta que el barco comenzó a hundirse, sí.

Dylan camina con demasiada energía mientras nos dirigimos con prisa al café. Está esquivando a gente a diestra y siniestra y apenas puedo escucharlo comentar que había espacio para Jack y Rose en esa puerta flotante o que, al menos, podrían haberse turnado. Dylan se detiene en la esquina.

—Vale. ¿Cómo estoy?

Tiene ojeras y lleva puesta una camiseta de Kool Koffee, lo que me parece una exageración, pero, en general, está bien. Excepto:

—Quizás quieras deshacerte de esa taza de Dream & Bean.

Dylan me arroja la taza como si fuera una granada y nos la pasamos el uno al otro antes de que finalmente yo la guarde en mi mochila.

—Eres ridículo —digo mientras entramos al Kool Koffee. El café huele a escritores pretenciosos que odiarían lo que yo escribo.

Samantha se encuentra detrás del mostrador y está maravillosa. Hace una pausa antes de anotar un pedido y nos saluda con la mano. Tiene sus rizos oscuros aplastados por una gorra caqui y sus ojos verde azulados se iluminan en dirección a Dylan. Y *bum*, brillantes dientes blancos cuando sonríe por encima del hombro de un cliente. Estoy seguro de que soy gay al cien por cien porque incluso si fuera bisexual en un uno por ciento me rendiría ante Samantha solo por su apariencia y energía. Dylan observa a Samantha como si ella estuviera resplandeciendo, y yo me pregunto cuándo dejé de resplandecer para Hudson. Si alguna vez en verdad lo hice.

Oh, mierda. Solo queda una mesa libre.

—Voy a sentarme en esa mesa —anuncio.

Dylan me tira hacia atrás.

—Tienes que pedir algo para sentarte. Ay, me da miedo decir algo estúpido.

—Irá bien.

—Casi entro aquí con el café del enemigo.

Me quedo a su lado.

Llevo puesta mi Cara de Mejor Amigo Feliz, incluso cuando un chico de nuestra edad con aspecto de novelista esperanzado ocupa la última mesa disponible y abre su portátil para escribir el Próximo Harry Potter antes de que yo lo haga. Por lo menos, es agradable de ver. Ojos brillantes, piel café oscura, corte de pelo al estilo César, una camiseta con la Antorcha Humana. Si tuviera más coraje, como ese tal Arthur o como Dylan con Samantha, daría el primer paso. Me sentaría frente a él, le preguntaría cómo está, hablaríamos sobre la escritura, averiguaría si le gustan los chicos, le diría que es guapo, rezaría para que él pensara lo mismo de mí, conseguiría su número y me enamoraría. Pero no tengo el suficiente coraje, así que no lo hago.

Llegamos al principio de la fila y Samantha se estira por encima de la barra y casi hace caer el mostrador de galletas por impulso.

—Soy de las que abrazan —anuncia. No se hace justicia a ella misma porque no es simplemente alguien que abraza, sino la que da los mejores abrazos—. Encantada de conocerte, Ben.

—Igualmente, Samantha. Samantha, ¿verdad? ¿No Sam? ¿No Sammy?

—Solo mi madre me llama Sammy. Me resulta extraño cuando alguien más lo hace. Gracias por preguntar —dice Samantha. Se vuelve hacia Dylan—. Hola.

—Hola —responde—. ¿Cómo estás?

—Bien. Ocupada. —Sonríe al ver las rosas—. Eres muy dulce. A menos que no sean para mí, en cuyo caso escupiré en tu café.

—Todas para ti —declara Dylan.

Samantha coge un vaso, escribe el nombre de Dylan dentro de un corazón y comienza a preparar su vaso grande de café libre de escupitajos.

—¿Qué puedo ofrecerte, Ben?

—No lo sé. Una limonada fría, supongo. —Larga vida al azúcar.

—¿Pequeña, mediana, grande?

Miro los precios en el menú.

—Pequeña. Definitivamente pequeña. —Mierda. ¿3,50 dólares por un vaso pequeño mitad hielo, mitad zumo? Podría lanzarme a una aventura con una MetroCard de 2,75 dólares para un solo viaje y me quedaría con cambio. Compraría cuatro litros de zumo de naranja. Tres paquetes de Skittles y cinco Swedish Fish en la tienda de la esquina.

—Enseguida la preparo —dice Samantha. Dibuja un 😁 debajo de mi nombre—. Estaré libre en un par de minutos. Solo tengo que terminar con esta fila.

Esperamos al final de la barra. Echo otro vistazo al tipo de la camiseta de la Antorcha Humana. Ahora tiene los auriculares puestos y me pregunto qué estará escuchando. A Hudson le gustaban mucho los clásicos. A mí me gusta lo que sea que esté a la moda ese mes. No busco canciones nuevas, pero si es pegadiza, es suficiente. Sería increíble salir con alguien a quien le gusten las mismas cosas que a mí. No nos pelearíamos durante los viajes para ver la vida fuera de la ciudad. Podríamos compartir los auriculares y disfrutar de la misma canción mientras nos relajamos en algún lugar tranquilo.

Una chica se levanta de la mesa del rincón y la limpia con servilletas, y antes de que pueda ver si la chica se está yendo, dos buitres —disculpad, dos chicos vestidos de traje en su descanso para el almuerzo— se abalanzan y ocupan la mesa.

—Debiste haberme dejado coger esa mesa —protesto.

—¿No es asombrosa? —pregunta Dylan.

—Sip —respondo de manera automática.

Samantha sale de detrás del mostrador gritando nuestros nombres.

—Aquí tenéis. —Camina hacia la barra—. Gracias por venir.

—Dylan no se lo perdería por nada del mundo —comento—. Yo tampoco, por supuesto.

—Mucho mejor que ir a casa y hacer los deberes, ¿verdad? —dice Dylan.

Asiento.

Realmente no quiero que nadie sepa que estoy en el instituto de verano. Ya fue lo suficientemente humillante estar sentado en la clase en fin de curso cuando no me entregaron mis notas finales y tuve que reunirme con el consejero escolar. Todos mis compañeros supieron que me darían la charla de «irás a un instituto de verano o repetirás el penúltimo año en un instituto diferente». Debí haber elegido esa segunda opción. Tendría mi verano y estaría libre de Hudson en septiembre y para el resto de mi vida.

Samantha bebe un sorbo de su *mocha* helado con leche desnatada y crema batida. Creo que se da cuenta de que hablar sobre el instituto de verano es un tema incómodo y sensible para mí. Me gustaría que mi mejor amigo fuera tan rápido en ese aspecto.

—Me encanta trabajar aquí, pero, en cierto modo, también echo de menos mi libertad. Me gustaría ser empresaria algún día, y mi madre me aconsejó que es mejor trabajar en todos los niveles posibles antes de escalar, para no convertirme en una especie de monstruo que espera un trabajo experto por parte de empleados que apenas ganan lo suficiente para vivir.

—¿Qué clase de negocio te gustaría crear? —pregunto.

—Me encantaría crear mi propia aplicación de juegos. Ya tengo una idea. Es como *Frogger*, pero en lugar de calles atestadas de tránsito, este juego se desarrolla en las aceras de Nueva York. Mueres si te golpea el carrito de la compra de alguien y pierdes puntos si te cruzas en el camino de un turista mientras está sacando fotos. Cosas como esas.

—Definitivamente jugaría sin parar a tu app y ganaría siempre —afirmo—. De hecho, Dylan casi estaba jugando a una versión real del juego de camino hacia aquí.

—¿Qué? No quería perderme el comienzo de su descanso —señala Dylan. Parece avergonzado, y esa no es una palabra que en general utilizaría para describir a Dylan. Es adorable ver cómo cada minuto cuenta para él. La clásica etapa de luna de miel en la que todos sienten que están a lomos de un unicornio sobre arcoíris flotantes mientras beben batidos de Skittle. Pero en algún momento te das cuenta de que el unicornio era solo un caballo disfrazado y de que ahora tienes caries.

Samantha le sonríe, como si quisiera decirle que es encantador, pero se contiene.

—Así que sí, las aplicaciones de juegos son lo mío. Si alguna vez tenéis una idea de la que yo pueda sacar algún provecho, hacédmelo saber. —Guiña un ojo, no es un guiño perfecto, pero aún así resulta cautivador.

—¿Puedes hacer una aplicación cien por cien infalible que ayude a la gente a encontrar a su alma gemela?

—Esperaba sugerencias para algo más fácil, como una aplicación de pasear perros con alguna clase de giro sorprendente, pero creo que podría.

De verdad me gusta; será muy difícil cuando salga de nuestras vidas. Tal vez pueda hacerme amigo de ella a espaldas de Dylan. Una amistad amorosa.

—Sé que ha sido tu decisión, pero ¿cómo estás después de la ruptura? —pregunta Samantha. Me desconcierta que Samantha esté al tanto de lo de Hudson. Probablemente era demasiado pronto para que Dylan rellenara silencios incómodos contándole a Samantha por qué cortó con Harriett. Él dice que fue porque a Harriett le gustaba ser la novia de alguien en Instagram más de lo que él le gustaba en realidad. Pero sé que ocurrió simplemente porque Dylan se despertó un día y ya no sentía nada. Sí, la verdad es que no es algo que le contarías a tu próxima futura novia.

—Primera relación. Primera ruptura. Primera vez que alguien de verdad me odia. Pero me gustaría que pudiéramos ser amigos —respondo.

—Lo siento —dice Samantha.

—Es lo que hay. —Me bebo mi limonada amarga de cuatro tragos como lo haría un adulto deprimido con su bebida alcohólica, y mastico el hielo porque también he pagado por él, maldita sea.

—Espero que recapacite —dice Samantha.

—Él se lo pierde —declaro, intentando dar por zanjado el tema. Vuelvo a adoptar mi Cara de Mejor Amigo Feliz—. Así que, ¿*Titanic*, eh?

—Me encanta esa película desde que era pequeña —comenta Samantha—. Aunque ahora quiero ver una de las favoritas de Dylan.

—*Transformers*, ¿a que sí? —dice Dylan.

Samantha hace una mueca.

—Quizás sea mejor idea que vayamos a cenar mañana. Puedo llevarte a la marisquería de la que te hablé.

—Mañana es viernes 13 —señalo.

—¡Oh, claro! No soy supersticiosa, no te preocupes —aclara Samantha.

—Yo tampoco —añade Dylan—. Paso por debajo de las escaleras sin ningún problema.

—Sí, una vez cuando tenías ocho años, te rompiste el brazo una hora más tarde —comento. Se asustó tanto por el dolor que tuvo un ataque de pánico. Juró que se estaba muriendo, fue realmente horrible. Pero soy un buen amigo y nunca menciono el asunto. Me alegra mucho no haber estado presente cuando se cayó de su bicicleta.

—Una mala coincidencia —decreta Dylan.

—O mala suerte. —Me encojo de hombros—. En fin. Tenemos una tradición. Películas de terror en la casa Boggs los viernes 13.
—Cumplimos con esa tradición desde hace años—. Tengo ganas de ver *Chucky*.

—¿Por qué *Chucky*? —pregunta Samantha.

—Es genial. Es como *Toy Story* pero retorcida.

—¿Quién soy yo para romper la tradición? —dice Samantha—. La idea suena genial.

Dylan me mira de reojo.

En verdad que no quiero interferir, pero soy bastante sentimental. Y Dylan no puede dejarme de lado por una chica que ha conocido hace menos de una semana, sin importar lo maravillosa que sea. Allá por abril, Hudson y yo íbamos a ver la nueva película de *X-Men*, y era una de las pocas cosas por las que estaba entusiasmado después del divorcio, pero se estrenó un viernes 13, así que cancelé nuestros planes como un buen amigo y Hudson la vio con Harriett.

—Deberías venir con nosotros —propongo. Lo digo en serio—. No me molesta ser el tercero en discordia.

—Siento que *yo* seré la tercera en discordia —dice Samantha.

—Ben, consíguete un chico y hagamos una cita de cuatro.

—Vale, claro, sí, solo tengo que darme la vuelta y escoger a alguno de por aquí.

Me doy la vuelta en broma y establezco contacto visual con el chico guapo de la camiseta de la Antorcha Humana. Me giro hacia Dylan y Samantha con las mejillas ruborizadas. Este es el universo apareciendo una vez más. Quiero tomar la iniciativa. Porque ¿y si él fuera quien debería ocupar realmente el espacio que dejó Hudson?

—Iré a saludar a ese chico —anuncio.

—Uhhh, ¿qué chico? —pregunta Samantha.

—El del portátil. —Me doy cuenta de que hay cuatro chicos con portátiles en mi línea de visión—. El de la camiseta de la Antorcha Humana.

—Adelante —dice Dylan—. Ve a por él. ¡Hazlo! ¡Hazlo!

Ve a por él. Hudson no es el único que puede seguir adelante. No voy a retroceder. Estoy caminando hacia él, y le diré como broma que ha se ha sentado en mi mesa y…

Una preciosa chica negra se acerca a la mesa y lo besa en los labios.

Regreso hacia Dylan y Samantha.

—Por supuesto que es hetero —digo.

—Quizás sea bi —acota Dylan—. Y esté en una relación abierta.

—O tal vez mi vida sea una mierda —me quejo—. Y quizás Hudson sea la última persona que me ha querido.

—Ese extraterrestre te quiso —menciona Dylan.

—¿Extraterrestre? —pregunta Samantha.

—Pero nunca lo volveré a ver —aseguro.

—Vamos, debe haber algo acerca de él que nos pueda ayudar a encontrarlo.

—*¿Qué extraterrestre?* —vuelve a preguntar Samantha.

—Conocí a un chico en la oficina de correos —explico—. Su nombre es Arthur. Pero no me dijo su apellido y ni siquiera recuerdo haberle dicho mi nombre.

—Ay, Dios. —Samantha aprieta mi brazo mientras da un saltito—. Me encantan los misterios. Mi mejor amigo, Patrick…

—¿Tu mejor amigo es un chico? —pregunta Dylan.

—… me llama la Nancy Drew de las redes sociales…

—¿Patrick es gay?

—… porque lo ayudé a encontrar a una chica online…

—¿Bisexual?

—… que conoció en la graduación de su hermano.

Ignoro las interrupciones tontas de Dylan y me concentro en Samantha.

—¿Cómo la encontraste?

—Él me contó todo lo que hablaron en la graduación para que pudiera utilizarlo como palabras clave y así hacer búsquedas en Twitter, como cosas sobre horribles togas y algunas frases del discurso del graduado con las mejores notas. Y luego, simplemente, nos adentramos en el abismo del hashtag de la graduación en Instagram y la encontramos. Resulta que no tenía Twitter.

—Guau.

—Bueno, pero, en serio, volviendo a Patrick —dice Dylan.

Samantha sujeta a Dylan por los hombros.

—Patrick es como un hermano para mí, tonto. ¿Vale? Hurra. Ben, cuéntame todo lo que sabes de Arthur.

—Da igual. Ya hice la búsqueda de Twitter y no obtuve ningún resultado.

—¿Tú también eres el Nancy Drew de las redes sociales? —inquiere Samantha.

Sonrío. Es genial que sea tan generosa, o quizás esté muy aburrida. Sea como sea, la pongo al tanto de todo lo que busqué en Twitter.

—Necesito más que corbatas de perritos calientes y Georgia —dice Samantha—. Soy buena, pero no tanto. ¿Por qué está pasando aquí el verano?

—Ah, por su madre. Es abogada y está trabajando en un caso.

—¿Conoces el estudio de abogados? ¿O algo sobre el caso? —Samantha coge su teléfono y toma notas. A la mierda el negocio de las aplicaciones, tiene que convertirse en detective.

—No y no. Pero es un estudio que también tiene oficinas en Georgia. ¡Milton, Georgia! Milton, como su tío o su abuelo o su...

—¿Tío abuelo?

—Mmmm. No lo recuerdo. —Me encojo de hombros.

—Así se te queda el cerebro cuando vas al instituto de verano —bromea Dylan.

Samantha lo golpea en el hombro.

—Está bien. No me servirá de mucho. ¿Algo más?

Me quedo pensando demasiado en el comentario de Dylan. Ya sé que estoy en el instituto de verano, me despierto con esa maldita opresión en el pecho todas las mañanas. El instituto de verano es donde tengo que enfrentar a mi exnovio y a mi aterrador futuro. No soy alguien como Arthur que está soñando con universidades maravillosas.

—¡Yale! —exclamo.

—¿Qué? —Dylan se muestra perplejo.

—Arthur dijo que pasó por el campus de Yale. Tiene la cara un tanto aniñada, pero podría empezar a estudiar allí este otoño, ¿verdad?

—Todo esto es muy útil, de verdad —dice Samantha—. Debería volver al mostrador en un segundo, pero ¿se te ocurre algo más?

Pienso en todas las cosas buenas que probablemente no ayuden. Lo incómodo que se puso cuando hablamos sobre mi «gran paquete». Cómo se le iluminó la cara cuando supo que yo también era gay, a pesar de que yo estaba en el proceso de hablarle sobre mi ruptura. Su entusiasmo por el universo como si realmente fuera nuestro amigo. Luego recuerdo algo útil.

—Se irá cuando acabe el verano —suelto.

—¡Es un incentivo para trabajar más rápido! —Samantha sonríe exultante, como si tuviera toda la esperanza del mundo, y yo desearía que la compartiera un poco conmigo, porque no hay forma de que el universo que me encierra en el instituto de verano con mi exnovio sea el mismo que me reúna con un chico adorable—. Vale, tengo que volver al trabajo. —Me abraza. Huele a café y a dulces—. Me ha encantado conocerte, Ben. Espero poder darle forma a este rompecabezas para ayudarte a encontrar a tu chico. Pero si no lo consigo, estoy segura de que alguien maravilloso se cruzará en tu camino y se enamorará perdidamente de ti.

—Quizás ese alguien ha estado en tu vida durante años —acota Dylan colocando su mano sobre la mía.

Samantha ríe.

—Lo sabía. Definitivamente seré la tercera en discordia mañana.

—No temas, mi futura mujer. Si te asustas mañana por la noche, solo me ocuparé de ti. —Le sonríe.

Samantha no está sonriendo. Mira al suelo y se rasca la cabeza.

Veo el momento exacto en el que Dylan se da cuenta de que se ha sobrepasado con el coqueteo, que quizás Samantha no esté interesada en hablar de matrimonio después de dos días.

—Hablaremos luego. —Vuelve al mostrador, se pone su gorra y vuelve al trabajo.

—Ay, no —se lamenta él.

—No pasa nada.

—Era solo un chiste.

—Dale un poco de espacio. Está trabajando. Podéis hablar más tarde.

Dylan lidera la retirada.

—He estado horrible, ¿no?

Se vuelve algunas veces más, quizás como si quisiera ver si ella está prestándole atención mientras se retira. Quizás la esté mirando por última vez.

9
ARTHUR

Jueves 12 de julio

Vale. Maldito Google.

No, en serio, *maldito Google*. Y malditos sean Kate Hudson y Chris Robinson. Malditos por haberse casado y malditos por haberse divorciado y malditos sean en general. Porque ¿sabéis lo que aparece cuando googleas Hudson Robinson? *Spoiler alert*: no es el chico de Panera.

Me dejo caer de espaldas sobre la cama y miro al techo. Me siento extraño y nervioso, y mi habitación parece más pequeña de lo normal. A veces Nueva York parece como un corsé de cuerpo entero.

Cinco segundos más tarde, mi teléfono comienza a vibrar. Y es Ethan.

Miro la pantalla. Seis semanas de ignorar mis mensajes, y ahora de la nada me está llamando por FaceTime. Lo que no es nada del otro mundo. Solo resulta inesperado.

Presiono aceptar.

—¡Arthur! —exclama Jessie. Están apiñados en el sillón del sótano de Ethan. El chat de grupo pero en forma de vídeo. Pero está bien. Es decir, es genial. Ethan y Jessie son geniales, y los quiero, y la elección del momento es perfecta.

Sonrío.

—¡Ey! Justo con quienes necesitaba hablar.

Se miran con tanta rapidez que apenas se nota. Pero luego Jessie dice:

—¿Ah, sí? ¿Qué ha pasado?

—He encontrado a Hudson.

—¿Cómo? ¿QUÉ?

—Pero no es él —me apresuro a añadir—. No es el chico de la oficina de correos. Pero creo que quizás sea su novio.

—Exnovio. —Ethan señala con el dedo—. Tú eres el novio.

—Pffff. Ojalá.

—El futuro novio —agrega Jessie—. Guau. ¿Cómo lo has encontrado?

Les hablo sobre Panera, y el panini, y el apellido, y las cejas, pero cuando termino, Jessie parece perpleja.

—Espera, ¿cómo sabes que no es solo un chico cualquiera llamado Hudson?

—Porque… —Siento un vuelco en el estómago. De pronto, la lógica de Juliet parece improbable en el mejor de los casos—. No lo sé. ¿Porque no es un nombre tan común?

—Devon Sawa llamó a su bebé Hudson.

—Estás enterada de todo… —Ethan le propina un empujoncito de lado a Jessie.

—En fin, no he encontrado nada en Google o Facebook o Instagram, o Tumblr, o Snapchat, o Twitter, o, básicamente, en ningún lado, y odio esto.

La expresión de Jessie se suaviza.

—Ese chico te gusta de verdad, ¿a que sí?

Suelto un quejido.

—Ni siquiera lo conozco. Hablé con él durante cinco minutos. ¿Por qué aún pienso en él?

—Porque es sexy —propone Ethan.

—Es que no lo entiendo. ¿Por qué el universo me presentaría a este chico y luego lo alejaría de mí cinco segundos después?

—Tal vez el universo te lo envíe de vuelta —acota Ethan—. Un poco usado, pero algo es algo. Con un poco de desgaste, pero en buenas condiciones.

Jessie permanece en silencio durante un instante, mordiéndose el labio.

—Quizás el universo quiere que te esfuerces para ganártelo —dice al final.

—¡Me estoy esforzando! Acabo de pasar una hora googleando a un chico cualquiera a quien le gustan los paninis y que no ha ido a ningún campamento de bandas.

—Mmm —dice Jessie. Se pone de pie y, de pronto, queda fuera del cuadro.

—Espera, ¿a dónde vas?

—Tengo una idea.

Miro a Ethan, y él se encoge de hombros. Los pasos de Jessie resuenan por el suelo.

Así que ahora solo somos Ethan y yo, y estamos sumidos en un silencio absoluto. Él apenas puede mirarme a los ojos.

—Entonces esto es…

—Sip. —Pestañea.

—¿Todo bien?

—Bien. Genial.

—Sip. —Aprieta los labios y mira su regazo—. ¿Cómo están M&M?

También conocidos como Michael y Mara Seuss. Quienes, estoy bastante seguro, se encuentran en el metro de camino a ciudad divorcio.

—¡Bien! —respondo—. ¡Estupendamente!

Todo esto me hace daño, y no hay señales de Jessie. Lo siento, pero esto tiene que parar ahora mismo. Ethan todavía está mirando hacia algún lugar por encima de la cámara. ¿Se daría cuenta si le envío un mensaje a Jessie? Solo un SOS rápido. Y tal vez una pequeña amenaza de que si no regresa en este instante, la hundiré. Rastrearé el vídeo de la confesión de amor que grabó para Ansel Elgort hace años y, Dios me ayude, encontraré una manera de irrumpir en la sala de proyecciones del cine Regal Avalon. Si ella piensa que eso no será la proyección *más* memorable desde *Misión imposible 6*, está muy...

—¡Ey! —dice Jessie sin aliento, y se desliza junto a Ethan en el sillón—. Creo que he encontrado a Hudson.

—Espera... ¿qué?

—Mmmmm. Ay, Dios. Solo estoy... Arthur, estoy tan orgullosa de mí misma en este momento que ni te lo imaginas. Esto está... está pasando de verdad. ¿Estás listo?

Asiento lentamente.

—¿Estás bien? No pareces estar bien. —Ríe.

—Tú tampoco. —Hago una pausa—. ¿Estás segura de que es él?

—Bueno, tendrás que echarle un vistazo a su foto y decírmelo tú mismo.

—¿Tienes foto? —Mi estómago se retuerce.

—Nunca subestimes mi lado *stalker* en Internet.

—Nunca lo hago —dice Ethan.

—Cállate. He tenido un golpe de inspiración. Estaba pensando en toda esa historia con Namrata, y ¿sabes qué? Estoy buscando a Hudson Panini.

—Eh...

—No, escúchame. Abro Twitter y tecleo *Hudson panini*, y lo primero que aparece es un chico llamado @Hudsoncomoelrío. Así que de inmediato me dan escalofríos, porque eso es exactamente lo que dijiste, ¿recuerdas? Hudson, como el río. —Me señala, sonriendo—. En fin, este chico Hudson Como el Río escribió un tweet a las 11:44 de la mañana del día de hoy, y dice: *Qué ganas de comerme un panini. lol.*

—Vale…

—Arthur, quería comerse un panini hoy, treinta minutos antes de que tú lo encontraras *pidiendo un panini*. ¡Y su nombre es Hudson!

—Pero ¿cómo sabes que él es *el* Hudson? ¿Es de Nueva York?

Jessie se inclina, sonriendo.

—No he terminado. En fin, leí su bio y es supervaga y todos sus tweets son vagos también y además malos, tweets malos. Ni siquiera son malos pero graciosos. Y su foto es un *bitmoji*. Así que digo *mierda*. Pero luego se me ocurre revisar Instagram, porque la gente, en general, usa el mismo usuario, ¿verdad? Y es así. *Bum*. @Hudsoncomoelrío. Perfil público, miles de fotos, cejas increíbles. Es de Nueva York. Art, estoy volviéndome loca.

—Ay, Dios.

—Tienes que entrar ahora mismo —anuncia—. Hablaremos contigo más tarde, ¿vale?

Corta la llamada, y yo me quedo sentado allí, aturdido. Un chico llamado Hudson. De Nueva York. Que tiene unas cejas increíbles. Que había deseado de forma pública comer un panini hoy a mediodía. El Chico Caja debería seguirlo en Instagram, ¿verdad? Por lo menos, deberían estar etiquetados en las fotos en las que aparecen juntos. Lo que, en cierto modo, hace que se me revuelva el estómago, pero da igual.

Hago una respiración profunda y purificadora. Abro Instagram y escribo el usuario.

Hudson como el río. @Hudsoncomoelrío.

Y entro.

Mensaje de Jessie: **¿¿Es él??**

Ni siquiera puedo formular una respuesta. Dios. Es él. Hudson.

Con el filtro Clarendon, llevando la gorra de béisbol hacia atrás. Selfie tras selfie.

Pero tengo que permanecer calmado. Solo porque sea Hudson Robinson, el chico cualquiera del panini, no significa que sea el

Hudson de la etiqueta de envío. No significa nada. Para empezar, el Chico Caja no aparece en ningún lado. No hay una sola foto de él en todas sus publicaciones.

Hago clic en ellas de todas maneras, comenzando con la más reciente, que es —no estoy de broma— una foto de su maldito panini. La siguiente es un selfie con una chica, cuyo adorable nombre de usuario es Harriett The Pie, y luego un selfie haciendo el signo de la paz con el hashtag #SiguiendoAdelante.

Siguiendo adelante.

Es del día en que conocí al Chico Caja, lo que no significa nada necesariamente. Hay muchas formas en las que una persona puede seguir adelante. Hudson pudo haber cambiado de trabajo. Pudo haberse hecho un nuevo corte de pelo. Pudo haber seguido adelante y pasar de cuencos de pan a paninis.

Pero los comentarios. Uno en particular.

@HarriettThePie: Estarás bien sin él, mi precioso amigo. <3

Él.

Hudson no lo necesita a *él*.

Hago una captura de pantalla de la foto y del comentario de Harriett, y se la envío a Jessie y a Ethan. **Es él.**

Mierda, escribe Jessie.

Guau, buen trabajo, interviene Ethan. Seguido de 🧎 🧎 🧎, 👦 👦 y 🧑. Como si Ethan —el *stalker* online de más bajo rendimiento del mundo— tuviera algo que ver con este descubrimiento.

Pero me siento demasiado nervioso como para que me importe. Estoy pensando a mil por hora. Me meto con rapidez en la cama para revisar las publicaciones. Tiempo de hacer inventario.

@Hudsoncomoelrío. 694 publicaciones. 315 seguidores. 241 seguidos. Su bio está un tanto vacía. *Huds ya ha llegado. NYC baby.*

Vuelvo a revisar sus fotos, las 694. No hay ni siquiera una del Chico Caja, ni siquiera aparece en una fotografía de grupo. Y, definitivamente, no se siguen el uno al otro. Reviso las fotografías en las que otras personas han etiquetado a Hudson. Allí tampoco hay rastros del Chico Caja.

Es decir, quizás todo esto sea una coincidencia gigantesca. Simplemente otro Hudson. Otro Hudson de Nueva York que sale con chicos y que acaba de terminar con una relación.

Solo que no parece que sea una coincidencia.

Quizás Hudson y el Chico Caja borraron cada una de las fotografías del otro y desetiquetaron las que sus amigos habían subido. Y por supuesto que dejaron de seguirse, porque probablemente no puedan soportar verse el uno al otro. *Razón por la cual el Chico Caja estaba enviando la caja en primer lugar.*

¿Has tenido suerte?, escribe Jessie.

Todavía no. ☹️.

Paso al perfil de Harriett, ya que ella y Hudson parecen cercanos, e incluso si ella desea que Hudson siga adelante, es probable que también conozca al ex que él tiene que olvidar.

Y. Mierda. Cuatro mil publicaciones. Setenta y cinco mil seguidores.

Bien, así que la amiga de Hudson, Harriett, es una especie de celebridad de Instagram, y eso es… muy guay, en realidad. Publica muchos selfies en los que tiene los pómulos resaltados de manera dramática y los ojos delineados con patrones intrincados, y ahora no puedo dejar de ver sus fotos. Ni siquiera soy un chico al que le interese el maquillaje, pero todo es increíblemente teatral. Si no pensara que es un nivel mayor de *stalker*, sin duda seguiría a Harriett.

Excepto… vamos. Concéntrate, Arthur.

Deslizo hacia abajo para ver las publicaciones más antiguas de Harriett, donde hay menos selfies y más fotografías con amigos.

Muchas con Hudson, muchas con varias chicas, y una serie entera de un chico con barba que lleva un maquillaje reluciente al estilo unicornio. Pero también hay fotos de grupo, me detengo más tiempo en ellas y analizo las caras con cuidado. No dejo de aterrorizarme cuando casi le doy a me gusta en alguna foto de las de Harriett. No a propósito. Son mis dedos de autosabotaje y su compulsión imparable de hacer zoom.

A estas alturas, ya he retrocedido hasta marzo, y hay una serie nueva de fotografías de grupo en la nieve fuera de Duane Reade. La mayoría son tomas de acción —una guerra de bolas de nieve—, pero veo a Hudson en el fondo, fuera de cuadro y riendo.

Deslizo hacia la izquierda. La misma guerra de bolas de nieve, pero la imagen está levemente desplazada hacia la derecha. Ahora veo que Hudson está riendo con un chico, pero está borroso.

Deslizo otra vez.

Y entonces olvido cómo respirar.

Porque es el chico. De verdad es él. En el centro de la fotografía, las mejillas rosadas y sonriendo con timidez mientras Hudson está doblado sobre sí mismo, partiéndose de risa.

Mierda.

Hago una captura de pantalla y se la envío directamente a Jessie y a Ethan. Sin comentario. Sin emojis.

Como siempre, Jessie es la primera en responder. **Dios, Arthur, ¿es él?** No espera a que le responda. **Es guapísimo.**

Es mono, agrega Ethan. 😌 😌 😌 😌 😌. Ethan Gerson: Mi Amigo Hetero que me Acepta Totalmente pero No Puede Estar a Solas Conmigo. Yo aceptaría totalmente que se callara la maldita boca.

Vuelvo al Instagram de Harriett y analizo el *post* para buscar los usuarios. Hay algunas personas etiquetadas en la serie de la guerra de bolas de nieve, pero no el Chico Caja. O Hudson. Quizás se desetiquetaron. Sigo buscando.

Durante horas.

Reviso cada uno de los *posts* de grupo. Hago clic en cada uno de ellos. Reviso los seguidores de Harriett, los setenta y cinco mil. Reviso su lista de seguidos. Hago clic en todos los etiquetados en las fotografías de la guerra de bolas de nieve y también reviso todos los seguidores de ellos.

Nada.

Y ninguna otra fotografía del Chico Caja.

Ni un nombre. Quizás el Chico Caja tenía razón. Tal vez el universo de verdad sea un idiota.

Lo que necesito ahora es chocolate. Y no me refiero a unas pocas gotas de salsa Hershey sobre un gofre. Necesito chocolate de verdad, como Jacques Torres o una de esas galletas gigantes con doble chocolate de Levain Bakery. El típico dilema del Upper West Side: cuando tu corazón dice Levain, pero tu culo perezoso recuerda que hay un montón de dulces junto a la cafetera.

Con un nudo emocional en la garganta. Así es cómo me siento. Tener todo lo que alguna vez deseaste, solo para que se te escurra entre los dedos. Y no hay forma de solucionarlo. No hay nada que puedas hacer excepto escabullirte hacia la encimera de la cocina a deprimirte.

Hay café de nuevo en la cocina, creo que mi padre se ha hecho cargo y ha ido a hacer la compra. Y es del café bueno, no el del Starbucks. Es un *blend* artesanal de café tostado francés de Dream & Bean...

Un cosquilleo en el pecho. Mi corazón lo recuerda primero.

Dream & Bean. Su camiseta. ¿Cómo he podido olvidar su camiseta? Si fuera detective, mi jefe me despediría con una patada en el culo ahora mismo. Esta es una pista que lo cambia todo, y estaba justo debajo de mi nariz. ¿Quién lleva puestas camisetas de tiendas de café?

Empleados de tiendas de café, por supuesto.

Lo googleo tan rápido que casi escribo mal la palabra *bean*. Pero allí está, a dos calles de la oficina de mi madre. En el mismo sentido que la oficina de correos.

Y mi tranquilidad se desvanece.

¿Y si y si y si…?

Lo encontraré. Sucederá. El corazón galopa en mi pecho cuando me lo imagino. Estará detrás del mostrador, aburrido y soñador y despeinado de manera encantadora. Entraré, a cámara lenta, perfectamente en el centro de un haz de luz favorecedora. Y por supuesto que los gemelos del bigote Dalí estarán allí también, pero nosotros apenas notaremos su presencia esta vez. Nos miraremos a los ojos, sus labios de Emma Watson temblarán. «¿Arthur?», dirá, y yo solo asentiré. Estaré ahogado de la emoción. «Pensé que nunca te volvería a ver», dirá él. «Te busqué por todas partes». Y yo susurraré: «Me encontraste». Y luego él…

Pero vamos. Vale. Tengo que planear una estrategia.

Porque quizás mañana tenga el día libre. Debería llevar la foto, por si acaso. ¿Eso me haría parecer un acosador? ¿Enseñarle la foto al camarero?

Quizás debería colgarla en el tablón de anuncios, como un *post* real de conexiones perdidas. Como Craigslist, pero a la antigua. Quiero decir, las cafeterías siempre tienen un tablón de anuncios. Creo.

Lo único que sé es esto: me niego a perder esta oportunidad.

Vuelvo a toda velocidad a mi habitación, abro el portátil y escribo.

¿Eres el chico de la oficina de correos?

Me siento muy incómodo en este momento, y no puedo creer que esté haciendo esto, pero allá voy.

Hablamos durante algunos minutos en la oficina de correos en Lexington. Yo era el chico de la corbata de perritos calientes. Tú eras el que estaba devolviendo cosas a tu exno-vio. Me encantó tu risa. Ojalá te hubiera pedido el número. ¿Quieres darme una segunda oportunidad, universo? Arthur.Seuss@gmail.com

10
BEN

Jueves 12 de julio

—El café del Kool Koffee es el peor —dice Dylan cuando salimos·de Dream & Bean con un vaso de café nuevo en lugar de haber rellenado las tazas térmicas de mi mochila. Se ha vuelto muy amargado desde que le dijo a Samantha que es su futura mujer cuando, normalmente, no le hubiera dicho eso a nadie excepto a mí. Conmigo está bien, pero ¿decirle eso a la chica? ¿Cuando solo han pasado un par de días? Eso nunca funcionará—. Tal vez es mejor así. Un mal café es un mal café, y eso es lo que sirve Samantha. Si me hubiera casado con ella en el futuro, estaría llevando una segunda vida de mentiras. Se lo habría dicho en mi lecho de muerte para morir como un hombre honesto.

Sacudo la cabeza.

—¿Por qué eres como eres?

—Demasiadas tazas de café de mierda, Big Ben.

—No se ha terminado. Estoy seguro de que ella ya se ha dado cuenta de que simplemente eres tan Dylan y de que has hecho algo demasiado típico de Dylan.

—Eso no tiene nada de malo. Hacer algo demasiado típico de Dylan con alguien es adorar a esa persona. Incluso si prepara el peor café del mundo.

Caminamos por Washington Square Park. Hay un chico mexicano muy guapo que lleva gafas de hípster y está sentado en un banco, mueve la cabeza al ritmo de la canción que está sonando en sus auriculares mientras come helado. El helado es una de las comidas favoritas de Hudson; no como postre, sino como comida. Una vez jugamos a un juego en el que yo cerraba los ojos, él me daba una cucharada de los sabores que hubiera en su congelador, y yo tenía que adivinar qué sabor era. Fue a principios de marzo, cuando hacer esas pequeñeces estúpidas era algo superespecial. Algo nuestro.

El teléfono de Dylan suena.

—Es Samantha, Big Ben. ¡Ja! Sabía que mi mujer no podría resistirse al Daddy D.

—Odio todo lo que acabas de decir. Actúa con normalidad.

Dylan guiña un ojo, pero sé que está desesperado. Responde al teléfono.

—Hola. Yo… —Su sonrisa se desvanece—. Oh. —Mi corazón se desploma un poco por él. Se vuelve hacia mí—. Es para ti.

Vale, quizás este no era el giro feliz e inesperado que estábamos esperando.

Cojo el teléfono.

—¿Hola?

—Tal vez haya encontrado a tu chico —anuncia Samantha.

—¿Qué?

—No ha sido fácil, pero he hecho un poco de investigación. Busqué bufetes de abogados en Georgia que tuvieran conexiones en Nueva York y no encontré nada. Entré en Instagram y busqué en el hashtag de corbatas de perritos calientes y la fotografía más reciente era del año pasado, así que eso tampoco funcionó. Y entré en Facebook y busqué grupos actuales de Yale y hay un encuentro para nuevos alumnos en Nueva York… hoy a las cinco.

—¿Estás de coña? —digo.

—Te estoy enviando un enlace del grupo de Facebook.

El teléfono vibra contra mi cara. Abro el mensaje y hago clic en el enlace: clase 2022. Reunión en Central Park.

—No te aseguro que él asista —advierte Samantha—. Busqué en la lista de personas que confirmaron asistencia, pero la gente, igual que yo, en general no confirma asistencia, así que tengo esperanzas.

—Guau. Eres maravillosa.

—También estoy hablando en horario de trabajo, así que tengo que salir del almacén, pero te deseo la mejor de las suertes en tu búsqueda y ¡saluda a Dylan de mi parte!

—Gracias —respondo, y ella cuelga.

—¿Qué ha pasado? ¿Estaba hablando de mí? —pregunta Dylan.

—D, lo siento. Está escapando con Patrick hacia la puesta de sol —anuncio. Intenta recuperar su teléfono pero yo no lo suelto—. Es una broma. Pero mira: tal vez haya encontrado a Arthur. Hoy hay una reunión de nuevos alumnos de Yale. ¿No te parece que es demasiado bueno para ser verdad?

—Sí, es demasiado bueno que mi futura mujer haya hecho todo el trabajo por ti.

—Sabes a lo que me refiero. Hay muchas cosas que Arthur puede estar haciendo en esta ciudad en la que no vive. Ya verá a todas estas personas en la universidad. No hay forma de que asista.

—No tenemos que ir. —Dylan me arrebata su teléfono y mira el grupo—. Guau. Samantha está perdiendo el tiempo en esa triste cafetería. Puede ser la Hermione de nuestro trío. Yo me pido a Harry.

—Pero eso significa que yo soy Ron.

—Qué lástima.

—Ron termina con Hermione.

—Bueno, pero… no quiero ser Ron. Nadie quiere ser Ron. Es posible que ni siquiera Rupert Grint haya querido ser Ron. ¿Qué te parece esto? Soy Han Solo y ella es la princesa Leia. Tú puedes ser Luke.

—No importa —digo—. Concentrémonos.

—Cierto, cierto. Si quieres podemos ir a la reunión de todas maneras. Tal vez Arthur no vaya. Pero quizás lo haga —comenta Dylan.

Saber que él podría estar allí es más que suficiente para convencerme.

—Hagámoslo.

—Que la Fuerza te acompañe.

* * *

—Deberíamos tener alias —propone Dylan.

Estamos caminando por Central Park hacia el Castillo Belvedere, donde tendrá lugar la reunión. Hay algo genial en el hecho de reunirme con Arthur en un castillo, como si fuera un fascinante cuento de hadas. Lástima que huelo a la colonia de mi padre y llevo puesta una camiseta polo de la primavera pasada que ahora me queda muy ceñida porque, al parecer, esa es la apariencia de los chicos de Yale.

—Los alias solo volverán más complicadas las cosas —señalo. Para empezar, desearía no haber regresado a casa para ponernos esta ropa ridícula. Solo quiero ponerme la ropa que me gusta.

—Más espectaculares, querrás decir. Creo que seré Digby Whitaker. Tú puedes ser Brooks Teague.

—No.

—¿Orson Bronwyn?

—No.

—Última oferta: Ingram Yates.

—No. —Nos estamos acercando a las escaleras que conducen al punto de encuentro—. Vale, D, hablando en serio. Estoy poniéndome nervioso. De verdad quiero que Arthur esté allí, pero también me siento raro por estar haciéndome ilusiones por alguien nuevo. Necesito consejos de mi compañero, Digby Wilson.

—Whitaker —corrige Dylan. Junta de pronto las manos—. Digamos que Arthur está aquí y os lleváis bien. Se irá cuando acabe el verano de todas formas, ¿verdad? Puedes considerar esto como un lío por despecho.

—No. No quiero hacerle eso a nadie. Ni a mí mismo.

—Tienes razón. Mal consejo, Big Brooks.

—Ben.

—No me pasas ni una. —Dylan me sujeta por los hombros y me mira a los ojos como si fuera un entrenador estricto, y yo, su alumno—. Tal vez necesites tomarte un tiempo antes de estar listo para seguir adelante. Te respetaré si te marchas de la reunión. Pero sé que eres un soñador, Big Ben, y tal vez el universo te esté dando una segunda oportunidad.

Espero que tenga razón. Espero que el universo me demuestre que estaba equivocado y de verdad se manifieste, para ambos.

—Tal vez —digo.

—Si no lo haces por ti, entonces al menos hazlo por todas las personas del metro que tuvieron que padecer tu colonia en un espacio tan reducido.

—Idiota.

Llegamos a lo alto de la terraza, el sol, el lago y el resto del parque se despliegan detrás de la multitud de nuevos alumnos de Yale. Muchos de los chicos son altos, así que doy una vuelta lentamente, pero de los veintitantos chicos, algunos de los cuales huelen a una colonia mucho más agradable que la de mi padre, ninguno es Arthur.

—No está aquí —anuncio—. Y somos los únicos que llevamos puestos polos.

—Es temprano —declara Dylan—. Es probable que Arthur aparezca con un polo.

Lo fulmino con la mirada.

—Estamos aquí, y deberíamos intentar divertirnos —propone Dylan—. Si vuelvo a casa solo me pondré a escuchar música triste y a mirar por la ventana, y daré un salto cuando suene mi teléfono y luego estaré más triste de lo que estaba antes cuando vea que eres tú enviándome un mensaje de texto en lugar de Samantha.

—Me has hecho sentir una porquería, pero, de acuerdo, quedémonos.

—¡Sí! —Dylan mira a su alrededor—. Hay mucha gente atractiva en Yale. ¿No te estás sintiendo motivado a estudiar mucho en tu último año e intentar conseguir esa beca completa?

—No hay corbatas de perritos calientes a la vista.

—¿Ese es un nuevo fetiche?

—No, es solo que… es genial ver que alguien no se toma a sí mismo muy en serio.

—Bueno, alguien te está mirando —anuncia Dylan—. A las once a. m.

—A. m. o p. m, da lo mismo.

—No da lo mismo. Es una sensación de la hora del desayuno. No una sensación p. m. de llévame al baño y choquemos nuestros culos.

Observo al chico en lugar de preguntarle a Dylan si conoce a alguien que choque traseros como actividad sexual, porque sé que tendrá respuestas y yo tengo mis límites. El chico es muy guapo y, definitivamente, tiene pinta de cita de desayuno saludable: piel color café, chaqueta color melocotón, camiseta blanca, pantalones de vestir azul marino que le quedan por encima de sus tobillos y zapatos deportivos blancos que, probablemente, cuesten más de lo que yo gasto en ropa durante tres meses. Parece bastante espontáneo, y si he aprendido algo de la estrella en ascenso de Instagram, Harriett, es que todo lo que parece espontáneo requiere demasiado esfuerzo. Pero siempre vale la pena si quieres los «me gusta» y las miradas.

—Tiene mucho estilo —resalto. Me siento extracortado con mi polo ajustado—. Pero creo que me gustaría *ser* él en lugar de *salir* con él.

—¿Quieres hablar con él antes de darlo por perdido completamente?

—Ni siquiera sabemos si le gustan los chicos.

—Entonces harás el ridículo. Pero tampoco vas a pasarte los próximos cuatro años en Yale con él.

Como si no lo supiera. Desde sexto curso no hay nada en mis notas que hubiera hecho que mis padres esperaran que me graduara en una universidad de la prestigiosa Liga Ivy. Mi madre sí que quiere quiere que vaya a la universidad para que nadie pueda considerarme un caso perdido, porque a ella nadie se la tomó en serio durante muchos años, pero a veces parece un esfuerzo inútil de todas maneras. Si me hicieran competir con cualquiera que esté en este círculo, me verían como Ben de la Universidad Comunitaria y no como Ben de Yale, y terminaría perdiendo.

Y ahora está este chico guapo del que automáticamente no me siento merecedor. Una vez también me sentí de esa forma con Hudson y eso funcionó hasta que dejó de funcionar. No soy muy dado a hablar con extraños, ni siquiera hubiera pensado en hablar con Arthur, pero veo una oportunidad aquí, así que arrastro a Dylan conmigo para hablar con este chico mientras se encuentra en mitad de una conversación con una chica que lleva un hiyab amarillo radiante.

—Hola. Soy Ben.

—Soy Digby Whitaker.

—Guau. Qué nombre tan increíble —dice el chico guapo.

—Gracias. ¿Cuál es el tuyo? —pregunta Dylan.

—Kent Michele —responde, estrechando la mano de Dylan y luego la mía.

Me vuelvo hacia la chica.

—Ben.

—Alima —dice ella—. ¿No estáis entusiasmados?

Dylan se aclara la garganta.

—Ah, sí. Muy entusiasmado de avanzar con mis estudios de Griego, estudios Modernos y de la Antigüedad, ya sabéis. Quiero llamar a mi hijo Aquiles porque creo que su nombre esconde una lección sobre caer y levantarse...

No puedo...

Simplemente...

Es como si Dylan intentara superarse a sí mismo a veces.

—Suena mucho más divertido que Ética, Política y Economía —indica Kent—. Qué épocas felices. —Ah, bien, no es tan engreído como para pensar que su carrera es fascinante. Definitivamente consigue algunos puntos—. ¿Qué te interesa a ti?

Y... mierda, la manera en la que me lo pregunta me hace ruborizarme un poco. Me doy cuenta de que no tengo ni idea de qué carreras hay en Yale. O en las universidades en general. Ni siquiera soy estudiante de último curso y la verdad es que no he estado pensando tanto en el futuro. Así que decido ser sincero.

—Me encanta escribir.

—¡A mí también! —exclama Kent—. Bueno, me encantaba. No os riais, pero solía escribir bastante *fanfiction*.

—Oh, estoy seguro de que Ben no se reirá de ti —acota Dylan.

—No soy la Sirenita, puedo hablar —intervengo con una risa forzada, como *ja, ja, ja, cállate de una maldita vez*. Me vuelvo hacia Kent—. ¿Sobre qué *fandom* escribes?

—Pokémon —responde Kent, y hace una mueca como si me fuera a burlar de él. También tiene hoyuelos, demonios—. Sé que es estúpido, pero me marcó mucho mientras estaba creciendo.

—No es estúpido —afirma Alima.

—Claro que no lo es. Yo les rogaba a mis padres que me llevaran de paseo para atrapar a Squirtle —confieso.

—Yo era un chico Pikachu —anuncia Kent.

—Pikachu era mi preferido —comenta Dylan.

No me doy cuenta de si Dylan es mi compinche o mi competencia. Le lanzo una mirada de «ey, tal vez puedes apartarte un rato», y él entiende mi señal.

Se vuelve hacia Alima.

—¿Qué haces para divertirte? ¿Cuál es tu droga? No droga literal, a menos que tomar drogas literalmente sea lo tuyo…

Mis más sinceras disculpas a Alima, pero siento un chispazo con Kent que me gusta. Y tal vez haya venido buscando a alguien que no aparecerá, pero me iré con alguien que podría ser incluso mejor para mí.

—¿Qué puedo hacer para encontrar tu *fanfiction* de Pikachu? —pregunto.

—Ya desapareció hace tiempo. Destruido. Lo arrojé a un volcán y luego arrojé ese volcán a otro volcán. —Si la sonrisa de Kent es encantadora, no puedo esperar a escuchar su risa—. Bueno, ¿dónde has crecido?

—Alphabet City —respondo.

—No me lo puedo creer, eso no queda demasiado lejos de mi casa. Yo vivo a unas pocas calles de Union Square.

Bueno, ahora sí que parece que el universo está involucrado. Hemos estado viviendo a quince minutos de distancia uno del otro durante años y nos conocemos hoy.

—Mi padre es subgerente del Duane Reade que está justo enfrente de Union —comento. Estoy orgulloso de mi padre, pero algunos imbéciles del instituto pensaban que mi familia era peor porque mis padres no tienen «trabajos sofisticados», y Dylan era el matón que los callaba a todos. Está bien decir todo eso en este momento en caso de que Kent sea un *esnob* insoportable.

—Voy mucho por allí. Me encargo de la cena los martes y jueves y compro todo lo que necesito.

—Pero Whole Foods está tan solo a una calle —señalo. Sus zapatos deportivos y ropa sugieren que su familia puede gastar unos billetes extra.

—Las colas siempre son eternas y todo lo que necesito para preparar platos latinos está en Duane Reade —dice Kent.

—Ah, genial. ¿Eres puertorriqueño, por casualidad? O...

—Sí, lo soy —responde Kent. Otra sonrisa. Todavía no tengo ninguna confirmación clara de que le gusten los chicos, pero por lo menos todo está saliendo bien.

—¡Yo también! Todos piensan que soy blanco, es una mierda —protesto—. Es un fastidio tener que aclararlo todo el tiempo.

Kent se muerde el labio mientras asiente.

—Al menos nadie te sigue por las tiendas como si estuvieras intentando robar algo. Y apuesto a que nadie te pregunta si has entrado en Yale para llenar alguna clase de cupo de diversidad. Eso sí que es realmente una mierda.

Desvío la mirada porque, aunque Kent no me haya golpeado, siento como si hubiera recibido un puñetazo.

—Lo siento, yo... —Se hace un silencio entre nosotros. Tener que decirle a la gente que soy puertorriqueño no es un problema en comparación con lo que Kent tiene que tolerar a diario. Soy lo peor—. Debería rescatar a Alima de Dylan.

—Sí. Te veré luego, Ben.

Por supuesto que no lo hará, y eso será algo bueno.

Me acerco a Dylan y lo cojo del brazo.

—Discúlpanos un segundo —digo. Lo alejo—. Me quiero ir.

—¿Estás bromeando? Me equivoqué con lo de la sensación a. m. de Kent. Es un p. m. absoluto. Quiere que lo lleves a un baño y trapes a su Pikachu.

—No tengo ni idea de qué se supone que significa eso. Tenemos que hablar sobre cómo es el sexo entre dos chicos. —Sacudo

112

la cabeza—. No pertenezco aquí. En realidad no construiré un futuro en Yale o con Kent o Arthur. Me he cansado.

—No estás siendo justo contigo mismo —dice Dylan.

—Tal vez no. Pero estoy siendo sincero.

Corro hacia las escaleras y me dirijo al parque.

Esto ha sido una pérdida total de tiempo. No puedo creer que hayamos hecho todo esto, como si Arthur en realidad fuera a estar aquí. He sido un estúpido al pensar que el universo tenía algún plan maestro. Lo único que sé ahora es que me ha importado lo suficiente como para venir aquí, y estoy alejándome sin tener la más mínima idea de qué me deparará el futuro. Solo sé que he vuelto al comienzo y no sé a dónde ir.

Viernes 13 de julio

No me puedo concentrar en *Angry Birds* cuando tengo que escuchar a Hudson y a Harriett riendo mientras se hacen un selfie juntos.

—Las bolsas debajo de mis ojos son… —Hudson no puede encontrar la palabra.

—¿El resultado de perder una lucha libre? —pregunta Harriett. Se echa el pelo hacia atrás, por encima de los hombros y saca pecho—. Deberías hacer una mueca tonta. Distraerá del aspecto derrotado que tienes.

—Gracias por alimentar mi ego.

—Solo estoy siendo sincera. Necesitas más sueños reparadores —acota Harriett.

Los sueños reparadores apenas parecen ser importantes para alguien que coloca filtros en todas sus malditas fotos, pero lo que Harriett haga con su Instagram es asunto de ella. Y también su negocio. Hace unos anuncios de zumos saludables que ni siquiera le gustan porque le provocan dolor de estómago. Pero eso no la priva de ganar doscientos dólares por foto. Harriett una vez hizo un #TagDelNovio con Dylan donde ella lo maquilló, contorneó sus pómulos y le aplicó sombra de ojos. Dylan se comportó como un campeón y disfrutó de la atención. Harriett estaba tan orgullosa de las fotografías que ni siquiera las eliminó después de que él terminara con ella. Que Harriett me etiquetara en las fotografías siempre me pareció increíble. Conseguía decenas de seguidores. Luego me dejaban de seguir de manera gradual porque les importaban una mierda mis fotos de grafitis asombrosos que encontraba en los baños de la ciudad. O mis fotografías con Hudson.

—Esta foto es aún peor —se queja Hudson, después de otro intento—. Hoy no estoy bien. Olvídalo.

Hudson siempre es duro consigo mismo.

—Intentémoslo una vez más —insiste Harriett—. Muecas tontas.

—Sí, jefa.

Hudson se inclina, coloca el puño debajo del mentón y mira hacia el cielo como si acabara de experimentar el momento eureka más épico y ahora estuviera listo para reinventar el mundo. Harriett está enviando un beso a nadie en absoluto en la dirección opuesta. Miran la foto.

—Me encanta —dice Harriett—. Necesito una descripción.

—Espera —pide Hudson.

—¡Estás sexy!

—No. —Hace zoom y ambos se vuelven.

Me miran.

Debo haberles fastidiado la fotografía. Su único selfie bueno. Y, por supuesto, estaba observándolos en lugar de estar fingiendo mirar mi teléfono. Hudson sacude la cabeza y desvía la mirada. Me sonrojo. Vuelvo a *Angry Birds* y a mis asuntos.

O por lo menos eso intento. Todavía tengo oídos.

—Él también sale bien, debo admitirlo —comenta Harriett.

—No, no tienes que admitir eso —susurra Hudson con dureza.

Solo un mes más y me habré librado de este infierno.

* * *

Entro a Dream & Bean y Dylan está sentado junto a la ventana.

—Big Ben, ponte cómodo en mi oficina —invita Dylan, y quita su mochila de una silla para que me pueda sentar.

—Tu oficina necesita una mesa más grande.

—¿Quién necesita mesas cuando tienes esta vista maravillosa? —Dylan hace un gesto hacia la ventana.

—Ahí solo hay basura apilada. —Suficiente para tres bolsas. Hay una vista mejor desde el dormitorio de Hudson y es solo una pared de ladrillos.

—¿Quieres algo para beber? Mi gente se puede encargar de eso.

—Eres un cliente habitual, no el dueño.

—¿Por qué eres tan hiriente, Ben?

—Un resumen rápido: estoy en el instituto de verano con mi exnovio. Pensé que me reuniría con un chico guapo ayer. No lo hice. La vida es una mierda.

Me desvelé un poco anoche pensando en Hudson y Arthur. En Hudson, porque no estaba esperando con ansias compartir otro día de escuela con él. En Arthur, porque me di cuenta de que lo he estropeado todo siguiendo mi camino. Hasta ayer, cuando se involucró Samantha, nunca pensé que habría una posibilidad real de encontrarlo. Estamos en Nueva York y no sé casi nada sobre él. Pero después ella se convirtió en Nancy Drew y me dio esperanzas. Y la iniciativa de Yale fue algo inteligente, pero no condujo a nada excepto a que yo me diera cuenta de cuánto quería que funcionara.

Cuánto quería encontrar a Arthur y ver qué podría suceder entre nosotros.

—No estarás soltero por mucho tiempo con esa cara. —Dylan mueve las cejas de arriba abajo.

No estoy de humor para coqueteos.

—Siento como si estuviera siendo castigado por querer ser feliz —explico. Como si quizás mi vida hubiera estado bien si le daba a Hudson una segunda oportunidad. Tal vez todo habría mejorado.

—Quizás solo eres la perra del viernes 13.

—Al menos tenemos nuestra maratón.

Dylan se queda en silencio durante un instante.

—Una maratón sin Samantha.

—Estoy seguro de que te llamará. —No estoy seguro. No le respondió los mensajes anoche.

No quiero ser esa persona, pero mentiría si dijera que no me sentí un poco aliviado de que las cosas no estuvieran funcionando con Samantha. No me malinterpretéis, quiero que él sea feliz, es mi mejor amigo. Pero lo siento, no es bueno como mejor amigo cuando es el novio de alguien. Es como si el único tema en el mundo girara alrededor de su novia y yo nunca tuviera la oportunidad de hablar sobre lo que está sucediendo conmigo. Tal vez esta sea una mala actitud por mi parte. Pero me siento… no lo sé, amenazado y bastante inútil cada vez que a él comienza a gustarle otra chica. Mi padre me preguntó si yo sentía algo por Dylan, lo que no es para nada cierto. Dylan es solo el mejor y mataría por él. Pero simplemente lo echo de menos cada vez que tiene novia. Y no quiero sentirme relevante solo cuando él está soltero.

Estoy sediento, así que me levanto y me acerco a la barra. Mientras me sirvo un poco de agua de cortesía en un vaso de plástico miro el tablón de anuncios que tiene cientos de folletos para prácticas en el campus, un póster con la leyenda *Resist*, algunos números de teléfono, una lista de paseadores de perros, publicidades varias y...

Mi cara.

Mi cara está en el tablón de anuncios.

El agua rebasa de mi vaso y ni siquiera tengo el sentido común o la decencia de limpiarlo inmediatamente porque mi cara está en el tablón de anuncios.

¿Qué he hecho? ¿Por qué me buscan? Un momento. No. Este no es un identikit policial o una fotografía borrosa hecha por una cámara de seguridad. Mi rostro está recortado de una fotografía en la que estoy estrellando una bola de nieve en el rostro de Hudson. ¿Él ha hecho esto? Estoy a punto de llamar a Dylan pero aún no encuentro las palabras porque también hay una nota:

> ¿Eres el chico de la oficina de correos?
> Me siento muy incómodo en este momento, y no puedo creer que esté haciendo esto, pero allá vamos.
> Hablamos durante algunos minutos en la oficina de correos en Lexington. Yo era el chico de la corbata de perritos calientes. Tú eras el chico que estaba devolviendo cosas a tu exnovio. Me encantó tu risa. Ojalá te hubiera pedido el número.
> ¿Quieres darme una segunda oportunidad, universo?
> Arthur.Seuss@gmail.com

Eh...

Mi corazón se acelera porque el universo tiene que estar jugando conmigo.

Arranco el anuncio de la chincheta. Definitivamente es mi cara. Esto es para mí. Se suponía que yo debía encontrar esto.

Lo he encontrado.

Esto... esto no puede pasar. Sí. Esto no puede pasar.

Regreso dando zancadas hacia Dylan.

—¿Es esta una de tus estúpidas bromas?

—¿Qué? Ninguna de mis bromas es estúpida.

—No te hagas el tonto.

Dylan lee la nota.

—Espera. Mierda.

—¿De verdad no has sido tú?

—Amigo. Ben. No fui yo. —Dylan me mira a los ojos y no está riendo—. ¿Dónde has encontrado esto?

—En la barra. En el tablón de anuncios. Debió haber pensado en ponerlo aquí porque yo llevaba la camiseta de Dream & Bean.

—¡De nada! Hombre, Samantha estará furiosa por no haber resuelto esto ella misma. También estará feliz por ti, estoy seguro. —Me sujeta del hombro—. Por fin. Está pasando. Vas a hablar con él, ¿verdad? Esto es genial. Hollywood hará una película sobre vosotros dos. Y habrá un *spin-off* de Netflix sobre vuestros hijos gays.

—Pero ¿cómo? Estoy muy confundido. ¿Cómo consiguió la foto? Me asusta un poco. ¿Me están *stalkeando*? ¿Me atraerán hacia una trampa?

—Asegúrate de encontrarte con él en un lugar público. Con una Taser.

—Esto… esto no pasa. Veo chicos monos todo el tiempo.

—¿Los vuelves a ver alguna vez?

—No.

Dylan agita el papel.

—Big Ben, tu vida acaba de volverse muy fácil. No pienses demasiado las cosas. Nadie quiere hacer una maratón de una serie de Netflix sobre alguien que no hace nada, sin importar lo adorable que son tu sonrisa y tus pecas.

Observo el e-mail al final del papel.

Supongo que no soy la perra del viernes 13 después de todo.

Soy el chico de la oficina de correos.

Y Arthur también me está buscando.

* * *

No estamos listos para darle play a *Chucky*. Dylan y yo estamos sentados en su cama. Él está mirando su teléfono y torturándose mientras revisa el perfil de Facebook de Samantha. Y yo no puedo dejar de leer el papel de Dream & Bean que cogí del tablón de anuncios, ya que nadie más necesitará una fotografía de mi cara. Ya he escrito la dirección de e-mail en mi teléfono, pero mi mensaje sigue en blanco.

—Tienes que ayudarme, D. ¿Qué hago?

—Solo tienes que hablarle desde tu pene, Big Ben.

—No te dirigiré más la palabra si no me ayudas a escribir un mensaje que valga la pena para Arthur.

—Está bien. Vale. Si no vas a hablar desde tu pene, creo que deberías hablar desde el corazón. Ese parece el próximo paso razonable.

—Hablar desde el pene nunca ha sido un paso razonable.

—Eso es lo que tú crees.

Si dejas que Dylan hable durante mucho tiempo, como yo dejo que haga, en algún momento llega a lo que una persona normal diría usualmente. Como que debería hablar desde el corazón.

Me decido por algo realmente simple y digo lo que he estado sintiendo desde que vi mi cara por primera vez en el tablón de anuncios: *¿Esto es en serio?*

11
ARTHUR

Viernes 13 de julio

—Tienes que tranquilizarte —dice mi padre—. Olvídalo y revisa tus e-mails en una hora.

—Sí, pero ¿y si…?

—¿Si te responde? Perfecto. No quieres escribirle de inmediato de todas maneras.

—¿No?

—No, no, no. Dios, no. Tienes que hacerte el interesante, Art. No *demasiado.* Pero un poco —dice el hombre que lleva puesto un delantal con el dibujo de una memoria USB y las palabras *haz una copia de seguridad de esto.*

Mi teléfono vibra con una nueva notificación de e-mail.

Mi padre intenta coger mi teléfono pero yo lo alejo de su alcance y entro a mi bandeja de entrada.

Dos más. Esto me está volviendo loco. El anuncio solo ha estado exhibido durante once horas y ya he recibido dieciséis e-mails.

Vi tu anuncio, ¡no soy tu chico pero buena suerte!

AY, DIOS, esto es tan romántico y el chico de la foto es muy sexy, guau.

Y mayormente esto, una y otra vez: **¿Esto es en serio? ¿Esto es en serio? ¿Esto es en serio?**

Nada del Chico Caja, por supuesto, pero el latido de mi corazón no lo sabe. Enloquece con cada e-mail.

Echo una ojeada rápida a los asuntos. El primero dice: **cuántos años tienes.** Sin signos de puntuación o preámbulo. El segundo dice: **¿Esto es en serio?**

—Vamos, te necesito. Estamos haciendo bocadillos de queso fundido. —Sostiene en alto un cuchillo gigante—. Deja el teléfono. Ahora.

—¿O qué…? ¿Me acuchillarás?

—¿Qué? —Frunce el ceño. Luego mira el cuchillo—. Ah. Ja. No. Estoy cortando la corteza del pan. Guarda el teléfono, Grillo.

—¿Grillo?

—Como *Merlín, el encantador.* ¿No?

—No. —Abro el segundo e-mail. Seguro que no es nada. Posiblemente algún idiota cualquiera. O una chica dándome ánimos. Pero tengo un nudo en el estómago y al parecer no puedo desatarlo. Porque ¿y si fuera él?

—Creo que seguiré llamándote Grillo hasta que guardes el teléfono —amenaza mi padre.

Bueno, hay un texto. Y un párrafo. Y…

Mierda.

Ey, no sé si se supone que esto es un chiste o una broma pesada o algo así, pero he visto tu anuncio sobre la oficina de correos. No te voy a mentir, estoy un poco asustado. Aunque en plan bien. Porque creo que soy el chico que estás buscando. Espero que no suene raro. En fin, hola de nuevo. Soy Ben.

Me quedo mirando el mensaje.

Estoy sin palabras.

Me tiemblan las manos. Necesito... vale. Me estoy sentando. En el borde de mi cama. Sosteniendo el teléfono con ambas manos. Todas las palabras se ven borrosas. No puedo... Ben. Tiene un nombre, y es perfecto. Arthur y Ben. Arthur y Benjamin.

Tengo que responderle. Mierda. Esto es *real*.

A menos que.

Miro el mensaje. Vale.

Vale.

Técnicamente es posible que alguien me esté jugando una broma pesada. Lo que significa que no puedo hacerme ilusiones. Todavía no.

Tengo que hacerle una prueba.

Hola Ben.

Ben. O como te llames.

Gracias por tu e-mail. Es un placer conocerte. Por favor responde la siguiente pregunta detalladamente: en el día de nuestro encuentro en la oficina de correos, ¿qué clase de piercing tenía la empleada?

Enviar.

Un minuto más tarde: **¿Esto es una broma?**

¿Qué?

¿Detalladamente? Suenas como mis profesores. 😄.

Bueno, eso es de mala educación, ¿verdad?

Tecleo con rapidez. **Sí… en realidad no es una broma, así que si estás aquí solo para reírte de mí, por favor, no lo hagas.**

Enviar.

Pero Ben no responde durante lo que parece una hora.

—Grillo, ¿sigues vivo?

Papá. Casi pego un salto.

—¡Ya voy! Solo…

Mi teléfono vibra. **¿Piensas que me estoy riendo de ti?**

Bueno. Sí.

Vale, guau. Lo siento. No. Es verdad, lo prometo.

Mi estómago da una voltereta. **Vale.**

Mira, ¿no quieres simplemente llamarme? Creo que eso funcionaría mejor.

Quiere que lo llame. Una llamada telefónica real. Con Benjamin. Ben. Quien no se está riendo de mí. Por supuesto que no. Es *Ben.* Nunca lo haría.

Me envía su número.

Presiono llamar. Y está sonando. Esto está sucediendo. Esto es…

—Hola.

Ay, Dios.

—¿Eres Arthur? —Su voz suena ahogada—. Espera. —Escucho ruidos y pasos. Luego, una puerta que se cierra.

»Vale, lo siento. Es solo… mi amigo. En fin, escucha. No me estoy riendo de tu e-mail. Es solo que… no lo sé. Sonaba como algo que escribiría un profesor. Ha sido adorable.

—Los profesores no son adorables.

Eso lo hace reír. Lo que me hace sonreír. Pero no puedo desci-frar si es él. No puedo saber si Ben es mi chico. Estaba muy seguro de que reconocería su voz. Pensé que lo reconocería tan pronto lo escuchara.

—No has respondido a mi pregunta —remarco.

—Cierto.

—No estoy intentando ser un idiota. Pero he estado recibiendo muchas respuestas de gente desconocida y… supongo que necesito saber que realmente eres tú.

Hace una pausa.

—Bueno, no recuerdo el *piercing*.

—Ah.

—Pero puedo enviarte un selfie si quieres. Y tú llevabas puesta una corbata de perritos calientes. Y hubo un *flashmob* y estaban esos gemelos con una pinta rara y creo que te llamé *turista*. Ah, y mencionaste a tu tío judío…

—Milton. —Mi corazón está galopando.

—Cierto. —Luego parece callarse de pronto—. Así que eres tú.

Durante un instante, me quedo sin habla.

—Estoy pasmado —confieso al final.

—Sí. Esto es extraño.

Es más que extraño. Es alucinante. Es el momento Nueva York de mis sueños. Los enamorados se encuentran. Pie para la orques-ta. El Chico Caja es real.

Es real. Y se llama Ben. Y me ha encontrado.

—No me lo puedo creer. Te dije que el universo no era un idio-ta. ¡Te lo dije!

—Supongo que el universo sí nos ha hecho un favor.

—Fuera de bromas. —Sonrío al teléfono—. ¿Y ahora qué?

Hace una pausa.

—¿A qué te refieres?

Mierda. Bueno. Quizás no quiere que nos encontremos. Quizás aquí se acaba todo. Esta llamada. Es el final del camino para nosotros. Tal vez *estaba* interesado hasta que me escuchó por el teléfono. Porque hablo demasiado rápido. Ethan me dijo eso una vez. Me preguntó: *¿Cuándo respiras?*

—¿A qué me refiero? —pregunto finalmente.

—Digo… *¿Tú* quieres que nos volvamos a ver? —Lo dice de esa forma. El énfasis en el *tú*. Como si yo no lo hubiera dejado claro como el agua. Es decir, vamos, amigo. He puesto un aviso para encontrarte. Creo que sabes cuál es mi intención.

—¿Tú…? —comienzo a preguntar, pero ahora ambos estamos hablando al mismo tiempo. Me ruborizo—. Tú primero.

—Ah, solo… —Casi lo *escucho* morderse el labio inferior—. Tengo que preguntarlo. ¿Tus ojos son reales?

—¿Qué?

—Son lentillas, ¿verdad?

—Utilizo… lentillas transparentes.

—Así que tus ojos son de ese tono de azul.

—Eso creo.

—Ah —dice—. Eso es genial.

—Eh. ¿Gracias?

Ríe. Y luego se queda callado.

—Así que… —digo.

—Cierto. —Hace una pausa—. ¿Cómo hacemos esto?

—¿Arthur? —llama mi padre.

Me deslizo con rapidez de la cama, cierro la puerta con un empujoncito y la atasco.

—¿Cómo hacemos qué?

—Lo de encontrarnos. ¿Deberíamos…?

—Sí —asiento demasiado rápido. Respiro hondo—. Es decir. Si tú quieres.

—Claro —responde Ben—. ¿Quieres ir a tomar un café?

Café. ¿En serio? Quiero decir, técnicamente, sí. Tomaría un café con Ben. Me quedaría atascado en el tráfico con Ben y pasaría el rato con él en el Departamento de Vehículos Motorizados. Pero esto parece demasiado grande para un café. Estoy bastante seguro de que esto es cosa del destino. Como si estuviéramos destinados a encontrarnos, destinados a perdernos y destinados a volver a encontrarnos. Así que esta cita tiene que ser extraordinaria. Esta cita necesita búsquedas del tesoro y paseos en carruajes y fuegos artificiales y norias.

Dios, imaginadnos cogidos de las manos en una noria.

—¿Qué te parece Coney Island? —suelto.

—¿Qué me parece?

—Como lugar para nuestra primera... reunión. Para pasar el rato.

Durante un instante, ambos nos quedamos en silencio.

—¿Coney Island? —pregunta al final.

—Es un parque de atracciones al estilo antiguo.

—Sí, sé lo que es Coney Island —aclara—. ¿Quieres ir allí?

—No, es decir, no necesariamente. No a menos que tú quieras. —Tamborileo con los dedos sobre la cabecera de la cama.

—Digo, podríamos...

—¡No, está bien! —Tomo aliento—. ¿Por qué no escoges tú?

—¿Quieres que planee nuestra... cita?

¡Cita! Lo ha dicho. Mierda. Es una cita. Esto es real. Está interesado románticamente, y yo estoy interesado románticamente, lo que significa que esto está sucediendo de verdad, al fin está sucediendo. Una cita de verdad con un chico de verdad. Posiblemente, definitivamente, esto es lo mejor que alguna vez me haya sucedido. Y no me puedo tranquilizar. De ninguna manera.

Pero está bien.

Debería respirar.

—Está bien —digo con calma. MUCHA CALMA. DEMASIA-
DA CALMA. Me encojo de hombros—. Si tú quieres.

—Sí, me parece bien. Bueno. Vale. ¿Estás libre mañana alrededor de las ocho?

—08 p. m. ¡Sí!

No puedo dejar de sonreír. No me lo puedo creer. *Dios*. Tengo
una cita.

—Bien, creo que tengo una idea —dice lentamente—. Pero te
sorprenderé. ¿Quieres que nos encontremos fuera del metro en Times Square? Entrada principal.

—Eso suena bien.

Y por bien, quiero decir *espectacular*. Quiero decir exquisita-
mente perfecto. Quiero decir estoy viviendo un musical de Broadway. ESTE ES UN VERDADERO MUSICAL DE BROADWAY.

—Bueno. Te veo luego.

Cortamos la comunicación. Y durante un minuto entero, me
quedo sentado atónito, mirando la pantalla de mi teléfono.

Tengo una cita. Una cita. Con Ben. Saldré con Ben. Y, querido
Dios. Querido Universo. Mierda.

No puedo fastidiar esto.

¿... fuéramos nosotros?

12

BEN

Sábado 14 de julio

Es casi la hora de mi primera cita. Bueno, mi primera cita con Arthur.

Son las 07:27 p. m. y debería estar saliendo por la puerta. Me pongo la camiseta negra que mi madre insistió en planchar. Mis padres están junto a la puerta mientras Dylan me sigue fuera del dormitorio donde ha estado taladrándome la cabeza con un discurso motivacional decente durante la última media hora. Solo me ha dicho que pensara con el pene una sola vez. Una mejoría.

Dylan da vueltas en círculos alrededor de mí mientras se restriega el mentón.

—Autorizo este atuendo.

—Gracias —digo—. Vamos.

—Esperad, quiero una fotografía de vosotros dos —anuncia mi madre mientras corre hacia la cocina.

—¿Por qué de ellos dos? —pregunta mi padre—. Dylan no es su cita.

Mi madre vuelve con su teléfono.

—Su mejor amigo ha venido desde su casa.

—Son cinco calles —aclara mi padre.

—Es la primera cita de Ben. Este es un momento Instagram.

—El perfil de Instagram de mi madre es típico de ella. Publica fotografías de comidas y selfies con demasiados filtros. Abusa por completo de los hashtags. #Es #Muy #Difícil #Leer #Descripciones #Enteras #Así. Se dio cuenta cuando la dejé de seguir.

—No es mi primera cita —aclaro. Si retrocedes seis meses, mi madre todavía tiene la foto de mi primera cita con Hudson. Habíamos ido a un espectáculo de comedia que era incómodamente homofóbico. Que Hudson me atrajera hacia él para darnos nuestro primer beso fue el perfecto corte de mangas para ese comediante. Simplemente perfecto.

Mi madre me intimida con la mirada.

—Puedes seguir reprendiéndome o dejarme hacer la foto e irte.

—Está bien.

Dylan se detiene delante de mí y envuelve mis brazos alrededor de él al estilo graduación. Yo sonrío y le sigo el juego.

—Perfecto. —Mi madre saca la foto—. ¡Gracias! —Nos besa a ambos en la mejilla, se sienta en la banqueta de la cocina y comienza a trabajar en su descripción mágica.

—Divertíos, chicos. —Mi padre me desliza un poco de efectivo extra como lo haría un traficante de drogas con una bolsita de hierba. Me besa en la frente y abraza a Dylan—. Ben, en casa a las diez y media. Dylan, en casa a la hora que quieras, no vives aquí.

—*Todavía.* —Dylan le guiña un ojo de camino a la salida.

Cierro la puerta detrás de nosotros.

Doy pasos lentos hacia el metro en lugar de zancadas porque sudar mi camiseta no me hará estar sexy. Llegamos a la estación, deslizamos nuestras tarjetas, y me detengo en el borde amarillo de la plataforma para ver si el metro L se está acercando. No lo veo. Llegaré diez minutos más tarde, está bien. Quince, como máximo. Aun así no está tan mal para mí; ha habido veces en que llegaba treinta minutos tarde con Hudson. La hora puertorriqueña es una broma, pero también es algo real en el Equipo Alejo. No hubiera cosechado tantas faltas por llegar tarde si no fuera real. Para Acción de Gracias, Titi Magda siempre le pide a la familia que llegue a las dos sabiendo que no estaremos allí hasta las cuatro, que es la hora exacta en la que la comida estará lista. Todo saldrá bien.

—¿Estás seguro de que no me quieres allí para observar la cita? —pregunta Dylan—. El buen amigo Digby Whitaker no tiene problema en saltarse su película.

—Estrangularé a Digby con tíquets de juegos arcade si llego a ver su cara.

—Qué sexy.

Estamos yendo al norte hacia Times Square. Dylan verá una película de terror mientras yo me encuentro con Arthur en un Dave & Buster's. El metro L llega y lo cogemos hasta Union Square. Cambiamos al metro N, que está detenido en la plataforma esperando a que los pasajeros hagan las conexiones.

—Así que —dice Dylan—, mucha presión esta noche, ¿verdad?

—La verdad es que es lo último que quiero escuchar antes de una cita. O antes de cualquier cosa.

—Solo lo comento. Vais a tener un comienzo épico.

—Ya lo sé, pero... estoy intentando ser un poco realista con todo esto.

Es extraño cómo seis días atrás conocí a Arthur en una oficina de correos y el universo extendió ambos brazos para reunirnos. Aun así, nunca me he movido a esta velocidad. Hudson y yo fuimos amigos durante meses antes de que él me conquistara y me llevara a un nivel diferente.

Pero ¿Arthur? Apenas lo conozco. Supongo que es así con cualquier relación. Empiezas con nada y quizás terminas con todo.

13
ARTHUR

Sábado 14 de julio

Estamos a unos minutos del inicio del espectáculo, y estoy un tanto atemorizado.

¿Cómo hace esto la gente? No es que sea el primer adolescente de casi diecisiete años en ir a una cita. Las personas tienen citas en Georgia. Pero allí eso significa que alguien pagará por tu comida en Zaxby's, no un sábado por la noche en el jodido Times Square.

—Estás genial. —Mi padre encuentra mi mirada en el espejo—. Quítate la camisa del pantalón.

—Se supone que tiene que ir así.

—Mmm. No lo creo.

Observo mi reflejo. No sé qué pensar. Llevo puesta una camisa lisa color azul, y tengo una parte dentro del pantalón como si fuera un modelo de J. Crew. Un modelo muy bajito de J. Crew. También llevo puesto un cinturón, y he planchado mis vaqueros. Es muy probable que este sea el mejor conjunto que haya tenido alguna vez. El mejor o el más estúpido. Puede funcionar de cualquiera de las dos formas.

Mi padre olfatea el aire.

—¿Te has puesto perfume?

—Es colonia.

—Guau. Art. Así que esto es elegante.

—¡No! Es decir, no lo sé. —Presiono mi pelo hacia abajo, que vuelve a colocarse de inmediato. Tengo un caótico pelo castaño judío, igual que mis padres. Debería ponerme un poco de gomina. Podría ir como Draco Malfoy.

—Tal vez quieras bajar un poquito el tono, ¿no crees?

—Papá. Es una primera cita.

—Sí. Y esa es la razón por cual deberías bajar un poco el tono.

—No. Vale. No creo que tú... —Dejo de hablar, dándome cuenta de pronto de que he olvidado comprar caramelos de menta. Y no estoy hablando de Mentos. Necesito algo más fuerte. Necesito Altoids. Ya me he cepillado los dientes seis veces, he hecho gárgaras con enjuague bucal y he buscado: *¿Cómo saber si tienes aliento de anciano?* En serio, ¿y si me besa y es como besar al tío Milton? ¿Y si mi primer y último beso son el MISMO BESO? Necesito una guía para esto. Necesito a mi hada madrina.

—¿A dónde te va a llevar? —pregunta mi padre.

—No tengo ni idea.

Es decir, tengo teorías. No es que haya pensado demasiado en esto o algo así. No es que haya estado toda la noche imaginándolo. Pero bueno. Nos encontraremos en Times Square, que es el lugar más icónico de Nueva York, así que claramente él se ha decidido por esa sensación de gran ciudad, gran cita. Es probable que todavía sea muy temprano en la relación para un espectáculo de Broadway, aun con un descuento de TKTS, pero puedo imaginarnos en Madame Tussauds. Me encantaría eso. Nos haríamos miles de fotos, en caso de que alguna vez necesitemos hacerle creer a la gente que conocemos a personas famosas. El primer beso debería suceder junto a mi gemelo de cumpleaños y presidente favorito, Barack Obama. O tal vez Ben se ha decidido por algo más clásico al estilo comedia romántica, como subir al Empire State Building. Eso sería increíble. Más que increíble.

Escucho un ruido de llaves, y nuestra puerta principal se abre.

—¿Hay alguien en casa?

—Estamos en la habitación de Arthur —grita mi padre.

—Ah, guau —dice mi madre, y aparece en mi puerta—. Muy elegante para tu gran cita.

—Ah. —Me sonrojo hasta la coronilla—. No es…

—Estás genial, cariño. Métete la camisa.

—O déjala por fuera —sugiere mi padre.

—Va a ir a una cita, no a una maratón de episodios viejos de *Los Simpsons*.

—Sí, pero ya tiene puesta una camisa con cuello y colonia.

Mi madre mira enfáticamente los pantalones deportivos de mi padre.

—Cierto, Dios no permita que haga un esfuerzo…

—Bueno. Hora de irme —anuncio en voz alta. Salgo por la puerta tan rápido que es como si estuviera escapando de prisión. Estoy sonrojado y prácticamente hecho un manojo de nervios. Creo que no respiro hasta que llego a la acera.

Miro mi teléfono. Ningún mensaje de Ben. Pero está bien. Significa que no ha cancelado la cita.

Significa que me estoy dirigiendo al metro. Significa que estoy viajando a Times Square.

Significa que son las siete y media de la noche de un sábado y estoy a cuatro estaciones del primer acto de mi historia de amor.

14

BEN

Sábado 14 de julio

Son las 08:11 p. m. cuando llegamos a la estación. Dylan me desea buena suerte con mi futuro marido mientras yo corro media calle hacia la entrada principal de la estación de metro de Times Square. Es un sábado por la noche en verano, así que esta calle es una mezcla de turistas y neoyorquinos que tomaron malas decisiones que los dejaron aquí. Hay oficiales de policía y hombres vestidos como los Vengadores debajo del cartel gigantesco de metro que se encuentra iluminado, como los carteles para los espectáculos de Broadway, la de American Eagle Outfitters y demás. Y allí está Arthur, la mitad del tamaño del hombre disfrazado de Capitán América. Tiene la camisa metida a medias en el pantalón, está mirando su teléfono y levanta la vista cada dos segundos. Me está buscando a mí.

—Hola —saludo.

Arthur casi deja caer su teléfono.

—Hola —responde. Se sonroja. Sorprendido, supongo.

Yo estiro la mano y él se decide por un abrazo.

—Ah. Disculpa. —Decido ir por el abrazo y esta vez él extiende la mano y casi me roza los Ben junior. Cojo su antebrazo antes de que pueda retirarlo y le estrecho la mano. Gran comienzo. Huele bien, al menos. Colonia. Yo ni siquiera me he lavado el pelo.

—Por un segundo pensé que no vendrías —dice Arthur.

—Sí, lo siento. En general llego justo a tiempo o supertarde. De todas formas, esta noche pensé que tenía todo bajo control —comento. Diez minutos no es nada en comparación con lo impuntual que he sido en el pasado.

—Pensé que tendría que poner otro anuncio para encontrarte —bromea Arthur. Hace una mueca y se encoge de hombros, lo que me hace sonreír—. ¿A dónde vamos a ir? —Habla mucho, lo que está bien para mí, y no es bueno manteniendo el contacto visual, lo que es una mierda porque quiero mirar esos ojos azules eléctricos. Dadme una bofetada si alguna vez los comparo con el cielo o el océano porque son mucho más maravillosos que eso.

—Justo allí —señalo. Hay un hombre en la esquina que está vendiendo botellas de agua, dulces y periódicos, y me detengo muy rápido para comprar Skittles, ya que funcionan como aperitivo y como menta para el aliento—. Todavía estoy sufriendo porque reemplazaron el de manzana verde por el de lima.

—Aunque era sexy.

—¿Qué?

—La Skittle verde. Tengo un ADN muy gay, pero incluso yo lo entiendo. Se pavoneaba en todos esos anuncios y provocaba a los Skittles rojos y amarillos.

—Estás hablando de los M&M.

—Ah. —Arthur se sonroja.

—¿La verde te provocaba?

—No realmente. Pero era un dibujito sexy. Como probablemente sepas que Bugs Bunny y el Gato con Botas son respetables en la cama.

—Nunca pensé en Bugs Bunny o el Gato con Botas acostándose... Y ahora estoy pensando en ellos acostándose...

Arthur se muerde el labio y se encoge de hombros.

—Perdón por hablar de dibujos sexys en los primeros cinco minutos de nuestra cita —dice—. Es evidente que nunca he hecho esto antes, ¿verdad?

—¿Tener una conversación?

—Tener una cita. —Se sonroja otra vez, como si estuviera intentando romper un récord.

La verdad es que no lo sabía hasta que lo ha confesado. No es extraño, pero la presión sigue aumentando.

—No deberías sentirte mal por hablar de dibujitos sexys. Mi mejor amigo, Dylan, me envió una vez un link de porno de Harry Potter. Nunca podrás volver a leer esos libros después de haber visto a Hermione, Harry y Ron gritando *Erectus Penis* en un laboratorio de pociones.

La risa de Arthur es muy diferente a la de Hudson. La de Hudson es más dura y siempre suena exagerada, incluso cuando es real. La risa de Arthur es más aguda y fuerte, y no lo conozco mucho, pero no me cabe duda de que es genuina. Y realmente me gusta su sonido.

Pasamos junto a Ripley's Believe It or Not! y Madame Tussauds, una trampa para turistas que tiene réplicas de cera de celebridades con las que la gente pude hacerse selfies y luego compartirlos en Facebook. Ningún neoyorquino estaría impresionado.

Arthur parece entusiasmado hasta que pasamos de largo.

Al lado está Dave & Buster's.

—Es aquí.

—¿El arcade?

—El sueño húmedo de todo chico —digo—. ¿Has estado aquí antes?

—He ido algunas veces en Georgia.

—Genial. Me vendría bien un poco de competencia.

Nos conduzco hacia arriba por los dos tramos de escaleras mecánicas.

Compro una tarjeta con crédito y Arthur compra la de él. Yo se la compraría, pero, ya sabéis. Es mejor aclarar las cosas sobre el dinero desde el principio de cualquier forma. En una relación heterosexual, queda muy claro quién se espera que sea el caballero... es el caballero. Las cosas se vuelven difusas cuando hay dos chicos. Fuera de mi familia, la única persona que no me incomoda que me invite es Dylan, pero eso es porque sé que él estará en mi vida para siempre y yo le devolveré el favor si alguna vez logro ganar mucho dinero. Hudson no era una garantía. Tampoco lo es Arthur.

Hay muchas luces fluorescentes en la entrada. Un fotomatón donde Hudson y yo nos besamos detrás de las cortinas e hicimos muecas tontas. La barra donde casualmente pedimos cócteles con toda la confianza del mundo de que no nos pedirían el carné de identidad. Tal vez no debería haber traído a Arthur aquí, pero todos los lugares en donde sé cómo divertirme traen recuerdos de los días de Hudson. Si las cosas funcionan con Arthur, podemos hacer que este sea nuestro lugar este verano.

Está bastante concurrido, pero hay algunos juegos libres.

—¿Qué deberíamos hacer primero?

Arthur observa el salón.

—¿Máquina de peluches?

—Elección amateur, Arthur. Si ganas algo pronto tendrás que llevarlo encima toda la noche. Vamos a las carreras de motos.

Nos dirigimos allí. Arthur parece incluso más compacto en la moto. Sus pies cuelgan sobre la plataforma cuando no están apoyados en los pedales. Elegimos la misma pista y aceleramos. Estoy muy concentrado porque siempre juego para ganar.

—Estoy muy enfadado porque acababa de conseguir en casa mi carné de conducir cuando vinimos aquí, y ahora no tiene sentido —se queja Arthur—. Son todos metros y autobuses y City Bikes. Quizás alquile una moto.

Arthur va en último lugar y yendo en la dirección opuesta. No debería alquilar una moto.

Quiero preguntarle más sobre Georgia, pero estoy en el tercer puesto ahora mismo y tengo que adelantarme.

El juego termina.

—¡Has llegado segundo! —exclama Arthur—. Felicidades.

—Ser el segundo es una mierda.

—Ah, eres uno de esos. El segundo lugar es el primer perdedor, ¿verdad?

—Algo así. Hace un par de años mi madre casi ganó la lotería. No acertó solo por dos números. —Me bajo de la moto. No le contaré lo que ese dinero hubiera significado para mi familia—. Fuimos los primeros perdedores.

—¿Qué habrías hecho de haber ganado el dinero?

Mudarme a un apartamento más grande. Comprar un coche, porque sí, el metro y los autobuses están bien, pero si tuviéramos nuestro propio coche podríamos hacer viajes fuera de la ciudad donde no llegan el metro ni los autobuses. Comprar una de esas camas de espuma con memoria.

—Comprar todas las videoconsolas. —Admitir las necesidades prácticas no es una charla para una primera cita—. Y tal vez animarme a volar por primera vez para poder ir al parque de Harry Potter en Florida.

—¡Yo tampoco he ido! Tal vez podamos ir algún día —dice Arthur. Está exultante, como si una primera cita igualara de manera automática a un viaje en pareja a Universal Studios. Definitivamente está saltando un poco hacia adelante—. De todas formas, necesitas una varita nueva.

—¿Qué?

—La varita en esa caja que le estabas devolviendo a tu novio.

La caja aún se encuentra en mi dormitorio.

—Sí. Exacto. —Lo conduzco hacia Pop-A-Shot—. ¿Has hecho ya algún amigo por aquí?

—Unas chicas de mis prácticas, Namrata y Juliet —informa Arthur—. Me alentaron para que intentara encontrarte. Sugirieron Craigslist, pero mi madre no quiso saber nada.

Me detengo.

—¿Estás hablando de conexiones perdidas?

—¡Sí! ¿Lo conoces? —Arthur extiende la mano y toca mi hombro—. Espera. *¿Has puesto* un anuncio para *mí?*

—Ah. Eh. No —digo. Hubiera deseado mentir para ahorrarnos la vergüenza—. Pero mi padre lo mencionó y entré para ver si tú también me estabas buscando.

Arthur está sonriendo.

—No sabía que me estabas buscando. En absoluto.

—Bueno, sí. —Me paso las manos por el pelo mientras continúo dirigiéndome a las canastas—. Así que... ¿las motos no son lo tuyo, pero tal vez el baloncesto? Solo tienes que hacer pasar la pelota por el aro tantas veces como sea posible en un minuto.

Asiente, pero no estoy seguro de que realmente me haya escuchado. Posiblemente solo necesite un intento para saber qué está pensando: nos estábamos buscando. Él llegó más lejos, pero ¿escuchar que yo también lo quería encontrar? Bueno, a todos nos encanta que nuestros sentimientos sean recíprocos.

Jugamos uno contra el otro más un niño que está siendo vigilado por su padre. Hago dos notas mentales en este momento: 1) No hacer comentarios innecesarios cuando derrote a Arthur y al niño. 2) No decir «menuda mierda» si Arthur o el niño ganan.

El cronómetro empieza a correr y me está yendo bien, seis anotaciones en diez segundos. Sin embargo el niño me sigue de cerca. Veinte segundos y Arthur anota su primer lanzamiento.

—¡SÍ! —Se vuelve hacia mí—. ¡El rey del mundo!

—Estás perdiendo tiempo —le advierto. No tiene posibilidades de alcanzarme, pero puede esforzarse más. O al menos dejar de distraerme. Yo. Juego. Para. Ganar.

Arthur sigue intentándolo hasta que su pelota rebota fuera del juego, y él la persigue como si fuera un domador de toros.

Se acabó el tiempo.

23 a 1 a 25.

—¡Qué mier...! —No felicito al niño porque se está riendo de mí. Tal vez los juegos arcade no han sido una idea tan buena para una primera cita. Mi lado de mal perdedor es material más apropiado para una tercera cita, quizás una cuarta.

Arthur regresa con su pelota. La lanza. Falla.

Hudson era un mejor oponente. También le habría dado una lección al niño.

Como un puñado de Skittles.

—¿Quieres jugar hockey de mesa? —pregunta Arthur—. Prometo que saldrás primero.

O terminaré en el hospital cuando Arthur envíe un disco desviado en mi dirección.

—Mejor la máquina de los peluches —propongo—. Pero haremos que sea interesante.

Me sigue hacia el rincón. No jugaremos por cualquier Pokémon de felpa, a la mierda con eso.

—¿Interesante? ¿Interesante como jugar al *strip* póker? Espero llevar ropa interior adecuada para esto —dice Arthur.

—¿Llevas ropa interior inadecuada en general?

—Todos tenemos ropa interior inadecuada cuando toca lavar la ropa —comenta Arthur.

—Es verdad. Bueno, te quedarás con los pantalones puestos para este desafío. —Hay una máquina para ganar joyas de fantasía. Collares bonitos, brazaletes feos, anillos de diamantes falsos y demás—. Lo que sea que ganemos, el otro tiene que llevarlo puesto. ¿De acuerdo?

—¡De acuerdo!

—Yo iré primero —anuncio. Quizás lo ayude ver jugar a otra persona—. Ese collar de piedras del rincón irá muy bien con tus ojos —digo. Sigo moviendo la pinza, manteniendo la mano en la palanca mientras miro todas las opciones… esta es buena. Presiono el botón y la pinza baja, se expande, roza el estuche y resbala completamente. Regresa sin nada—. Este no es mi día.

—Yo no diría eso. Es muy probable que consigas un precioso accesorio en el próximo minuto.

—¿Muy probable?

Arthur señala el collar que tiene un signo de la paz hecho de piedras del tamaño de mi iPhone. Mueve la pinza y estudia el estuche desde todos los ángulos, se inclina, se pone de puntillas, se mueve a la izquierda, luego a la derecha, coloca la pinza, y repite otra vez el proceso y finalmente presiona el botón. La pinza coge el collar y lo deposita.

Arthur lo recoge y sonríe.

—¡Has ganado un collar!

—¿Acabas de engañarme?

Está riendo, este extraterrestre estafador endiablado.

—Tú has elegido el juego.

—Eso es lo que lo vuelve un engaño tan brillante. Es decir, ni siquiera puedes meter una pelota de baloncesto en una canasta, pero ¿puedes coger un collar pequeño con una pinza?

—Tengo un conjunto de habilidades muy particulares —explica Arthur, citando *Venganza*, lo que le hace ganar una decena de puntos de genialidad—. Soy una especie de dios cuando se trata de máquinas de peluches. —Acorta el espacio entre nosotros, mirando al suelo antes de mirarme a mí y sostener en alto el collar—. Vale. Tiempo muerto.

Se encuentra cerca de mi cara y pienso que besarlo sería incómodo. No en este momento, aunque eso también sería incómodo.

Demasiado pronto. Estoy hablando de la diferencia de altura. Hudson y yo estábamos a la misma altura y Arthur no lo está. Eso suena mal. Y odio pensar en eso, pero lo hago. No puedo evitar que la altura sea importante para mí. De la misma forma en la que otra gente se niega a salir con alguien que toca en un grupo de música o alguien que es tan friki que puede nombrar a los ciento cincuenta Pokémones originales.

Arthur me coloca el collar y sus nudillos rozan mi piel. Parece como si quisiera besarme. También es alguien que nunca tomaría la iniciativa.

—¿Cómo estoy? —pregunto.

—Como alguien que quiere la paz gay en la Tierra —dice Arthur—. Y cuyo aliento huele al Skittles verde equivocado.

—¿A sexy Skittles?

—A sexy Skittles —afirma Arthur. Endereza los hombros. Estira el cuello.

—Vamos a tomar algo —propongo.

Nos dirigimos al bar. Pido agua y Arthur, un refresco de cola. Estoy un poco hambriento, pero no quiero convertir esta cita en una cena porque me incomoda comer enfrente de la gente. No de amigos. Puedo observar a Dylan hablar con la boca llena durante una cantidad de tiempo perturbadoramente larga. Pero con Hudson, solo comíamos en lugares en los que no tuviéramos que sentarnos uno enfrente del otro, como los mostradores de las pizzerías y nuestras habitaciones mientras veíamos películas. Es este miedo asfixiante de que estaremos sentados y nos quedaremos sin nada para decir y yo tendré que ser testigo del momento exacto en el que alguien deja de estar enamorado de mí porque no tengo el contenido suficiente para mantener una conversación viva durante una comida. ¿Por qué querrías hablarme durante el resto de tu vida?

Llegan nuestras bebidas.

—Yo invito —dice Arthur. Coge su cartera y le entrega unos billetes al camarero—. Tengo una gran suma de dinero de becario exitoso en un estudio de abogados.

—Gracias.

Cruzamos el salón del arcade hacia las ventanas. Arthur mira hacia Times Square como si quisiera estar allí afuera siendo retratado de forma exagerada por treinta dólares, buscando su nombre en uno de esos imanes con forma de patente, yendo a ver un musical, encontrándose con una celebridad o quedándose quieto en la acerca hasta que se vea aparecer en una de esas pantallas gigantes.

Arthur me pilla observándolo.

—Ay. Estoy viendo Nueva York como un verdadero novato.

—Es verdad. Me gusta. Todavía tienes ese aura de turista. No recuerdo lo que era asombrarse por Times Square. O por cualquier cosa en Nueva York.

—¡¿Qué?! Déjame explicarte tu propia ciudad. —Arthur derrama un poco de su bebida y limpia la alfombra con sus zapatos deportivos. Se recompone y mantiene la calma—. Puedes pedir comida a cualquier hora. Y si no puedes pedirla, la puedes encontrar. Estas calles aún estarán vivas a las dos de la mañana. En Georgia se graban películas todo el tiempo, pero no siempre tratan sobre Georgia. En cambio, las películas siempre *tratan* sobre Nueva York. Podría continuar.

—Estoy seguro de que sí. ¿Echas de menos Georgia?

Se encoge de hombros.

—Sí, echo de menos a mis mejores amigos, Jessie e Ethan. Y mi casa. La habitación de huéspedes que tenemos allí es más grande que los dormitorios de mi tío Milton.

—Así es Nueva York —respondo. Es triste pensar que si tomáramos nuestras vidas y dejáramos atrás a nuestra extensa familia, al idiota de Dylan, y los servicios nocturnos de comida, yo podría vivir en una casa más grande—. ¿Tienes ganas de regresar?

—No estoy pensando en eso en este momento. Solo estoy disfrutando de la magia de Nueva York. —Me señala a mí, a él mismo y luego a mí nuevamente—. La ciudad ha hecho que esto sucediera.

Asiento.

—Bien pensado. —Echo un vistazo a los otros juegos. Hay una ruleta de tíquets, donde una vez gasté muchos créditos solo para que alguien llegara justo después de mí y ganara quinientos de inmediato. Está el *Just Dance*, en el que Dylan en general gana, y no me sorprendería que Arthur supiera hacer algunos movimientos. El juego de carreras de *Mario Kart* siempre es divertido—. ¿Te gustan las películas de terror?

—No las odio por completo.

—Entonces sí.

—Seguro.

—Genial.

Nos metemos en una de esas cabinas para jugar *Dark Escape* 4D. Es un juego de inmersión que juega con los miedos de la gente. Los asientos vibran, el aire sopla en tu cara, el sonido envolvente te hace sentir como si un lunático con un cuchillo estuviera acechándote, y hay un sensor de pánico que registra tu frecuencia cardíaca para que puedas ver quién está más asustado.

—¿Qué tenemos que hacer para ganar? —pregunta Arthur—. ¿Gana el que sobrevive?

—Es un juego de equipo. Tenemos que sobrevivir los dos. —Me coloco las gafas 3D y evaluamos los escenarios. Prisión para los que tienen miedo a los muertos, Cámara de la muerte para los que le temen a la oscuridad, Cabina para los que temen las persecuciones en lugares reducidos y Laboratorio para aquellos que les temen a las plagas.

—¿Hay alguna opción que sea un gran prado verde donde nos persigan mariposas? —pregunta Arthur.

—Quizás en la próxima edición. Pero las mariposas probablemente sean murciélagos. Y es posible que el prado sea una cueva.

—Así que nada de lo que he dicho. Bueno. —Arthur se coloca las gafas 3D y sujeta los controles con fuerza—. Matemos a algunos zombis convictos prófugos.

El juego comienza de forma bastante aterradora. La prisión solo está iluminada con una bombilla oscilante mientras nuestros personajes arrastran los pies en la oscuridad. La puerta de una celda se abre con un chirrido, pero es solo el viento... no, no, mierda, no, no es solo el viento, es un anciano al que le queda solo la mitad de la cara.

—¡¿Por qué está en prisión?! —grita Arthur.

—¡No lo sé! —vocifero.

—¡Dale pena de muerte! ¡Dale pena de muerte!

Le disparamos al abuelo zombi, y despertamos a toda la prisión y a los muertos vivos. Uno se abalanza sobre nosotros en 3D e intenta estrangularme y Arthur le dispara hasta la muerte. Me acerco a Arthur como una vez hice con Hudson. Ahora nuestras piernas se tocan y él también se acerca a mí. Las vibraciones de cada paso mientras los zombis convictos se abalanzan sobre nosotros hacen que mi corazón se desboque.

—¿Cómo te está...? ¡Ah! Mierda, me está comiendo el brazo... ¿... yendo? —pregunto.

—Estoy asustado. Pero podría ser peor.

—¿Qué sería lo más aterrador que puede aparecer en esa pantalla? ¿Ese hijo de perra del rincón?

Vemos a un zombi en un rincón comiendo la cabeza decapitada de un guardia como si fuera pollo asado.

—Ese también. Y no lo sé. ¿Quizás mis padres divorciándose?

—Ah. ¿Eso está... pasando?

—Creo que sí. No lo sé, solo están... ¡zombi a tu derecha!

Suelto los controles y levanto las gafas 3D por encima de mi cabeza. Los zombis se encargan de mi personaje.

—¿Quieres hablar de eso? —Es extraño imaginar que algo malo suceda en la vida de Arthur. A los dieciséis ya es un «becario exitoso», se acaba de mudar a Nueva York y parece realmente inteligente. Supongo que nadie tiene la vida perfecta. Incluso aquellos que parecen tenerlo todo.

Arthur hace una pausa.

—Vale, la siguiente cosa más aterradora. Ethan alcanzando la nota de «Music of the Night» del *Fantasma*.

Entiendo que eso es una negativa a hablar de sus padres.

—Ethan es tu mejor amigo, ¿verdad?

—Sí, creo. —Arthur se vuelve hacia mí con las gafas aún puestas. No puedo verle los ojos—. Las cosas cambiaron desde que salí del armario. Sabía que lo harían, pero… no lo sé. No esperaba que mis mejores amigos salieran de escena.

—¿Jessie también?

—Ah, no, todo va bien con ella. Es genial. Siempre hemos sido muy entusiastas juntos, y ahora somos muy entusiastas cuando hablamos sobre chicos. —Finalmente se quita las gafas 3D—. ¿Puedo preguntarte hasta qué punto has salido del armario?

—Estoy muy afuera. En primer curso me quedé a dormir en casa de Dylan y estábamos viendo *Los Vengadores*. Él estaba hablando sin parar sobre cuántos crímenes cometería si eso significaba que la Viuda Negra lo perseguiría y así él podría conocerla. Yo hablé de acostarme con Thor y él respetó esa decisión. Y eso fue todo. —Ahora que lo escucho hablar sobre cómo apesta Ethan en estas cuestiones, me siento doblemente agradecido por Dylan—. Igual con mis padres. Salí del armario durante la cena cuando Dylan estaba allí y mi padre pensó que estábamos saliendo. Simplemente pensé que mis padres le darían más importancia. Cuando no lo hicieron me sentí decepcionado. Pensé que sería un gran evento. Globos, un desfile, no lo sé.

—Pero eso es positivo, ¿verdad?

—Sí, ahora me alegra que no haya sucedido todo eso. Quería que fuera algo normal y lo fue.

—Porque lo es. Dijiste que estás muy afuera del armario. Entonces, ¿todos lo saben?

—Sí. Escribí un estado de Facebook en Acción de Gracias hace un par de años. Dije que estaba agradecido porque todas las personas de mi vida fueran lo suficientemente geniales como para quererme como soy. Y que todos los demás podían dejar de ser mis amigos online y en la vida real. Incluso había revisado el número de mis amigos antes de publicar el estado.

—¿Éxodo masivo? ¿Éxodo modesto?

—No hubo éxodo —respondo. Es sorprendente. Pensé que a la gente le iba a importar más de lo que le importó.

—¿Puedo ser sincero?

—De verdad eres fan del porno de dibujos animados, ¿no?

—Bueno sí, pero... *no* soy un fanático de los jugos de arcade. Te he fallado.

—Eso explica muchas cosas —digo.

—Pero ¡igualmente hacemos un gran equipo!

—No, no lo hacemos. Hemos perdido porque literalmente hemos dejado de jugar en mitad del juego.

—Una cuestión de logística.

Dejamos a un lado las gafas 3D y salimos.

—Así que lo que me estás diciendo es que no vamos a volver a jugar —digo. Todavía tengo créditos y no te permiten recuperar el dinero porque a tu cita no le gusten los juegos. De verdad es un extraterrestre—. ¿Ahora qué?

—Tengo una idea —anuncia Arthur. Me conduce al fotomatón, introduce cinco dólares y toma asiento—. ¡Vamos!

Ni siquiera tengo la oportunidad de decidir si esto es lo que quiero (la foto, este momento con Arthur) pero lo sigo hacia el interior de la cabina porque no hacerlo sería incómodo y un desperdicio de cinco dólares. Me siento, y en lo único en lo que puedo pensar es en las muecas estúpidas que Hudson y yo hicimos cuando estuvimos aquí meses atrás. Pero Arthur no es Hudson. Y no puedo dejar que Hudson fastidie cualquier oportunidad de crear nuevos recuerdos en lugares pasados. No solo aquí, en Dave & Buster's, sino en todos los lugares de la ciudad. En el instituto, en los parques, en donde sea. Arthur es otra persona. No es un juguete. No es una distracción. Tengo que hacer esto bien.

—¿Qué quieres hacer para las fotos? —pregunto—. Tenemos tres oportunidades.

—No voy a desperdiciar mi oportunidad —dice Arthur. Me mira expectante—. ¿*Hamilton?*

—Ah. Claro. —La gente está obsesionada con ese musical. No he escuchado ni siquiera una canción, pero no es algo que debería mencionar ahora.

—Tengo mucho que enseñarte, Ben.

Un temporizador hace una cuenta atrás de tres. Para la primera foto, improvisamos. Arthur se inclina contra mí y ambos sonreímos, muy simple. Para la segunda foto, Arthur saca la lengua y dice «Aaaaaah» como si un doctor estuviera inspeccionando su boca. Yo guiño el ojo de manera exagerada. Para la tercera foto, Arthur se vuelve hacia mí. Mi corazón late descontroladamente porque parece como si quisiera besarme, pero yo todavía no he llegado a ese punto. Sé que todo esto es muy adorable, estar reunido aquí con el chico que conocí en la oficina de correos, pero sin importar lo encantador que sea, no me puedo obligar a besarlo antes de estar listo. Antes de que signifique algo. Simplemente nos miramos y sonreímos cuando el último *flash* destella.

Salimos de la cabina y ambos tomamos una tira de fotos para cada uno. La verdad es que quedamos muy bien juntos.

—La última fotografía es... —dice Arthur—. No importa.

—Dime.

Arthur se mira los zapatos deportivos.

—Parezco más feliz que tú. Está bien si quieres dejar de hacer esto. Si todavía estás pensando en tu ex, lo entiendo. Bueno, no lo entiendo. Pero me lo imagino.

—No, es solo que… me he divertido mucho, pero sé que no he estado presente por completo —digo. Es mi culpa. He traído a mi cita a un lugar al que solía venir con mi exnovio. Tampoco sé cuánto debería estar involucrándome en esto realmente, ya que Arthur se irá al final del verano, de todas formas.

Nos quedamos en silencio. Realmente quiero ver a Arthur como él me ve a mí. Sin embargo, podría llevar tiempo, y el tiempo no está de nuestro lado.

Arthur suspira y mira el suelo.

—Fastidié mi primera cita. Hurra por mí.

—No, tú no la fastidiaste… yo soy el que la estropeó. Siempre estoy listo para hacerle un corte de mangas a cualquier cosa buena que el universo arroje en mi camino, ya que juro que el universo me odia. Pero tal vez el universo solo esté jugando el juego a largo plazo. Como si todo lo que alguna vez salió mal sucedió así para que todo saliera bien más adelante. No lo sé.

—Entonces, ¿la cita ha sido buena? ¿O mala?

—La cita no ha sido mala, solo pienso que, si el universo nos está reuniendo aquí, nuestra historia merece una primera cita más épica —explico—. La verdad es que quiero volver a verte. Tal vez deberíamos hacer un nuevo intento.

—¿Como una primera cita? ¿Otra vez?

—Exacto. Esta vez puedes planearla tú. Lo que sea que quieras.

—Desafío aceptado.

Sonreímos mientras estrechamos las manos.

15
ARTHUR

Domingo 15 de julio

Un nuevo intento. Y se supone que yo tengo que planear la cita esta vez.

No sabía que existían este tipo de cosas. Yo pensé que simplemente se las llamaba *segundas citas*.

Un nuevo intento.

Pero al menos lo volveré a ver. Lo cual es oportuno, ya que él es lo único en lo que puedo pensar. Ni siquiera puedo salir de la cama. Estoy demasiado ocupado mirando la tira de fotos. Y sí, nos parecemos un poco a Pepe Le Pew y a su abrumada novia gata, pero realmente parecemos una pareja. Si uno mirara estas fotografías, no concluiría que Ben y yo somos amigos platónicos. Pero la idea de pensarme como parte de una pareja es tan intensamente irreal que ni siquiera puedo comprenderlo.

Al final camino de forma lenta hacia la sala de estar, alrededor de las diez, en pantalones cortos de gimnasia y gafas. Mi padre se encuentra en el sillón, bebiendo café y con las noticias en mudo.

—¿Por qué estás mirando al tío naranja? —pregunto, desplomándome en el sillón junto a él.

Mi padre apaga la televisión.

—Buenos días, Romeo.

—Ay, no. Por favor no.

Mi padre frunce el ceño.

—¿No qué?

—No te comportes de forma rara.

—No, no. Nop —dice mi padre—. Esto no es *Es mi vida*.

—No entiendo esa referencia, papá.

—No eres *Las ventajas de ser un marginado*. No acabo de alquilar *El club de los cinco*.

—¿Qué quieres decir con...?

—Quiero decir, termina con esa falsa angustia adolescente. Esta es tu primera cita y quiero que me cuentes cómo fue.

—¿No crees que es raro que hablemos de estas cosas?

—¿Por qué? ¿Porque soy tu padre?

—Sí. Obviamente.

Me mira boquiabierto, como si estuviera intentando procesar lo que acabo de decir.

Suspiro.

—Estuvo bien, papá. Fue una buena cita. Tenemos otra mañana.

—Guau. Mírate. Una segunda cita.

—Bueno, no es una segunda cita. Es una segunda *primera* cita. Haremos un nuevo intento.

Mi padre se acaricia la barba.

—Eso es interesante.

—Lo sé.

—Pero claramente le gustas.

Me siento.

—¿Tú crees?

—Bueno, quiere otra cita.

—Sí. Dios. No sé cómo hacer esto.

—¿Cómo planear una nueva primera cita?

—Ni siquiera sé planear una cita normal.

Sinceramente, ¿se supone que tengo que saber cómo elegir un lugar, crear la atmósfera correcta y hacer que se le caigan los pantalones de la sorpresa? No literalmente. O tal vez un poco, en realidad.

Miro de reojo a mi padre.

—Vale, si mañana es nuestra primera cita, ¿cómo vamos a hablar de lo de Dave & Buster's? ¿Fingiremos que no ha sucedido? ¿La llamaremos la Cita Cero? —Me restriego la frente—. ¿Intentamos recrearla?

—¿Por qué ibais a recrear una mala primera cita? —pregunta mi padre—. Relájate. Todo saldrá bien. Simplemente haz lo que sabes que dará resultado, como una cena. Algo básico.

Básico.

Asiento.

—Está bien.

Lunes 16 de julio

No, no está bien.

No voy a hacer algo básico. Lo lamento, pero este no es un chico cualquiera. Es *Ben.* Razón por la cual estoy aquí un lunes por la noche, apiñado en una mesa de un rincón en un restaurante llamado Café Arvin en Union Square. Es uno de esos lugares que parece un club nocturno en mitad de un almacén, y tiene luces con formas geométricas extrañas y un menú que cambia todos los días. Pero Yelp dice que es el Mejor Restaurante para Citas, así que espero que a Ben le guste. Asumiendo que vendrá. Se suponía que llegaría aquí hace quince minutos, pero tampoco me ha enviado un mensaje para avisar que llega tarde.

Igual que la última vez.

Debería enviarle un mensaje. *¿Vendrás...? ¿Estás vivo siquiera...? ¿Estás...?*

Ahora parezco mi madre. Lo cual probablemente no sea lo adecuado para una cita.

No sabía que las citas requerían tantas pequeñas decisiones. Cuándo enviar mensajes, cuándo tranquilizarse, qué hacer con las manos cuando estoy esperando. Cuando entre, ¿debería levantar la vista y sonreír? ¿Debería estar mirando mi teléfono de manera despreocupada? Necesito un guion para esto. Tal vez simplemente tenga que dejar de pensar demasiado.

Pero en el momento en que lo veo, dejo de pensar en absoluto, porque, guau: se ha vuelto incluso más guapo. O tal vez sigo descubriendo nuevas cosas buenas sobre él, como la curva de la línea de su mandíbula, o cómo apenas se encorvan sus hombros. Lleva puesta una camiseta gris de cuello en *V* y unos vaqueros, y sus ojos recorren el lugar mientras habla con la recepcionista. Cuando me encuentra, su rostro entero se ilumina.

De pronto se está sentando frente a mí.

—Este sitio es sofisticado —comenta.

—Bueno, ya sabes. Solo lo mejor para nuestra PRIMERA cita.

—Sí. Primera cita. Nunca he estado en una cita contigo antes —sonríe Ben.

Le devuelvo la sonrisa.

—Nunca. —Y luego mi mente se queda en blanco.

Complicación inesperada: al parecer, no sé cómo mantener una conversación en restaurantes sofisticados. Todo parece tan a la moda y elegante aquí que ninguna conversación normal parece digna. Es como si debiéramos estar hablando sobre cosas profundas, refinadas, intelectuales, como de los programas culturales de la NPR o la muerte. Pero ni siquiera sé si a Ben le gusta la NPR o la muerte. Para ser sinceros, apenas sé algo sobre él.

—¿Qué es lo que haces?

—¿A qué te refieres?

—¿Son prácticas? ¿Qué haces todo el día?

—Ah, es… —Vacila y mira hacia abajo el menú, y veo cómo su rostro empalidece.

—¿Va todo bien?

—Estoy bien. Solo… —Se restriega la mejilla—. No puedo pagar esto.

—Ah —respondo con prisa—, no te preocupes. Yo invito.

—No voy a dejar que hagas eso.

—Pero quiero invitarte. —Me inclino hacia delante—. Todavía me queda dinero de mi bar mitzvá, así que está todo bien.

—Pero no puedo. Lo lamento. —Sostiene en alto el menú—. No puedo comer una hamburguesa de treinta dólares. Literalmente no creo ser capaz de hacer eso.

—Ah. —El estómago me da un vuelco—. Vale.

Sacude la cabeza.

—Mi madre podría comprarnos la cena de tres días con treinta dólares.

—Sí, lo entiendo. Supongo… —Levanto la vista, y mi mirada se posa en un chico que está sentado a una mesa de distancia—. Mierda.

Ben se acerca.

—¿Qué?

—Ese es… ¿es Ansel Elgort?

—¿Quién?

—Es un actor. Ay, Dios.

—¿En serio? —Ben estira el cuello.

—¡No lo mires! Tenemos que actuar con calma. —Cojo mi teléfono—. Tengo que enviarle un mensaje a Jessie. Se volverá *loca*. ¿Debería hablarle?

—Creí que actuaríamos con calma.

Asiento.

—Debería pedirle un selfie, ¿verdad? ¿Para Jessie?

—¿Me repites quién es él? —pregunta Ben.

—*Baby Driver. Bajo la misma estrella.* —Empujo mi silla hacia atrás y me pongo de pie. Respiro hondo.

Camino hacia él, y Ansel me dedica una media sonrisa cordial.

—Hola.

—¡Hola! Hola.

—¿Puedo ayudarte en algo?

—¡Hola! Disculpa. Yo solo. —Exhalo—. Guau. Vale. Soy Arthur, y a Jessie le encantas. *Mucho.*

—¡Ah! —Ansel parece sorprendido.

—Sí, así que.

—Bueno, eso es…

—¿Nos podemos hacer un selfie? —pregunto con prisa.

—Eh. Claro.

—Genial. Ay, hombre. Eres increíble. Bueno. —Me acerco y hago algunos selfies rápidos—. Guau. Muchísimas gracias.

Quiero decir. Eso acaba de suceder. He… he caminado directamente hacia un actor. Un actor famoso de verdad. Jessie no me va a creer.

—Espera —dice Ben tan pronto me siento—. ¿Tú crees que ese es el chico de *Baby Driver*?

Asiento entusiasmado.

—Estoy impactado.

—Mmm. No creo que sea él.

—¿Qué?

—Ah, y he pedido las patatas con aceite de trufa. ¿Está bien? Cuestan unos doce dólares, lo cual es ridículo, pero compartiremos los gastos…

—No —digo, y suena brusco. Exhalo—. Quiero decir, sí. Me encantan las patatas. Pero, espera. ¿Tú no crees que ese sea Ansel?

—La verdad, me parece que no.

De pronto, aparece el camarero y apoya una bebida combinada color rosa pálido enfrente de Ben. Ben lo mira, confundido.

—Ah. Eh, yo no he pedido esto. Lo siento.

—El caballero de la camisa azul ha enviado esto para usted.

Me quedo con la boca abierta.

—¿Qué?

—Genial —dice Ben. Bebe un sorbo, y luego se vuelve y le sonríe a Ansel.

Miro atónito a Ben.

—¿Te lo vas a beber?

—¿Por qué no iba a hacerlo?

—Porque no. —Sacudo la cabeza—. ¿Por qué Ansel Elgort te está invitando bebidas?

—Ese no es…

Lo interrumpo.

—Mierda… vale. Se está acercando.

—Hola —saluda Ansel, apoyando las manos en el borde de nuestra mesa. Se vuelve hacia Ben.

—Jesse, ¿verdad?

Oh.

Oh.

Me río.

—Oh, guau, lo siento. Bueno, Jessie en realidad es mi…

—Sí, ¡soy Jesse! Gracias por la bebida.

Me quedo mirando a Ben, atónito, pero él me dedica una sonrisita.

—No hay de qué. Me encantaría que me dieras tu número.

Ansel Elgort. Pidiéndole el número a Ben. Durante nuestra cita. ¿Qué demonios?

—¿Acabas de comprarle a mi cita menor de edad una bebida alcohólica y luego le has pedido su número de teléfono? —le pregunto a Ansel en voz alta.

Enarca las cejas de pronto.

—¿Menor de edad?

—Sí, Ansel, tiene diecisiete.

—¿Ansel? Amigo, me llamo Jake.

Durante un instante, solo nos miramos.

—Tú no eres... —Mi voz se desvanece, las mejillas encendidas—. Yo... me voy a callar ahora mismo.

—Haces bien —dice Jake, ya retirándose hacia su mesa.

Me hundo más en mi silla mientras Ben bebe su bebida a grandes tragos.

—Creo que eso ha salido bien —dice, sonriendo. El idiota más encantador del mundo.

Me cubro la cara con ambas manos.

—Eso ha sido tan...

—Señor, necesito ver su carné de identidad.

Espío entre mis dedos. Es un hombre mayor que lleva corbata. Y está hablándole a Ben. El corazón me salta a la garganta.

—Oh. Eh... —Ben parece perplejo—. Creo que la dejé...

—Tiene diecisiete —intervengo.

Ben me lanza una mirada.

—Por favor, no llame a la policía. —Se me quiebra la voz—. Por favor. Dios. No puedo ir a prisión. No puedo... mi madre es abogada. Por favor. —Arrojo un billete de veinte sobre la mesa y cojo la mano de Ben—. Nos iremos ahora. Lo lamento mucho, señor. Lo lamento de verdad.

—Adiós, Ansel —grita Ben.

Lo arrastro hacia afuera.

* * *

—No puedo creer lo rápido que me has vendido —dice Ben—. Guau.

—¡No puedo creer que dejaras que un tipo cualquiera llamado Jake te invitara a una bebida!

—Lo he hecho. —Ben sonríe orgulloso.

—Casi haces que nos arresten.

—De ninguna manera. Nos acabo de rescatar de esas hamburguesas de treinta dólares —dice—. Y ahora míranos. Perritos calientes a dos dólares. Increíble.

E incluso yo tengo que admitirlo: los perritos calientes de la calle son una cena bastante buena. Ayuda que Ben tenga una técnica realmente infalible para comer perritos calientes. Sube el pan alrededor de la salchicha como si fuera un cárdigan, da un pequeño mordisco, recoloca el pan y comienza de nuevo.

—¿Cómo es que lo estás comiendo sin kétchup?

Ben sonríe.

—La culpa es de Dylan. Me lo prohibió, en especial para las citas.

—No lo entiendo.

—Yo tampoco. —Se encoge de hombros—. Pero dice, palabras textuales: «el aliento a kétchup es motivo de ruptura, destroza las relaciones».

Abro la boca para decir algo, pero lo único que logro expulsar es aire. Ninguna palabra.

Porque si Ben está pensando en aliento a kétchup estoy muy seguro de que está pensando en besar.

Específicamente: en besar*me*.

Lo observo atar cabos. Su cuello y mejillas se ruborizan.

—Lo tendremos en cuenta para nuestro próximo nuevo intento —se apresura a decir—. En el tercer nuevo intento lo conseguiremos. Nada demasiado caro la próxima vez, ¿vale?

—Sí. Y no pediremos patatas con ajo.

—Pensé que eran patatas con aceite de trufa.

—Cierto.

Sonríe. Luego pasa su brazo alrededor de mis hombros, y soy tan feliz que apenas puedo respirar. Incluso aunque solo sea su brazo sobre mis hombros. La gente de la calle probablemente piense que solo somos amigos. Solo dos amigos comiendo perritos calientes con los brazos rodeando los hombros del otro.

—Vale, trufas —dice Ben—. ¿Desde cuándo las trufas no son de chocolate? —Quita su brazo de mis hombros y coge su teléfono—. Lo buscaré.

—¿Qué vas a buscar?

—¿Qué... son... las... trufas? —dice, escribiendo.

—Alguna clase de semilla, ¿verdad?

—No. Hongos. —Me muestra el teléfono—. Mira

—¿Qué? No puede ser. —Me acerco más. Nuestros brazos se rozan—. De verdad pensé que eran semillas.

—Creo que estás pensando en las semillas de trúfula de *Lorax*, Arthur *Seuss*.

Suelto una carcajada, y el rostro de Ben adquiere esa expresión. Como si estuviera sorprendido, y cohibido, y un poco satisfecho consigo mismo. Supongo que no sabe lo gracioso que es. Probablemente el idiota de su exnovio nunca se reía de sus chistes.

—¿Cómo descubriste mi apellido?

—¿Por tu dirección de e-mail? —Me tira hacia un lado para dejar que pasen una mujer y su hijo. Es bastante agradable tener a un neoyorquino para ayudarme a comportarme en las aceras—. ¿Tienes alguna relación con Dr. Seuss o algo así? No, espera, es un pseudónimo, ¿verdad?

—El de él, sí. El mío, no. —Sonrío—. ¿Cuál es tu apellido?

—Alejo. —Luego lo deletrea.

—¿Es un pseudónimo?

—No. No tengo un imperio de dibujos y caricaturas.

—Ey, nunca me has contado qué es lo que haces todo el día.

—Cierto. —Aprieta los labios—. Voy a clase.

—¿Estás yendo como oyente? Estoy pensando en hacer eso en NYU. ¿Cómo es?

—Eh… Bastante genial.

—Muy bien, Ben Alejo.

—Supongo que ahora nos llamaremos por el nombre y apellido.

—Bueno, necesito memorizarlo para buscarte en Google.

Ríe.

—No soy tan interesante.

—Sí lo eres.

—Tú también, Dr. Seuss.

16
BEN

Martes 17 julio

@ArtSeussical comenzó a seguirte.

A la mierda los deberes.

Me siento en la cama. Seguirnos mutuamente parece como un paso adelante, uno que me entusiasmaba dar porque el perfil de Arthur era privado.

—Ey. Arthur me acaba de seguir.

—Por fin —comenta Dylan, volviéndose desde mi escritorio donde estaba jugando a *Los Sims*. Yo también acabo de rescatar a mi Sim de hacer los deberes mientras el Sim de Dylan se entretiene jugando a videojuegos en el ordenador. Todo esto es demasiado meta para el yo real.

—¿Lo sigo yo también ahora? Ir despacio no parece tener sentido ya que él se va a ir al final del verano. No hay tiempo que perder.

—Y tampoco tiene sentido ir despacio con alguien que puso un aviso con tu cara para encontrarte —dice Dylan.

—Buen apunte.

Sigo a Arthur y de pronto tenemos acceso al perfil del otro. Como si hubiéramos intercambiado las llaves de nuestras vidas. El

Instagram de Harriett es radiante, pero veo cuánto esfuerzo pone en cada fotografía. El Instagram de Arthur es real.

Hay una foto de él comiendo su primera porción de pizza en Nueva York.

Entradas para *Aladdín* y *Wicked*.

Un selfie en el espejo de algún vestíbulo y me doy cuenta de que es del día en que nos conocimos... corbata de perritos calientes y todo.

Una foto del baile de graduación de Arthur, Jessie e Ethan.

Una pegatina para el portátil que dice *QHBO: ¿Qué haría Barack Obama?*

Arthur sentado en una banqueta en algún lugar elegante, y al principio pienso que es un restaurante, pero luego veo fotografías de él en la pared. Su casa de Georgia, definitivamente, es mucho más bonita de lo que he imaginado. La idea de que él visite mi apartamento antes de que vuelva a casa se acaba de volver mil veces más intimidante.

La fotografía de Arthur sentado con las piernas cruzadas frente a lo que parece ser el espejo de su dormitorio me deja perplejo. Incluso Dylan está haciendo zoom en su rostro.

—Santos ojos azules, Batman —comenta Dylan.

—Santos ojos azules —repito. Los he visto en la vida real, pero aun así.

Y luego hay otra foto de Arthur con gafas, lo que es algo impresionante, y guau. En las siguientes diez fotos que veo, me encuentro observando sus labios en lugar de sus ojos.

—¿Es el jueves demasiado pronto para besarlo?

—Para nada. Hazlo —aconseja Dylan. Su teléfono vibra sobre mi escritorio, y él se levanta para cogerlo—. El reloj está corriendo, Big Be... —Mira la pantalla—. Es ella.

—¡¿Samantha?!

—Beyoncé —responde Dylan—. Por supuesto que es Samantha. ¿Qué hago?

—Abre el mensaje. Léelo. Luego responde con palabras. Pero no palabras del estilo «futura mujer».

Lee el mensaje y me entrega el teléfono.

—Vale. Esto es bueno. Creo. Ayúdame a no fastidiar esto.

Miro el mensaje:

Hola, Dylan. Lamento no haberte hablado antes. Cada vez que comienzo a escribir algo simplemente asumo que ya no te importo y luego me siento estúpida y no digo nada. Sentí esta ansiedad con Patrick durante una pelea y él se alegró de que le escribiera y espero que tú también lo hagas. Entré un poco en pánico con tu comentario de futura mujer porque mi última relación fue muy obsesiva y no me gusta en quién me convertí durante ese tiempo o cómo me sentí después de ella. Creo que eres bueno y divertido y me gustaría verte otra vez si lo podemos mantener de una forma casual. Si ya has seguido adelante, lamento haberte molestado.

—Guau —digo—. Tienes que responder pronto. No la dejes esperando.

—¿Qué debería decir?

Repaso todo lo que sé sobre Samantha.

—¿Tal vez invitarla a comer marisco con su hermana? ¿Para que parezca menos romántico?

—Eso me dejaría en la *friend zone*.

—Amigo, quiere verte. Enviarte ese mensaje claramente fue difícil para ella, pero lo ha hecho de todas maneras. Solo tienes que tomarte tu tiempo —declaro.

—Sí. Estaba bromeando con eso de la futura mujer. Bromeando a medias. —Coge el teléfono y vuelve a leer el mensaje.

—¿Puedo ayudarte con el mensaje, por favor?

Dylan sacude la cabeza.

—Yo me encargo. —Respira y narra—: Querida futura mujer...

Le arrebato el teléfono.

Jueves 19 de julio

Nuestra tercera primera cita es de un perfil bajo. Nada de juegos arcade que Arthur no pueda seguir. Nada de cenas que yo no pueda pagar. Decidir qué hacer no ha sido fácil. Arthur sugirió una de esas fiestas disco donde llevas puestos auriculares y bailas al ritmo de canciones de tu elección. Yo sugerí Nintendo World, lo que aparentemente era demasiado similar a los juegos arcade para alguien... cof, cof. Él sugirió una clase de pintura. Yo propuse una escalada. Al final acordamos un paseo por Central Park, y tengo planeado dónde nos podemos besar.

Han pasado las seis mientras caminamos por el mismo sendero que recorrimos con Dylan la semana pasada. Incluso esta tarde he logrado terminar los deberes y estudiar para el examen de mañana para poder quedarme hasta las nueve. Arthur y yo dividimos un pretzel mientras hablamos sobre su GIF favorito, que es el de un águila calva que intenta picotearle la mano a Trump, y en lo único en que puedo pensar es en todas las cosas que quiero saber de él. Y lo que eso significa, ya que no estará aquí durante mucho tiempo.

—¿Cuáles son algunas de las cosas que tienes que hacer antes de volver a Georgia?

—Ganar la lotería de *Hamilton*. Y quiero ver otro musical en mi cumpleaños. ¿Visitar la Estatua de la Libertad, tal vez? Subir al Empire State Building sería interesante.

—Es un infierno subir allí, pero definitivamente vale la pena para la foto de Instagram. La verdad es que me gustó esa foto que te hiciste con la corbata de perritos calientes —comento—. Me gustaron muchas fotos, en realidad. Pero no quería ser Ese Chico al que le gustan todas tus fotos viejas. Ese Chico no es guay. Espero que donde te esté llevando sea digno de Instagram.

La única foto que tenemos juntos es la de nuestra primera primera cita. No estoy seguro de si estoy listo para subir una foto de un chico nuevo a Instagram porque eso es una declaración enorme, pero sería bonito comenzar a tener algo que me recuerde este verano.

Mientras subimos los escalones del Castillo Belvedere, estoy deseando que hubiéramos esperado un par de horas más para que el sol se pusiera y tuviéramos ese resplandor de la ciudad. Me encanta de verdad cómo las ventanas iluminadas brillan como estrellas cuando oscurece. Pero al menos Arthur podrá apreciar la vista de día.

—Aquí estamos —declaro—. ¿En qué piensas?

—Definitivamente digno de Instagram.

Mientras miramos por encima de la terraza, digo:

—Vine aquí a buscarte.

—¿Qué?

—Esta chica que le gusta a Dylan, Samantha, intentó ayudarme a encontrarte. Y le dije todo lo que sabía sobre ti porque ella prácticamente es una detective de las redes sociales y encontró una reunión de Yale que tendría lugar aquí y vine para ver si te encontraba. Pero no apareciste. —Me acerco a él y nuestros codos se están tocando—. Creo que eres genial.

Arthur asiente y sonríe, pero la sonrisa no dura demasiado. No estoy recibiendo sensaciones de beso.

—¿Estás bien? —pregunto.

—Estoy bien. Eso es muy dulce —dice—. Es solo que… vi una foto en la que estás con Hudson en Dave & Buster's. ¿También lo trajiste aquí?

Maldito Hudson. Ni siquiera somos amigos y aún se las arregla para fastidiar mi vida.

—No. Hudson y yo nunca vinimos aquí. —Me recoloco y nuestros codos ya no se rozan—. Te llevé a Dave & Buster's porque estaba nervioso y en ese lugar me sentía cómodo. ¿Por eso estás triste?

—No estoy triste —niega Arthur. Está bastante claro que está enfadado.

—Si hay cosas que quieres saber, solo pregúntamelo. Está bien. ¿Vale? —Le hago un masaje en el hombro con la esperanza de que podamos retomar el rumbo—. Arthur, no olvides que si nunca hubiera salido con Hudson nunca podría haber terminado con él. Nunca habría ido a esa oficina de correos. Y nunca te habría conocido.

Hubiera jurado que decir eso me haría sentir mejor. Pero Arthur aún no parece feliz.

17

ARTHUR

Jueves 19 de julio

Deja. De. Hablar. Arthur.

Es como si mi boca y mi cerebro ni siquiera se conocieran. Como si ni siquiera estuvieran en el mismo plano de la realidad. Mi boca es el chico de la película de terror que tiene la mano sobre el picaporte de la puerta. Mi cerebro es el chico del sillón que está gritando: «NO LA ABRAS».

La puerta Hudson. No puedo dejar de abrirla.

Y se suponía que esta noche sería la noche en la que todo encajaría en su lugar. He pasado toda la semana planeando cada minuto en mi cabeza. Sería divertido y genial, y él estaría totalmente encantado. Ni siquiera encantado. Estaría genuinamente hechizado por mí. Imaginé que terminaríamos en un banco de Central Park, sentados sin un centímetro de espacio entre nosotros, y Ben me tocaría el brazo para contar un chiste o hacer énfasis en algo, pero dejaría la mano un instante más del necesario. Yo lo pillaría observando mi perfil. Miraríamos pasar a todos los turistas, y él se acercaría más a mí y me susurraría lo que piensa. Me ha costado mucho dormir imaginando el calor del aliento de Ben en mi oreja.

Y por supuesto que habría un beso. Mi primer beso. Seguido por la pérdida de mi virginidad en algún prado tranquilo y estrellado.

Pero no. Ni de cerca. En cambio, aquí estoy yo revelando todas mis neurosis, buscando respuestas a preguntas que no tengo el derecho a formular. Pero no sé cómo hacer para dejar de formularlas. La gente debería venir con un botón de silencio.

—Es decir, entiendo por qué tienes fotos de él. Pero ¿de verdad necesitas las cincuenta y seis?

—¿Por qué estás contando mis fotos? —pregunta.

Me vuelvo hacia él, deteniéndome en el camino, pero él me sujeta de la mano y me aparta del tránsito de los peatones. Acto seguido, estamos en un banco en Central Park, tal como había imaginado. Y todavía me está cogiendo de la mano, lo que es un poco más que maravilloso.

—En realidad no estaba contando.

—Acabas de adivinar que eran cincuenta y seis.

—Bueno, las conté.

Sonríe un poco.

—Es solo que… tus redes sociales son básicamente un santuario hacia otro chico.

—¿Por qué no dejas de mirar esas fotos? —pregunta Ben.

Desenlazo nuestros dedos.

—No lo estás entendiendo.

—Hudson y yo también fuimos amigos —explica—. Tú tienes muchísimas fotos con Ethan y Jessie.

—Sí, pero ¡Ethan y Jessie son Ethan y Jessie!

Ben suspira.

—Y Hudson es Hudson.

Lo observo juguetear con los cordones.

—Vale, simplemente voy a preguntártelo. —Mi voz suena baja, casi ronca—. ¿Por qué terminasteis?

Me mira a los ojos, pero no puedo leer su expresión.

—¿De verdad quieres saberlo?

—¡Sí!

—¿Vas a usar esto en mi contra?

—¿Hiciste algo horrible?

—¡No! —Ben cierra los ojos brevemente—. Es solo que… fue complicado. Me rompió el corazón. Te conté que me engañó, ¿verdad?

Me enderezo.

—¿Te *engañó*?

Ben está mirando fijamente hacia el parque, la mandíbula apretada.

—En cierta manera. Es decir, besó a un chico, así que…

—Eh, ¿en cierta manera? Eso es engañar.

—Pero supongo que él pensó que lo habíamos dejado.

—¿Y lo habíais dejado?

—No que yo supiera. —La voz de Ben está teñida de exasperación—. Tuvimos una pelea, y yo le dije que saliera de mi vista, pero no le dije: «ey, por qué no besas a un chico cuyo nombre ni siquiera sabes en una fiesta cualquiera…».

Suelto un gritito ahogado.

—¿Ni siquiera sabía el nombre del chico?

—Sabía su usuario de *gamer*. —Ben se encoge de hombros—. Yung10DA.

—¿Ian Diezda?

—Escrito y-u-n-g. Y el número diez.

—Ay, Dios. —Sacudo la cabeza lentamente—. ¿Hudson te dejó por un chico llamado Yung10DA?

Ben hace una pausa.

—¿Podemos dejar de hablar de esto? —Abro la boca para responder, pero Ben me interrumpe con prisa—. Solo para que conste, yo fui quién lo dejó con Hudson.

—Cierto.

—Y no eligió a Yung10DA por encima de mí. Ese tío simplemente estaba allí.

—No, lo entiendo.

—Y…

—Pensé que no querías hablar sobre eso —digo al final.

Exhala.

—No quiero.

—Vale…

—Vale, entonces. —dice—. Trato hecho. Todo bien. Estamos bien.

Pero cuando le echo un vistazo, está estrujándose las manos, la boca apretada formando una línea tensa.

Viernes 20 de julio

Ha sido desastrosa, escribo.

Oh, vamos, responde Jessie.

En serio. Salió todo mal. Recorro el perímetro de un azulejo con la punta de mi bota. Ni siquiera he estado en el trabajo durante una hora, y ya les estoy enviando mensajes de pánico a Jessie e Ethan desde el baño.

¿Cómo sabes que ha salido todo mal?, pregunta Ethan, pero coloca el 👎 en lugar de escribir «mal».

Bueno, en primer lugar, no me ha pedido una segunda cita.

Tan pronto escribo eso, es real, tan real que hace que se me revuelva el estómago. He llevado esto hasta un punto de no retorno, y ningún nuevo intento podrá arreglarlo. Ni siquiera puedo culpar a Ben por dejarme. ¿Por qué querría verme de nuevo? ¿Para pasar unas horas siendo interrogado sobre Hudson?

¿Y qué? Tú deberías invitarlo a salir, dice Jessie.

No puedo hacer eso.

¿Por qué? Tienes su número. 😔.

Porque no querrá salir conmigo de nuevo. Me muerdo el labio. No creo que lo entiendas.

¿Le diste un beso muy baboso?, pregunta Ethan.

Cállate, Ethan. Arthur, ignóralo.

No lo besé. Estaba demasiado ocupado preguntándole sobre Hudson, escribo.

¡¡¡¡ARTHUR!!!!

Lo sé, lo sé.

Me imagino a Jessie muy claramente: los labios apretados, escribiendo de manera frenética. No puedes interrogarlo sobre su ex en la tercera cita.

Frunzo el ceño. En realidad, fue nuestra tercera *primera* cita.

De pronto, Jessie me está llamando por FaceTime.

—Jess, estoy en el trabajo —siseo.

—Claramente estás en el baño —señala—. Mira, no te... bueno. Escúchame. Sé que no soy, abro y cierro comillas, «experimentada» o nada de eso, y por supuesto que estoy hablando sin saber...

No puedo evitar sonreír.

—Pero, Arthur, no escuches a Ethan, ¿vale? Él... no es el indicado para hablar, créeme. —Jessie pone los ojos en blanco—. Pero a ti de verdad te gusta este chico.

Me encojo de hombros.

—Arthur, vamos. Publicaste un anuncio para encontrarlo. Lo buscaste por toda Nueva York.

—*No* ha sido así.

—¡Fue muy adorable! Y sí, lo has fastidiado, pero vamos. ¿Recuerdas lo difícil que te resultó encontrarlo? ¿El hecho de que lo hiciste? Arthur, eso es un milagro.

—Lo sé, pero...

—¡Arthur, es el destino! No te atrevas a rendirte tan fácilmente.

Paso todo el viaje en metro a casa escribiendo mensajes borrador en mi aplicación de notas, lo que por supuesto hace que todo el asunto se agrande incluso más. Es difícil sentirse normal leyendo un mensaje que ya ha pasado por tres rondas de revisión. Bien podría escribir la versión final en letra caligráfica. O tallarla. O tatuármela en la nalga.

Hola. Sé que lo de anoche fue extraño, y espero que esté bien que te esté escribiendo. Borra este mensaje si quieres, pero espero que no lo hagas. Lo siento mucho, Ben. No debí haberte preguntado sobre Hudson. No es de mi incumbencia, y tenías razón, estaba celoso. Es solo que creo que me gustas mucho, y soy nuevo en esto de salir con chicos que de verdad me gustan mucho. O simplemente salir con chicos, en realidad. Y para ser honesto, entenderé si prefieres terminar las cosas (yo tampoco querría salir conmigo, lol). Pero si quieres darnos otra oportunidad, estoy cien por cien superentusiasmado. ¿Tal vez podríamos tener una nueva primera cita?

Lo copio en un mensaje y presiono enviar antes de que me arrepienta. Y durante un instante, solo me quedo allí parado, en mitad de la estación del metro.

Acabo de hacerlo. Le he dicho que me gusta. Quiero decir, es probable que ya se haya dado cuenta, con eso de perseguirlo por toda Nueva York. Pero eso era distinto. Eso era casi un juego que yo estaba jugando con el universo. Pero esta vez es Ben, y esta vez es real.

Meto el teléfono en el bolsillo para no obsesionarme durante todo el camino a casa, pero comienza a vibrar con mensajes antes de llegar al final de la calle. Jessie, estoy seguro. O mi padre. No lo reviso y no albergo esperanzas. No lo miraré hasta que llegue a casa.

Sí, eso dura aproximadamente dos segundos. Lo cojo a toda velocidad y abro mis mensajes, el corazón saliéndose de mi pecho. Hay dos.

No, está todo bien contigo, te entiendo. Es mucho. En fin, no te preocupes, Arthur, y yo también estoy superentusiasmado por un nuevo intento. ¿Tal vez podríamos tratar las cosas con normalidad y partir desde ahí?

Y luego el segundo: En realidad, no sé qué tienes planeado para esta noche, pero yo iba a salir con Dylan y su posible futura novia. No pasa nada si estás ocupado, pero hazme saber si quieres salvarme de ser el tercero en discordia. Al parecer, iremos a un karaoke, así que te advierto, es probable que sea un desastre.

Hago un giro repentino de ciento ochenta grados y camino aceleradamente de regreso hacia la estación Setenta y dos. Estoy sonriendo tanto que me duele la mandíbula. Pero justo fuera de la entrada del metro, me detengo para responderle a Ben. Cuatro palabras.

Me gustan los desastres.

18
BEN

Viernes 20 de julio

Esto va a ser un desastre.

Llegamos algunos minutos tarde cuando bajo del metro con Dylan y Samantha. Están tan borrachos de coquetear que temo que Dylan fastidie las cosas para mí.

—Dylan, ¿qué es lo que debes y no debes hacer esta noche?

—No me gustan los exámenes sorpresa.

Me detengo frente a él.

—D, hablo en serio.

—Prometo no hablar sobre cómo pasas momentos sensuales con Hudson durante el instituto de verano… —Lo fulmino con la mirada—. Vale. —Dylan se vuelve hacia Samantha, que solo está riendo—. Ben, no te voy a hacer quedar mal. Solo hablaré de las cosas buenas. Comenzaré con que eres un amigo increíble y un amante incluso mejor.

Samantha sacude la cabeza.

—Voy a ser honesta, no me doy cuenta de si os habéis acostado de verdad o si esto es una broma eterna que tendré que aceptar.

—Lo que sucede en la habitación de Ben se queda en la habitación de Ben —dice Dylan.

Respiro hondo.

—Hudson es una palabra que todos tenemos que olvidar. Si a Arthur le molestó ver fotos viejas de Hudson en mi Instagram, se volvería loco si supiera que estoy atrapado con él en el instituto de verano.

—Quiero creer que se lo vas a contar, ¿verdad? —pregunta Samantha.

—Sí. Solo tengo que elegir el momento adecuado —afirmo.

Seguimos caminando. Llegamos al karaoke y Arthur está esperando en el vestíbulo. Lleva puesta una camisa de manga corta a cuadros amarilla y está jodidamente guapo.

—Ey —digo—. Siento que hayamos llegado un poco tarde.

—No pasa nada —dice Arthur—. Hola.

Decido darle un abrazo porque pienso que ya hemos pasado la etapa de estrecharnos las manos y de chocarnos los puños con incomodidad. Creo que él huele mi perfume, pero tal vez lo esté imaginando. Abrazar a Arthur es distinto de abrazar a Hudson; el mentón de Hudson me llegaba a los hombros mientras que el rostro de Arthur queda presionado contra mi pecho, como imaginaría que quedaría si estuviéramos recostados en el sillón viendo la televisión.

—Ellos son Dylan y Samantha. Chicos, este es...

—¡Arnold! —grita Dylan y abraza a Arthur—. Me alegra mucho conocerte por fin. Ben me ha hablado muy bien de ti.

—Hola, *Arthur* —saluda Samantha—. Él está intentando ser gracioso. No es gracioso.

—Por lo general soy gracioso.

—No —respondemos Samantha y yo al unísono.

Arthur nos mira a todos. Como si acabara de darse cuenta de la desventaja en la que se encuentra en este círculo.

—Así que... —Apoya su mano sobre mi hombro—. Cuarta primera cita y primera cita doble.

—¿Cuarta primera cita? —pregunta Samantha.

—Queríamos que la primera fuera épica y digna de la forma en la que nos conocimos —explico—. Así que seguimos llamándola primera cita cuando las cosas se salen un poco del camino.

—Nuestro comienzo también fue muy épico —acota Dylan—. Pero tuve la inteligencia suficiente para conseguir el número de Samantha.

Quiero recordarle que él casi fastidió su relación épica, pero eso no se hace enfrente de nuestras futuras personas; lo reservaré para cuando estemos solos.

Samantha lo coge del brazo y lo mira a los ojos.

—Fue muy romántico y épico cómo fuiste a mi trabajo y esperaste en la fila y me hablaste. ¡Todos deberían seguir tu ejemplo! —Lo abraza a medias por la cintura y vuelve a mirar a Arthur—. Dicho sea de paso, el aviso que pusiste para Ben me parece maravilloso. Me siento como si estuviera presente en una grandeza romántica.

Arthur se ruboriza.

—Gracias. La suerte estuvo de nuestro lado.

La mujer detrás del mostrador dice el nombre de Arthur. Al parecer dio su nombre cuando llegó aquí. Nos conducen a una habitación cuadrada que tiene un sillón en forma de L, una televisión y cuatro micrófonos. En el centro de la mesa está mi peor enemigo: la carpeta con canciones que elegiremos esta noche. Uno frente al otro. Por primera vez. Ni siquiera Dylan y yo hemos venido a un karaoke juntos. Hemos cantado juntos, pero nunca jamás hemos tenido un micrófono y nunca hemos estado sobrios.

—¡Dylan! Utiliza tu barba y consíguenos unas bebidas.

—No puedo beber —comenta Dylan—. Todavía tengo náuseas después de comer ese marisco.

—No culpes al marisco —dice Samantha.

—Muy bien. Cómprate cualquier cosa para ti y al resto de nosotros tráenos algo que no sea aburrido —ordeno.

—Yo no bebo —aclara Samantha.

—Yo tampoco —dice Arthur—. No combina bien con mi Adderall.

—Yo beberé por vosotros tres —anuncio, lo que me hace sonar como un alcohólico, pero no puedo soportar esta hora sobrio.

Dylan sale a toda prisa de la habitación.

Arthur y Samantha hojean la carpeta.

—¿Tienen *Hamilton* o *Dear Evan Hansen* aquí? El karaoke en Georgia todavía no tenía canciones actualizadas —protesta Arthur.

Samantha pasa las páginas.

—Eso hubiera sido genial, pero no estoy viendo nada de eso aquí tampoco. La selección de Broadway es aceptable. Tiene muchas de Disney.

—Puedo cantar cualquier cosa desde *Hércules* y *La sirenita* y *Aladdín* y *La bella y la bestia* y *Tarzán* y *Toy Story* y *El libro de la selva*.

—¿Eso es todo?

—Y conozco un par de canciones de los *101 Dálmatas* —añade Arthur con orgullo.

Dylan regresa con cuatro vasos. Gracias a Dios. Nos entrega uno a cada uno y bebo un sorbo, esperando que sea algo fuerte. Pero es un tanto soso y desagradable.

—¿Es refresco de cola? ¿Sin alcohol?

—La chica del mostrador no solo no se dejó engañar por la barba, sino que se burló de mí. —Dylan sacude la cabeza y bebe su refresco de cola de un trago—. Ha sido horrible.

Samantha convence a Dylan de hacer un dueto con ella, lo que me provoca una gran ansiedad porque probablemente Arthur quiera hacer lo mismo, ¿verdad? Yo he aceptado una noche de karaoke en primer lugar porque Dylan me aseguró que solo cantaríamos canciones en grupo. Pero que Arthur viniera ha cambiado el escenario por completo. Pasamos de una fiesta de tres a una cita doble. Pero todo se nos ha ido de las manos. Los duetos están permitidos y todo será una mierda.

El desastre comienza con *Telephone* de Lady Gaga en colaboración con Beyoncé. Samantha coge su teléfono y se graba mientras canta las partes de Lady Gaga al lado de Dylan, y maldita sea, quiero a Dylan porque ni siquiera tiene que mirar la pantalla para cantar las partes de Beyoncé. Solo coge el teléfono de Samantha y canta directamente a la cámara como si fuera un vídeo *punk rock* al estilo antiguo y no una canción sobre novios que desean a sus novias cuando se están divirtiendo sin ellas.

Arthur se sienta junto a mí todo el tiempo, nuestras rodillas tocándose mientras él se mueve y canta al ritmo de la canción.

La melodía termina.

—Hagamos *Bad Romance* —propone Dylan.

—No es la elección más romántica. —Samantha se da un golpecito en la frente con el micrófono—. Inténtalo de nuevo, tonto. —Se vuelve hacia mí, y me asalta una desazón como si estuviera en clase y un profesor me pidiera responder una pregunta—. ¿Quieres probar tú?

—Podéis probar de nuevo —digo—. Me gusta observar.

—Será mejor que me estés mirando a mí, amigo —advierte Dylan.

Arthur apoya la carpeta en nuestros regazos.

—¿Quieres que cantemos algo juntos? Yo puedo ser el vocalista principal. A mi padre tampoco le gusta demasiado cantar, pero cuando viajábamos hacia Yale, yo cantaba lo que aparecía en la radio y él se unía en los coros.

—Tal vez necesite algunos minutos más para animarme —digo.

—Yo cantaré un dúo contigo, Arthur —asegura Samantha.

—Mi heroína.

—Intenté ayudaros a ti y a Ben con ese encuentro de Yale, así que esto me hará sentir mejor —declara Samantha.

—Ni siquiera me enteré de que habría un encuentro —comenta Arthur—. Sé que no es mi año, pero hubiera ido solo para conseguir algunas recomendaciones para las solicitudes de ingreso. —Apoya su mano sobre la mía—. Dios, qué increíble es la vida ahora. Quiero decir, todo está encajando de verdad. Tantas posibilidades sobre dónde terminaremos el año próximo. A mí me parece bien cualquiera de las universidades de la Liga Ivy, aunque Yale o Brown son impredecibles, ya sabéis. Quizás termine añadiendo un conjunto de universidades de humanidades en mi lista, solo para asegurarme.

Miro mi regazo y asiento, como si las posibilidades del futuro de Arthur no fueran diferentes a las mías. Pero como ya me ha visto fingir lo suficiente se contiene.

—Por supuesto, hay becas y ayuda financiera —aclara Arthur.

Sacudo la cabeza.

—No voy a conseguir una beca.

Mi corazón está repiqueteando porque ahora me siento como un verdadero perdedor. Como si siempre fuera a estar luchando una batalla cuesta arriba para hacerme un lugar en este mundo. ¿Por qué molestarme si no soy uno de esos estudiantes ricos con las mejores calificaciones? Uno pensaría que el universo estaría más dispuesto a ayudar a aquellos que tienen menos. Digamos que obtengo ayuda financiera. No me están gustando mis probabilidades de mantener una media alta para conservar esa ayuda. Y si no puedo pagar la universidad, ¿por qué alguien tan brillante como Arthur querría estar conmigo, con alguien que está luchando contra el instituto?

—He dicho algo estúpido —dice Arthur.

—No, no lo has hecho —aseguro. Aunque no puedo mirarlo a los ojos. De verdad deseo que Dylan intervenga y llene este silencio incómodo con algún chiste estúpido. Que llame Arnold a Arthur, que hable de sexo, de cualquier cosa. En cambio, esta habitación de karaoke se ha convertido en la más silenciosa del mundo.

La mano de Arthur se desliza de la mía y la mete entre sus piernas.

—Eh… Sígueme —pido, dirigiéndome hacia el vestíbulo.

Arthur se pone de pie y se vuelve hacia Dylan y Samantha. Probablemente no esté seguro de si debería despedirse o no. Supongo que eso depende de él.

En el vestíbulo resuenan las canciones de las habitaciones privadas de otras personas. Un grupo está asesinando a Journey, que es lo que uno esperaría durante el karaoke, canciones embarazosas. Lo que no esperaba era una conversación embarazosa.

—Soy un idiota, Ben. No sé por qué, pero sé que lo soy. Lo siento.

—No, *yo* lo siento. Tengo que recordar que tú no sabes cada detalle de mi vida. No sabes lo malo que soy en el instituto. Así que la Liga Ivy no es algo que sucederá para mí. Y no te conozco lo suficiente como para saber si eso es importante para ti.

Sacude la cabeza.

—¡No lo es! Lo siento. Solo me he entusiasmado.

—Deberías estar muy entusiasmado. Eso es increíble. Espero que entres en Yale o Harvard o Hogwarts. Adonde sea que quieras. Pero la universidad es un tema delicado para mí en este momento. Estoy… —No planeaba contárselo esta noche, pero a la mierda—. En realidad estoy en el instituto de verano. Esas son las clases a las que he estado asistiendo.

—Vale. Está bien. —Me mira.

—Pensarás que soy estúpido.

—¿Hablas en serio?

El punto es que lo soy. Hudson, Harriett y yo tuvimos el mismo profesor que todos los demás y sin embargo somos los únicos que nos estamos consumiendo en el instituto de verano. Incluso Hudson y Harriett tenían notas mejor que buenas antes de que los tres nos hiciéramos amigos. Yo soy el único de toda esa clase que en realidad merece estar allí.

—¿Cómo podría pensar eso? —pregunta Arthur.

—Porque estás solicitando entrar en Yale y yo estoy en el instituto de verano.

—¿Y qué? —Se acerca y coge mi mano—. Eso no significa nada. Yo también casi termino allí un año.

—Sí, claro.

—Vale. Pero de verdad, fue así. Quinto curso. Fue antes de que comenzara a tomar medicamentos. —Me aprieta la mano—. Estaba teniendo muchas dificultades de concentración, demasiadas dificultades. La única razón por la que me salvé de ir fue porque mi madre me consiguió seis tutores. No estoy bromeando.

—Esos son muchos tutores.

—Escucha, Yale y todo eso... Sabes que no me importan esas cosas, ¿verdad? No me importa si estás en el instituto de verano.

—Te creo —digo—. Y siento no haberme sentido feliz por ti sin ser duro conmigo mismo.

—Estamos diciendo *lo siento* demasiado —resalta Arthur.

—Eso es lo que hacen las personas cuando quieren que algo funcione —comento—. ¿Quieres volver adentro?

—Lo quiero de verdad.

Estoy a punto de abrir la puerta cuando me detengo y golpeo.

—¡ESTAMOS TENIENDO SEXO! —grita Dylan desde adentro.

Abro la puerta y Dylan y Samantha están hojeando la carpeta.

—El sexo hetero es muy extraño —recalco.

Todos vuelve a la normalidad. Arthur trae otra ronda de refrescos de cola, que siguen sin ser Pepsis o bebidas alcohólicas, y coge el mando a distancia.

—Sé que no quieres hacer un dueto, pero ¿puedo hacer un solo?

—¡Adelante!

Dylan se acurruca junto a mí y Samantha lo acepta porque si ella estará con él a largo plazo, esta será su nueva vida.

Arthur escoge una canción. Se aclara la garganta mientras la canción comienza.

—Esta canción se llama «Ben» y se la dedico a… Samantha y Dylan. Es una broma. Humor de karaoke. Ben, esta es para ti.

Arthur ha llegado al pico máximo del bochorno e incluso él está avergonzado de sí mismo.

Parece nervioso, pero no tan nervioso como yo cuando veo desplazarse la primera línea en la pantalla. La canción es «Ben», de Michael Jackson. Ya estoy en la mitad de una oración para que ocurra un corte de luz y sonrío a medias porque este momento será algo memorable.

—*Ben, the two of us need look no more…* —Arthur no llegará a Broadway en un futuro cercano pero tiene una voz realmente bonita, y me siento mortificado y encantado y nunca pensé que esa fuera una combinación que tuviera sentido. Respira hondo cuando la canción termina.

Samantha es la primera en aplaudir y vitorear.

—¡Sí! ¡Vamos Arthur!

Dylan está conteniendo la risa.

—Lo sé, no he alcanzado las notas en el cambio de tono —dice Arthur en respuesta a Dylan—. No he practicado mi falsete en bastante tiempo. Lo siento…

—Tu voz es espectacular —afirmo. Golpeo a Dylan en el brazo—. ¿Qué es lo que te parece tan divertido?

La risa de Dylan es entrecortada.

—Esa canción trata de… una rata.

—¿Qué? —preguntamos Arthur y yo al unísono.

—Es sobre una rata domesticada —explica Dylan—. Es de una película de terror. Mismo título. Literalmente trata de un chico que se hace amigo de una rata. —Samantha ahora se ríe con él—. Porque las ratas... son... tan... poco comprendidas.

—No... no tenía ni idea —aclara Arthur.

Dylan ríe y señala.

—¡Rata!

Me levanto y cojo a Arthur de los brazos.

—Gracias por la canción. —Río, y finalmente él también lo hace—. Pero yo elegiré la siguiente.

—¿Vas a cantar? —pregunta Arthur.

—*Todos* lo vamos a hacer —respondo.

Pensamos en opciones. John Legend. Elton John. Aerosmith. Yeah Yeah Yeah. The Proclaimers. Destiny's Child. Nicki Minaj. Yo realmente quiero cantar «You'll Be in My Heart», de Phil Collins, que es de *Tarzán* y me obsesionaba de niño, pero tal vez una canción sobre estar en los corazones del otro para siempre no sea la elección más sabia para cantar durante una cita doble en este momento.

Nos decidimos por *Umbrella* de Rihanna, que definitivamente no trata de ratas, y a mitad de canción reúno el coraje para compartir el micrófono con Arthur, y nuestras voces no se convierten en una totalmente, pero me gusta cómo sonamos juntos.

Como dos personas intentando hacer que las cosas funcionen.

19
ARTHUR

Viernes 20 de julio

—Ha sido *genial* conocerte —dice Samantha, mirándome directamente a los ojos. Tiene las manos sobre mis hombros, y lo voy a decir ahora mismo: esta chica algún día será una oradora motivacional, o una *coach* de vida, o alguna clase de pequeña Oprah blanca.

Y luego está Dylan, quien se cuela desde un lado para deslizar sus brazos alrededor de nuestras cinturas.

—Hombre, quiero a este chico —dice Dylan, y lo enfatiza con un apretón—. Escuchad, *quiero* a este chico. Seussical, eres un tesoro. ¿Me escuchas?

—Te escucho.

—De nada. —Sonríe de oreja a oreja—. Ahora vosotros dos, divertíos. No hagáis nada que Rose y Jack no harían en un antiguo coche empañado. —Mira furtivamente a Samantha—. Eso es de…

—Sí, ya lo sabemos —interrumpe Ben.

—Bueno, vale. Supongo que nos vamos. —Dylan se desprende del Sam-wich que ha creado con ella para envolver a Ben en un abrazo de oso. Veo que le susurra algo en el oído; Ben murmura *cállate* y golpea a Dylan en el brazo. Es extraño, observar a Ben con

Dylan. Son muy… sobones. Ethan y yo no somos así en absoluto. Supongo que una parte de mí quiere preguntarle a Ben sobre eso, pero…

Nop. No. No iré por ese camino otra vez. Ponerme celoso por lo de Hudson no me llevó exactamente a ninguna parte con Ben, y algo me dice que Dylan está incluso más lejos de los límites.

En fin, Dylan y Sam se han ido, y ahora solo quedamos nosotros. Estamos en la esquina de la calle Treinta y cinco, y veo a Ben tan incómodo como me siento yo. Es gracioso… siempre imaginé que salir con alguien sería bastante directo, una vez establecido que nos gustábamos, pero no lo es. Hay un nuevo mundo entero de situaciones desconcertantes. Como: ¿cuántos días deberían pasar entre las citas? ¿Cómo descubres si él quiere ser tu novio? Y, por supuesto, están esos momentos como el de ahora, momentos en donde no sabes si es hora de decir adiós y subirte al metro o…

—¿Quieres ir a caminar o algo así? —pregunto, intentando ignorar el aleteo nervioso de mi pecho.

—Claro. —Me toca el brazo, más con los nudillos que con las puntas de los dedos. Y dura solo un instante, pero mis órganos se vuelven salvajes. Comenzamos a caminar.

—Así que te gusta cantar —dice Ben.

—Algo así.

—Seguro participaste en todos los musicales del instituto.

—En realidad, no. Pero estuve en el coro. —Sonrío—. Ethan y yo escribimos un musical una vez, y convencimos a Jessie de actuar con nosotros. Teníamos doce.

—¿Escribiste un musical cuando tenías doce?

—Bueno, fue el peor musical de todos los tiempos —explico, y él ríe por lo bajo—. Fue en verano. Estábamos aburridos. No lo sé. Es estúpido.

—Yo creo que es increíble —sostiene—. ¿De qué trataba?

—¿Quieres saberlo?

—Por supuesto.

La acera termina, pero Ben apenas se detiene. Pisa con confianza la intersección, y se escabulle entre coches y taxis. Pero aunque lo sigo, alguien toca el claxon y retrocedo con temor.

Apresuro el paso para alcanzarlo.

—Trataba sobre dos caballeros llamados Beauregard y Belvedere.

Sonríe.

—¿Tú eras Beauregard o Belvedere?

—Beauregard. Él era el inteligente. Belvedere era el fortachón. Y además Ethan era unos cinco centímetros más alto que yo en ese entonces.

—¿Jessie era la princesa? —pregunta Ben.

—Era la dragona. Llamada Queso. Es una larga historia. —Tengo esa sensación nerviosa e incómoda de que estoy hablando demasiado—. ¿Quieres sentarte en algún lado?

—Claro.

De alguna manera llegamos a Macy's, lo que es alucinante, porque este no es un Macy's cualquiera. Es *el* Macy's, salido de forma directa de la pantalla de mi televisión. Es como conocer a una celebridad. Ocupamos una mesita redonda de afuera. Observo cómo Ben revisa su teléfono, sonríe, pone los ojos en blanco y lo vuelve a guardar en su bolsillo sin responder.

—¿Dylan? —pregunto.

—Sip.

—La verdad es que él me ha gustado mucho. Y Samantha. Tus amigos son geniales.

—Sí, son geniales. Tú también les has gustado. Es decir… mucho.

Asiento sin hablar, porque si hablo, desataré el millón de preguntas que me estoy muriendo por hacer. Como por ejemplo: qué les gusta de mí, y quiero detalles, y si esta era una prueba que he superado con creces. ¿A ti también te gusto mucho?

—Háblame más sobre Ethan y Jessie —Ben se apoya sobre los codos—. Parecen geniales.

—Son… —Dejo de hablar—. Bueno, crecimos en la misma calle sin salida. Éramos como una pandilla friki. —Cojo mi teléfono—. Mira, te voy a enseñar algunas fotos exclusivas, aunque no realmente actuales de ellos.

—Vale. —Coloca su silla junto a mí, y de pronto soy consciente de *todo*. El latido de mi corazón y el sonido de mi respiración y un cosquilleo en mi codo. Busco con prisa por mis álbumes—. Bueno, aquí estamos Jess y yo, y ese es mi coche.

Ben se queda en silencio durante un momento.

—Jessie es mona.

Y lo es, aunque en verdad nunca he pensado en eso. Es simplemente Jessie. Bajita y regordeta, y con labios que tienen la forma del arco de Cupido. La madre de Jessie es jordana, un tanto pálida, y su padre es negro, así que la piel de Jessie se encuentra en el medio. En la fotografía está sonriendo, solo apenas. Yo llevo puestas unas gafas de sol y mi pelo está un tanto crecido y enmarañado. Atravesé un período de pereza en cuanto a mi pelo durante el segundo curso. No fue agradable.

Por supuesto, en la primera foto que encuentro de Ethan, está sin camiseta. Está reclinado sobre sus manos al borde de una piscina, los pies en el agua, y tiene el pelo mojado, que parece negro azabache. Sus ojos están bien abiertos y su boca forma una O. Solía poner esa expresión para las fotos.

—Aún no comprendo cómo Ethan es un pequeño *friki* —comenta Ben.

—Te lo prometo, ¡solía serlo! —Suelto una risita—. Ahora yo soy el último pequeño *friki* con vida.

—Supongo. —Ben sonríe. Luego coge mi mano por debajo de la mesa—. Eso no es algo malo. Me gustan los pequeños *frikis*.

—¿De verdad?

Entrelaza nuestros dedos y se encoge de hombros. Y estoy muerto. Muerto de verdad. No hay otra forma de explicarlo. Estoy sentado en la maldita Herald Square cogido de la mano del chico más encantador que haya conocido, y estoy muerto. Soy el vampiro fantasma zombi más muerto que alguna vez haya muerto. Y ahora mi boca no está funcionando. Es como si estuviera preso de un silencio absoluto. Eso nunca sucede. Solo necesito…

Me recompongo.

—Así que ese es Ethan. Todavía friki, ya no pequeño. La pubertad funcionó muy bien en él.

—Al parecer. —Ben ríe—. ¿Alguna vez vosotros…?

—No —me apresuro a decir—. No, no, no, no, no. Él es hetero. No tiene la capacidad de coquetear. Ninguno de nosotros la tiene. Somos como tres hermanastros célibes.

—¿En oposición a hermanastros que se acuestan entre ellos? —La sonrisa de Ben pone todo mi cuerpo en marcha. Quiero decir, estoy muy seguro de que hay un pequeño equipo de gimnastas olímpicos practicando su rutina de suelo en mi estómago.

—No logro darme cuenta de si te gusto —suelto.

Ríe.

—¿Qué?

—No lo sé. —Yo también río, pero mi corazón está galopando—. Es que, durante todo el tiempo en el karaoke, parecías algo… retraído, ¿supongo? Como si no quisieras estar allí.

—En realidad el karaoke no es lo mío.

—Sí, pero no dejo de pensar que si de verdad yo te gustara, *sería* lo tuyo. No el karaoke en particular, no me importa eso. Pero creo que cualquier cosa me parecería divertida si estuviera contigo. Incluso los extraños y violentos juegos de arcade donde ni siquiera puedo volverme para mirarte o un zombi se comerá una parte de mi cuerpo.

—Bueno, eso es lo que hacen los zombis —aclara Ben.

—Lo sé.

—Pero entiendo lo que dices. —Frunce el ceño—. Estoy siendo una porquería de cita.

—¡No, no lo eres!

Me tira de la mano.

—Vamos, caminemos. No puedo quedarme sentado aquí.

—¿Por qué no?

—Porque el hecho de que seas sincero hace que yo también quiera ser sincero, pero no puedo serlo si te estoy mirando.

—Ah. —Se me retuerce el estómago—. ¿Debería estar preocupado?

—¿Preocupado?

—Siento como si estuvieras a punto de dejarlo conmigo. No es que estemos en una relación. Ay. Lo siento. Soy tan… —Exhalo—. ¿Por qué soy tan malo en esto?

—¿En qué?

—En esto. —Levanto nuestras manos entrelazadas—. En estar contigo y en ser una persona normal que tiene habilidades funcionales mínimas de conversación. No sé qué va mal en mí.

—No hay nada malo en ti.

—Es que soy un novato en todo esto, y tú ya te has besado y probablemente te hayas acostado y toda esa otra relación antes de mí. No sé si puedo estar a la altura de eso.

Giramos en una calle lateral y luego nos adentramos en un callejón, y el hecho de que no haya gente alrededor hace que Ben esté veinte veces más relajado. Lo siento en su mano.

—Pero yo no lo veo así —dice finalmente.

—¿Cómo lo ves?

—Bueno, en primer lugar, yo soy el que tiene que estar a la altura.

—Eso es ridículo.

Sonríe apenas.

—No, en serio. Es que… el hecho de que nunca hayas salido con alguien antes o besado a alguien… no lo sé. ¿Qué sucede si lo estropeo para ti? No quiero ser ese chico que fastidia tu primer beso.

—No lo harías.

—Es mucha presión, sabes. Quiero que sea perfecto.

—Estar contigo ya es perfecto.

Resopla.

—Quiero decir, excepto por las partes en las que subestimaste trágicamente mis habilidades con la máquina de peluches y enamoraste al doble de Ansel Elgort y tienes cincuenta y seis fotos con tu ex y…

Me besa.

Así de simple.

Sus manos están en mis mejillas y me está besando.

Mierda.

O sea, nunca me he dado cuenta de lo cerca que está la cara de alguien cuando te besa. Su cabeza está justo ahí. Está inclinada hacia abajo para encontrar la mía. Tiene los ojos cerrados, y sus labios se mueven contra los míos, y GUAU, no sé cuáles son las reglas sobre la corrección de tener una erección en esta clase de momentos, pero… oh.

Debería devolverle el beso.

Intento mover mis labios como lo está haciendo él, como si estuviera intentando comerle la boca pero sin dientes. Pero creo que lo estoy haciendo mal, porque se retira un poco y me sonríe.

Yo le devuelvo la sonrisa.

—¿Qué?

Ríe.

—No lo sé.

—Eso ha sido un beso —digo lentamente.

—Sin duda.

—Supongo que ya no habrá más presión, ¿verdad? No más preocupación por tener un primer beso perfecto.

—Ha sido perfecto —afirmo.

—¿Estás seguro de que no quieres un nuevo intento? —pregunta con una gran sonrisa que llega hasta sus ojos—. ¿Segundo primer beso?

—Ah, podríamos intentarlo.

Ríe y apoya las manos sobre mi cintura. Y nos estamos besando otra vez, y es la misma cercanía desconcertante.

Cierro los ojos.

Y el mundo entero se estrecha. No sé cómo describirlo de otra manera. Es como si no estuviera en la calle, y no estuviera en Nueva York, y no fuera julio, y nada de eso importara. Nada existe salvo las manos de Ben en mi espalda, y mis labios sobre sus labios, y las puntas de mis dedos, y sus pómulos, y el latido ensordecedor de mi corazón.

Nunca imaginé que besar tuviera un ritmo. Ni siquiera había pensado en eso, más allá de labios contra labios. Pero lo siento como la línea de un bajo, de alguna manera constante y urgente al mismo tiempo. Ben me acerca incluso más, ya no queda espacio entre nosotros, y esta vez no me preocupo por las erecciones, porque si hay reglas sobre eso, él definitivamente, *definitivamente* también las está rompiendo.

Lo beso más fuerte.

—Ah —dice en voz baja. Y de pronto tengo esta sensación de no tener límites, de ser capaz de todo. Podría detener el tiempo o levantar un coche o meter mi lengua entre sus labios.

»No eres malo en esto —declara.

—¿No lo soy?

—Bueno, deberíamos seguir practicando. Siempre hay tiempo para mejorar. —Lo siento sonreír contra mis labios.

Le devuelvo la sonrisa.

—Nuevos intentos infinitos.

—Me gusta eso —dice—. Suena como nosotros.

20
BEN

Viernes 20 de julio

Hace un par de horas que volví de mi cuarta primera cita con Arthur, pero todavía estoy atontado por mi sobredosis de felicidad. Es similar a la satisfacción que acabo de tener por una escena que escribí, en la que un antiguo archienemigo de Ben-Jamin inesperadamente volvió a aparecer y está haciendo que las cosas se pongan extratensas. Es esta sensación emocionante de que todo está encajando en su lugar. Excepto que esta felicidad es algo real que todos pueden ver. Como cuando salí del karaoke cogido de la mano de Arthur. Como el primer beso. Como el segundo primer beso.

No me puedo concentrar más, así que cierro el portátil. En lo único que puedo pensar es en cuánto me gustaría estar todavía allá en las calles con Arthur. O incluso que viniera aquí a pasar el rato. Lo que sea.

Tengo que hablarle. Ni siquiera le envío un mensaje, simplemente lo llamo.

—¿Hola? —pregunta Arthur.

—Hola.

—De verdad eres tú. No una llamada accidental. Siempre me llegan las llamadas accidentales de todos. Siempre me llegan. Siempre lo harán. A menos que me cambie el nombre. El cambio de identidad parece una buena idea ya que te canté una canción sobre una rata.

He dicho una sola palabra en esta llamada (una llamada que yo he hecho) y ya estoy listo para escuchar algunas horas de Arthur divagando. Es mejor que mis canciones favoritas de Lorde y Lana Del Rey.

—Puedes cantar una canción distinta la próxima vez —sugiero. Me gusta que tengamos una próxima vez. Que incluso aunque las cosas hayan salido mal, hemos intentado arreglarlas—. Estaba nervioso de admitir esto en el karaoke, pero...

—Por favor no me digas que en realidad eres un conjunto de ratas que llevan puesto un disfraz de chico mono.

—Peor. —Tomo una respiración profunda y dramática—. No he escuchado nada de *Hamilton*.

No dice nada. Luego se corta la comunicación.

Arthur me escribe: **Lamento haberte cortado, pero me has dejado sin palabras. De verdad necesito saber algo: ¿CÓMO HA SUCEDIDO ESO? ¡¡¡HAMILTON SALIÓ HACE AÑOS!!!**

Río ante su actitud ridícula. **Guau, tres signos de exclamación,** le respondo.

¡¡¡¡¡¡¡¡¡¡¡¡¡¡¡¡¡¡¡¡¡¡!!!!!!!!!!!!!!!!!!!!!!!

De verdad me alegra que estemos hablando de esto por mensaje de texto.

¿Tienes segundo nombre?

Hugo.

¡¡¡¡BEN HUGO ALEJO!!!!

Debería haberlo visto venir.

¿Así que no has escuchado nada del fenómeno más grande del milenio?

He escuchado algo. Pero no me he molestado en escuchar todo. Es como las películas de Terminator. Sé que debería verlas pero no me he tomado el tiempo para hacerlo.

No acabas de comparar la historia de nuestra gran nación con la franquicia de Terminator.

Ja, ja.

BEN. Todo el álbum está gratis en Youtube. Necesitas esos 142 minutos y 13 segundos en tu vida.

Xfavor, dime que has tenido que googlear cuánto dura la banda sonora.

No tienes ni idea de dónde te has metido.

Vale. Si accedo a escucharlo, ¿te puedo volver a llamar?

PONLO POR ESCRITO.

¿Tienes segundo nombre?

Arthur JAMES Seuss no está interesado en que cambies de tema.

Prometo que escucharé Hamilton para el megafan llamado Arthur James Seuss.

Estoy sacudiendo la cabeza y sonriendo cuando Arthur me vuelve a llamar.

—Lamento haber tenido que cortar la llamada —dice—. Pero *Hamilton* es un asunto muy serio.

—Ahora lo entiendo. —Estoy mirando al techo y realmente deseo que él estuviera aquí.

—Bien. Porque no quiero cortarte la comunicación otra vez. No ha sido mi mejor momento.

—Si lo haces, te incluiré en mi historia y te mataré.

—¿Estás escribiendo un libro?

—Nunca será un libro real, pero es una historia que estoy intentando terminar por mí.

—¿Es *nuestra* historia épica?

—No te calmas. De verdad que no te calmas.

—No. ¿De qué se trata?

Vacilo, como si estuviera a punto de dejar de ser genial para él. Ser genial es lo que siento que ha sido siempre mi ventaja. No es la inteligencia, no es el dinero. Pero ser genial ha sido mi punto a favor.

—Te vas a reír de mí.

—Yo te he cantado una canción sobre una rata.

—Buen punto. —Si Arthur me quita todos mis puntos de genialidad y no puede aceptar mi parte friki, no seremos una buena pareja de todas maneras. Que a los dos nos gusten las mismas cosas es realmente importante para mí en este momento. En mi grupo anterior, yo era el megafriki, y me hubiera gustado que ellos se interesaran por las mismas cosas que yo. Por ejemplo, Hudson tardó una semana en leer *Harry Potter y el legado maldito*, y yo lo terminé en seis horas. También desestimaron mis sugerencias de disfraces graciosos en grupo como los personajes de *Super Smash* o estudiantes de Hogwarts—. Es un libro de fantasía. *La guerra del mago maléfico*. Mi personaje, Ben-Jamin, es el elegido en una guerra entre magos.

—Quiero leerlo —pide Arthur—. Ahora mismo.

—¿De verdad?

—Eres tú en un mundo de magos. Por supuesto.

—Es muy friki.

—Me gusta lo friki y me gustas tú. ¿Alguien más lo ha leído?

—Literalmente nadie.

—Tengo que tenerlo.

—¿Y qué sucede si no te gusta? ¿Qué sucede si te disgusta tanto que ya no *te gusto*? —No quiero que me rechace justo cuando realmente estamos entendiéndonos.

—Eso es imposible. Créeme.

Es extraño cómo es más fácil confiar en Arthur que en la gente que he conocido durante mucho más tiempo. Como Dylan, Hudson y Harriett. Mis padres. Ni siquiera se trata de que involucre un riesgo tan bajo porque no sé durante cuánto tiempo Arthur estará en mi vida… es más una cuestión de que pienso conocerlo durante mucho tiempo y quiero que él conozca a mi yo real lo antes posible.

—Muy bien, te dejaré leerlo, pero *debo* advertirte. Tienes razón en que el personaje soy yo en un mundo de magia. Lo que significa que Hudson también es un personaje. Lo entenderé si no quieres leerlo.

Arthur se queda en silencio, y aquí es donde sé que él abandonará el barco. Escribir sobre alguien es muy personal, incluso en un mundo en el que los niños arrojan fuego y hay servicios de dragones voladores, y mucho de lo bueno entre Hudson y yo figura allí. No sé si eso será difícil para Arthur o no.

—Si has escrito sobre Hudson, ¿significa eso que yo apareceré en la historia algún día? —pregunta Arthur.

—Déjame ver lo bondadoso que eres con el libro.

—Seré el crítico más generoso.

—Y el único.

—Ese soy yo. El único. —Arthur hace una pausa—. Tengo una idea.

—¿Sí?

—Tú escucha *Hamilton* mientras yo leo *La guerra del mago maléfico*.

—Trato hecho.

Cortamos la comunicación.

No me puedo *creer* que esté adjuntando *La guerra del mago maléfico* en un e-mail que no me voy a enviar a mí mismo. De verdad espero que a Arthur le guste. Sabré que lo odia si solo me dice que cree que Ben-Jamin es sexy o que los títulos de los capítulos son increíbles. Hago clic en enviar y cruzo los dedos.

Entro en *YouTube* y pongo *Hamilton*.

Presiono reproducir, y seré muy sincero ahora: no tengo ni idea de quién es Alexander Hamilton. Es decir, lo he buscado en Google a principios de este año porque pensé que era un expresidente y mi madre me corrigió, lo que me avergonzó aunque la única otra persona que estaba en la habitación era mi padre. Pero aún no estoy seguro de tener una idea de lo que ha hecho. Si no eres un superhéroe o un hechicero, mi memoria es mala para retener información sobre ti. Pero mientras estoy recostado de lado, leyendo la letra de la primera canción que está sonando, quedo inmediatamente atrapado por la historia de *Hamilton*.

Y Arthur queda atrapado por mi historia. Me envía un mensaje después de leer cómo Ben-Jamin ha obtenido sus poderes durante una tormenta de nieve y cómo quiere ya que *La guerra del mago maléfico* se convierta en una película para que él pueda comprar camisetas de *Hot Topic* y *Funko Pop* de Ben-Jamin. Está siendo demasiado generoso, pero la verdad es que me encanta cuando no deja de enviarme sus partes favoritas. Son todas las escenas que más me gustaron y que no estaba seguro de si le gustarían a alguien más. Es verdad que me gusta escuchar qué partes lo hacen reír y cuáles hacen que su corazón se acelere. Es la mejor caricia para el ego. Quizás yo también tenga la capacidad de entretener a los demás.

Y durante el próximo par de horas, continuamos enviándonos nuestras partes favoritas. *Hamilton* no desperdicia su oportunidad mientras Ben-Jamin rechaza su destino. El rey George envía un batallón completamente armado para recordarles a los colonos su amor mientras la Hechicera Eva predice una tragedia para un variado grupo de magos. *Hamilton* se alza en armas mientras Ben-Jamin se lanza a la batalla en un dragón de un ala. Las hermanas Schuyler me dejan indefenso mientras Arthur enloquece cuando Ben-Jamin se emborracha con el duque Dill. Los ojos de la historia, no desperdiciar oportunidades y cometer un millón de errores. Las primeras caricias y los primeros besos y corazones que resultaron estar equivocados.

Arthur llega al final de todo lo que he escrito, donde Ben-Jamin está luchando contra algunos monstruos en una ciudad de cristal, y quiere hablar, pero yo no puedo alejarme de la tensión entre Hamilton y Angelica Schuyler, o Hamilton comportándose como un idiota y siendo infiel, o la inolvidable canción de Eliza, y las cosas se han vuelto tan reales que no puedo creer que esté tan atrapado en algo que sucedió siglos atrás. Luego llega «It's Quiet Uptown», y vaya, estoy a punto de llorar, y al final presiono pausa y llamo a Arthur.

—No has terminado todavía —dice Arthur. Por supuesto que sabe en qué parte del musical estoy.

—Lo voy a dejar aquí. Esto se está volviendo demasiado triste.

—Ah, sí. «It's Quiet Uptown» es brutal. Pero tienes que terminarlo.

—Vale. ¿Te quedarías en el teléfono conmigo? Será más fácil para mí gritarte si esto se vuelve *aún* más triste.

—Será un placer.

Espero a que Arthur sincronice el musical conmigo y presionamos reproducir exactamente en el mismo segundo. Cierro los ojos, escucho los últimos veinte minutos, y siento como si Arthur estuviera justo a mi lado.

—Espera, ¿Hamilton va a morir aquí…?

—Bueno, Burr…

—¡Sin spoilers!

—¡Es parte de la historia!

—Historia que yo no conozco.

Y se escucha un disparo.

—Burr es un bastardo —digo.

—En realidad Hamilton tampoco era tan grandioso…

—¡No más comentarios!

Suena la última canción y estoy a punto de llorar. La nostalgia en la voz de Eliza mientras canta sobre el dolor que sufre al ver a Hamilton de nuevo, y guau, me ha encantado cada segundo de esto.

—Como sea que se llamen los fans de *Hamilton*, Arthur, yo soy uno de ellos.

—¿Estás diciendo eso por compromiso? No tienes la obligación de que te guste, aunque te equivocarías si no lo hicieras.

—No, soy un completo *Hamilhead*.

—*Nos llamamos Hamilfans*, en realidad.

Le cuento que quiero escribir un *crossover* entre *Hamilton* y *Harry Potter* y llamarlo *La gran novela fantástica estadounidense* y hacer que todos esos duelos tengan lugar en el club de duelo, y decidir a qué casas pertenecerían cada uno de los personajes. Respiro hondo.

—Se debería enseñar toda la historia con el rap de Lin-Manuel Miranda.

—¡Tal vez *La guerra del mago maléfico* se convierta en el próximo éxito de Broadway!

Arthur me cuenta todo lo que le encanta de LGMM, y en lo único en que puedo pensar es en cuánto deseo que él de verdad estuviera a mi lado ahora mismo para sentir su risa contra mí y besarlo por hacerme parecer más inteligente de lo que en realidad soy.

—… y cuando Ben-Jamin partió la varita de la hechicera yo grité y mi padre entró en la habitación para preguntarme si todo iba bien y luego me *ordenó* que me callara.

Son casi las dos de la mañana, y podría quedarme hablando con él hasta que mi cuerpo se apague como un ordenador portátil sobrecalentado.

—¿Arthur?

—¿Ben?

—Gracias por leer. Y por *Hamilton*.

—Gracias por escuchar. Y por *La guerra del mago maléfico*.

—Quiero verte de nuevo mañana.

—¿Cita?

—¿Por qué no?

—¿Así que es nuestra quinta primera cita?

—Segunda cita, Arthur.

—Guau. Segunda cita. Por fin hemos llegado a ella.

—Qué afortunados somos de estar vivos en este momento, ¿verdad?

—Ay, Dios, estás hablando en *Hamilton*... me gustas tanto. Me siento indefenso.

A mí también me gusta mucho él.

Sábado 21 de julio

Dylan me llama por FaceTime mientras me estoy preparando para encontrarme con Arthur.

—Hola —saludo. Estoy desnudo de cintura para arriba porque todavía no estoy seguro de qué camiseta quiero ponerme.

—Un espectáculo matutino de estriptis —dice—. A Dylan le gusta.

Levanto una camiseta blanca lisa y una verde lisa.

—¿Cuál?

—La verde. ¿Qué estás haciendo? Hagamos algo. Estoy aburrido. Samantha tiene que trabajar hasta las seis.

Me pongo la camiseta verde.

—Voy a quedar con Arthur.

—Genial. Salgamos todos juntos.

—Creo que necesito pasar un tiempo a solas con Arthur.

—Ay. Me has clavado un cuchillo en el corazón, Big Ben.

—Estás bromeando. —No va a jugar esa carta conmigo.

—Tú ibas a salir solo conmigo y Samantha anoche antes de que Arthur se uniera a nosotros

—Sí, pero vosotros también me necesitabais después de tu comentario de futura mujer. Yo quité la presión. Lo mismo conmigo y Arthur.

—Te quiero, amigo, pero no te necesitábamos allí. Dije algo estúpido, pero Samantha y yo habríamos salido de todas maneras sin ti.

—Vale. Pero ahora tú solo quieres verme porque Samantha está ocupada y tú estás aburrido. —Sucedía lo mismo con Harriett.

—No veo qué tiene de malo eso. Eres mi mejor amigo.

No sé cómo sería una pelea entre Dylan y yo porque discutir nunca ha sido lo nuestro. Pero es difícil salir de esta conversación con una broma.

—Es verdad, y Arthur se está convirtiendo en más que solo un chico que me gusta. Tengo que darle algo de tiempo y atención. Quiero salir contigo también, pero lo que tengo con Arthur es muy nuevo y limitado. Tengo que ver en qué resulta todo.

Dylan asiente.

—¿Cuál es el mejor escenario para ti, Bennison? ¿Una relación a distancia? ¿Amigos en Instagram que se ponen me gusta en sus publicaciones?

Me encojo de hombros.

—Solo quiero vivir el momento. Es la única manera que tengo de ver hacia dónde vamos.

—Te dejaré vivir el momento porque suena serio e increíble —dice Dylan—. Pero ten cuidado, ¿vale? Me gusta Arthur y no quiero tener que hacerle morder el polvo si te rompe el corazón.

—No será necesario hacer morder el polvo a nadie —aclaro, esperando con muchas jodidas ansias que Arthur no se transforme en Hudson 2.0.

* * *

Arthur y yo dejamos atrás el High Line cogidos de las manos.

Después de esa conversación con Dylan, la verdad es que necesitaba que Arthur me dijera cómo la señorita Angelica «Estoy buscando a una mente activa» Schuyler es de Ravenclaw, o lo jodido que estaría el mundo de los magos si Hamilton fuera no solo un mortífago, sino la mano derecha de Voldemort. Pero a pesar de cada una de las cosas buenas, como los besos mientras esperamos al cruzar la calle o nuestras manos encontrándose después de que la multitud nos haya separado, todavía estoy aturdido ante la idea de que todo vaya a terminar.

Tal vez esto no funcione y eso no me importe. Pero no puedo pasar de A a B sin que nosotros seamos A y B en primer lugar. Vivir el momento.

Excepto que es difícil pensar en vivir el momento cuando Arthur menciona los viajes en el tiempo.

—Si pudieras viajar en el tiempo —dice—, ¿irías al pasado o al futuro?

—Solo puedo escoger uno, ¿verdad?

Arthur asiente mientras cruzamos Union Square para dirigirnos a la librería *Strand Bookstore*, ya que aún no la ha visitado. La zona de Union Square es el lugar elegido por los amantes de los libros. Hay un Barnes & Noble de cuatro pisos, donde asistí a una fiesta de medianoche por el lanzamiento de *Harry Potter y el legado maldito*, y a unas calles se encuentra Books of Wonder, donde he conocido a algunos autores y me han firmado algunas novelas gráficas.

Sería muy útil saltar al futuro para ver cómo resultó todo con Arthur. Pero ni siquiera querría hacerlo de manera hipotética. Quiero confiar en que las cosas siguen su curso por alguna razón. Tal vez se supone que conocer a Arthur me enseñe a estar abierto para otro chico en el futuro, a ser valiente y pedirle su nombre y número de teléfono si nos conocemos en algún lugar del mundo.

—Si viajo al pasado, ¿puedo cambiar las cosas?

—Claro que sí.

Una parte de mí desea que Hudson y yo nunca hubiéramos salido. Éramos mejores como amigos que como novios. Los buenos tiempos fueron buenos, pero no creo que haya valido la pena perder un amigo.

—Volvería al pasado, un par de años atrás, con los números ganadores de la lotería para mi madre. Cambiaría el escenario para nosotros.

—Eres más noble que yo.

—¿Qué harías tú?

—Yo soy Team Futuro.

—¿Por la universidad?

—Por otras razones también —dice Arthur. Me aprieta la mano—. Probablemente sea mejor que viaje al futuro. Si retrocedo hasta el pasado escribiría *Hamilton* antes de que Lin-Manuel Miranda lo hiciera.

—¿Lo estafarías?

—Está bien. Escribiría *Hamilton* en colaboración con él.

Diviso un *food truck* de churros aparcado junto al Best Buy al otro lado del parque.

—¿Has comido churros alguna vez?

—No estoy seguro de saber qué es eso.

—Es solo masa frita. A mí me gustan más con canela, pero también con azúcar. Ven, yo invito.

Avanzamos con prisa hacia el *food truck*. El chico nos pregunta en español qué deseamos pedir y yo respondo en inglés. Uno con canela, uno con azúcar, uno con chocolate y uno con frambuesa. Nos dirigimos al parque para comer los churros y evitar manchar los libros de *Strand* con azúcar y migajas.

—¿Hablas español?

—No realmente. He aprendido algo solo de escuchar hablar a mis padres con mis tías y tíos, pero entiendo más de lo que hablo.

—El Ben de cuarto curso realmente se cansó de no saber lo que los otros niños puertorriqueños hablaban de él a sus espaldas. Le doy un mordisco al churro de canela, que tiene esa calidez de recién horneado—. ¿Cuál vas a probar primero?

Arthur coge el de chocolate.

—Está espectacular —dice dando otro mordisco—. ¿Dónde han estado escondidos todo este tiempo? ¿Esto es algo de Nueva York?

—No lo creo. Algunos restaurantes mexicanos los ofrecen como postre.

—Yo soy un chico de galletas, pero puedo convertirme en un chico de churros. —Da otro mordisco—. Siento como si un mundo nuevo se hubiera abierto para mí. Entre que tú eres tan blanco y que no hablas español, no dejo de olvidar que eres puertorriqueño. Aunque tu apellido siempre me lo recuerda.

Me quedo paralizado con el churro entre los dientes. Arthur continúa devorando su churro de chocolate, completamente inconsciente de que acaba de darme duro en uno de mis puntos débiles. Estamos en el 2018. ¿Cómo hay personas, incluso buenas personas, que siguen diciendo mierdas como esa? Quiero decir, yo también soy un idiota, aprendí eso con Kent en el encuentro de Yale. Trago lo que puedo del churro y dejo caer el resto en la caja.

Es verdad que no es mi trabajo enseñarles a las personas a medirse antes de seguir hablando.

Es verdad que no es mi trabajo reprogramar a las personas no solo para evitar que digan algo estúpido, sino para evitar que lo piensen.

Pero quiero que Arthur sea mejor. Que sea valioso y vea que yo soy valioso también.

Miro a nuestro alrededor hacia todas las personas que nos rodean, parejas, familias, amigos o extraños, y me pregunto cuántos de sus días se van al demonio por las tonterías que salen de la boca de alguien. Miro fijamente el suelo porque no puedo mirar a Arthur a los ojos en este momento.

—Solía desear que mi apellido fuera Allen —comento—. Alejo era muy difícil para la gente, y los profesores nunca pronunciarían mal Allen. Mi profesora de segundo no dejaba de llamarme «Ah-ledsh-ou» hasta que mi madre solucionó el asunto. —No puedo explicarlo, pero aun sin mirar a Arthur, siento esta tensión entre nosotros como si acabara de darse cuenta de lo que ha dicho—. No parecer como la gente espera que parezca un puertorriqueño me hizo daño. Sé que tengo algo de privilegio por pasar por blanco, pero los puertorriqueños no tienen un solo tono de piel.

—Lo siento...

—Y no todos los puertorriqueños correrán por la calle para comprar churros o hablarán español. Sé que no has querido decir nada malo, pero me gustas y quiero confiar en que te gusto por lo que soy. Y que llegarás a conocerme y no pensarás que me conoces basándote en la estupidez de la sociedad.

Arthur se acerca a mí y apoya la cabeza sobre mi hombro.

—Si pudiera viajar en el tiempo, rebobinaría cinco minutos y no sería tan idiota. Sé que son palabras vacías porque este es un escenario hipotético, pero realmente lo haría. Incluso renunciaría a la oportunidad de escribir *Hamilton* conjuntamente con Lin-Manuel, lo que, seamos sinceros, ni siquiera me acercaría a hacer de todas formas. Pero de verdad que no me gusta herirte o hacerte sentir mal y sé que he hecho eso algunas veces.

—Está bien.

—No, no lo está. De verdad que no. Lo siento mucho, Ben.

—Sé que no has tenido la intención de herirme. Solo quiero que tengas esto en cuenta. Me encanta ser puertorriqueño y me encanta sentirme tan puertorriqueño junto a ti como me siento en casa, porque ese es quien soy.

—¿No me vas a hacer morder el polvo, entonces?

—No. Me voy a tomar muy en serio tu respuesta sobre el viaje en el tiempo. Sin embargo, es una mierda porque no tendrás la oportunidad de conocer a Lin-Manuel. Supongo que tendrás que conformarte con otro puertorriqueño.

—Bueno. De cualquier manera todavía tengo que aprender mucho sobre ti.

—Y es probable que ya sepas todo lo que hay que saber sobre Lin-Manuel, ¿verdad?

—No sé nada sobre el ganador del Premio Pulitzer Lin-Manuel Miranda, que nació el 16 de enero y asistió a Wesleyan y llamó a su hijo como el cangrejo de *La Sirenita*.

—Me voy a alejar de ti. —Cojo la caja de churros—. Y has perdido todos tus privilegios de comer esto.

* * *

Arthur sostiene su bolsa de *Strand*, donde compró imanes, postales y una camiseta de *Strand*, mientras viajamos en el metro que se dirige hacia el norte al Upper West Side, donde él se está quedando. Conozco bien el vecindario. Solía ir allí todo el tiempo con Hudson porque en ese lugar se encuentra la pista de patinaje, y sí, a él también le atraía el río Hudson. Actuaba como si se llamara así por él. Arthur quiere contemplar la vista del río Hudson conmigo y que nos quedemos sentados allí, y yo no mencionaré las veces que hice lo mismo con Hudson porque ¿qué voy a hacer? ¿Voy a dejar de ir a todos los lugares en los que he estado con Hudson? Eso no va a suceder.

Además, nuestras opciones son un tanto limitadas. No puedo llevarlo a casa sin sentirme demasiado expuesto, y quizás sea demasiado pronto para que conozcamos a nuestros padres. A mí no me importaría, pero no puedo forzar las cosas como lo hice con la madre de Hudson. Eso fue un error por mi parte.

Arthur y yo estamos cansados ahora. Probablemente sea mejor que vaya a casa y duerma, pero no quiero dejarlo. Para cuando me despierte solo podría enviarle un mensaje o llamarlo por teléfono o por FaceTime y echaría de menos estar con él en la vida real.

—Qué lástima que no podamos cargarnos como los teléfonos —digo.

—Podemos. Se llama dormir —comenta Arthur—. Pero a los teléfonos no les lleva ocho horas cargarse.

—Me gusta dormir. Mucho. El instituto de verano me está costando mucho sueño, ¿y ahora tú? Traición.

El metro es local porque es sábado, lo que significa que viajaremos durante treinta minutos. Tal vez cuarenta o cincuenta si alguien ha enfurecido a los dioses del MTA.

—Necesito una siesta reparadora —digo.

—¿Puedo unirme a ti?

Envuelvo mi brazo alrededor de sus hombros, y él se acerca a mí. El vagón no está repleto y puedo estirar un poco las piernas para estar más cómodo.

—No puedo dormir sin música. ¿Te importaría si me pongo auriculares?

—¿Qué vas a escuchar?

—Solo pongo mis canciones en modo aleatorio.

Arthur coge su teléfono y *bum*, la banda sonora de *Hamilton*. La pone desde el principio y cerramos los ojos, acurrucados uno contra el otro. Es todo lo que imaginé anoche cuando estaba solo en la cama y Arthur estaba al teléfono escuchando conmigo, excepto que esta vez estamos realmente juntos. Esta clase de libertad es suficiente inspiración para ir a la universidad y vivir en una residencia estudiantil donde pueda salir con quien quiera cuando yo quiera.

Estoy medio dormido, pero tengo la lucidez suficiente para que cuando llegue nuestra estación, pueda levantarme de un salto y arrastrar a Arthur fuera del metro antes de que las puertas se cierren. Alguien me golpea el pie y abro los ojos para disculparme por haberme estirado tanto porque definitivamente soy un idiota desconsiderado, y un hombre está mirándonos desde arriba. Tiene a un niño cogido de la mano.

—Lo siento —me disculpo.

—Nadie quiere ver esto —protesta el hombre, señalándonos a mí y a Arthur con el periódico. Sigue quieto. Otros pasajeros escuchan atentos.

—¿Ver qué? —Me siento, y Arthur abre los ojos; tengo la sensación de que no estaba realmente dormido.

—Solo hacedlo en vuestras casas, ¿vale? Mi hijo está aquí.

—¿Hacer *qué* en casa? —pregunto.

—Ya sabéis lo que estáis haciendo —dice el hombre. Se está poniendo rojo, y no sé si está enfadado o avergonzado porque yo no estoy aceptando su mierda.

—Sí. Estoy pasando el rato con un chico que me gusta. —Me pongo de pie. El corazón me golpea el pecho porque no confío en que este tío no vaya a hacer algo estúpido. Pero alguien lo está grabando, así que si todo esto se va a la mierda, tengo esperanzas de que ese vídeo se haga viral para poder compartirlo con la policía y hacer que este tío no hostigue a nadie más.

—No necesito que mi hijo vea mierdas como esta en el metro cuando solo estamos intentando llegar a casa.

Su problema no es un problema real. Estoy perdiendo el coraje de decirle eso. A pesar de que tengo la espalda erguida, mis rodillas están temblando. Este tío me dejará fuera de combate en cualquier momento. Arthur se pone de pie, y yo lo empujo detrás de mí.

—Está bien, está bien —le dice Arthur al hombre—. No haremos nada más.

—A la mierda con este tío —replico. De verdad que me gustaría que Dylan estuviera aquí para respaldarnos.

El hijo del hombre comienza a lloriquear, como si yo fuera el agresor real aquí, como si yo hubiera provocado al imbécil de su padre porque estaba descansando con otro chico en público. Siento pena por este niño y el camino difícil que tal vez tenga por delante si le llegara a gustar alguien que no sea una chica hetero.

El hombre levanta a su hijo.

—Tenéis suerte de que no quiera golpearos delante de mi hijo.

Arthur intenta alejarme, y solo retrocedo porque me está suplicando y mi nombre suena como una respiración ahogada y está llorando y probablemente esté más asustado que ese niño de cinco años. Un joven que lleva una bolsa de deporte se coloca frente al hombre y le ordena que siga su camino, que todo se ha terminado.

Excepto que no se terminado porque Arthur y yo tenemos que cargar con esto a todos lados.

Nos bajamos en la siguiente estación y Arthur pierde el control. Sostengo sus hombros, como Dylan quiere que haga cuando él entra en pánico, pero Arthur me rechaza y mira a la plataforma.

—Pensé que en Nueva York no había problemas con… —Respira hondo y se enjuga las lágrimas de las mejillas—. Clubes gays y desfiles del orgullo y con que las parejas del mismo sexo se cojan de las manos. Qué mierda. Pensé que Nueva York era distinta.

—Durante la mayor parte del tiempo lo es, creo. Pero cada ciudad tiene sus idiotas. —Quiero abrazarlo, pero Arthur no quiere que lo toque ahora mismo. Como si cualquier muestra de afecto fuera a convertirse en un blanco sobre nuestras espaldas. Como si nos fueran a castigar porque nuestros corazones son distintos—. ¿Estás bien?

—No. Nunca antes me habían amenazado. Y tenía *mucho* miedo por ti. ¿Por qué no te has quedado callado?

Debería haberlo hecho. No debí haber puesto en peligro a Arthur solo porque quería hablar por nosotros y por todos lo que son como nosotros.

—Lo siento. Yo también estaba asustado.

Nos quedamos allí parados durante algunos minutos y cuando llega el próximo metro, Arthur no quiere subirse. Lo mismo sucede con el siguiente. Ha logrado recomponerse tanto como le ha sido posible para el tercer metro, y solo está dispuesto a subirse porque está repleto y habrá más gente para protegernos si sucede algo otra vez.

No me gusta que el mismo mundo que nos reunió sea el mismo que lo atemorice ahora.

—No me despegaré de tu lado hasta que llegues a casa —anuncio.

Arthur mira a su alrededor y sus cansados y heridos ojos azules levantan la mirada hacia mí.

Y entrelaza su mano con la mía y no la suelta durante todo el viaje.

21
ARTHUR

Sábado 21 de julio

—¿Te han respondido al mensaje? —pregunta Ben cuando presiono el botón del tercer piso—. No quiero sorprender a tus padres acostándose.

—Puajjj. No hacen eso.

—Lo han hecho al menos una vez.

—Nunca. No. —Finjo que me dan arcadas.

—Eres gracioso. —Me coge de la mano y sonríe—. Este lugar es agradable.

—Te lo agradezco, en nombre del tío Milton. —Hago una pausa en el diminuto recibidor. Cuando sales del ascensor, no hay realmente un vestíbulo, solo un pequeño espacio con tres puertas que conducen a los apartamentos A, B y C.

—A de Arthur —comenta Ben, como si esa fuera la coincidencia más satisfactoria de su vida.

—Planeamos eso.

—Lo supuse —dice con soltura, pero cuando vuelvo a echarle un vistazo se está mordiendo el labio.

—¿Estás nervioso?

—Sí.

Le aprieto la mano.

—Eso es adorable.

Y... guau. Realmente estoy a punto de hacer esto. Estoy trayendo a un chico a casa a conocer a mis padres. Estoy bastante seguro de que esta no es una actividad típica de una segunda cita. Pero tal vez Ben y yo no somos típicos.

Mis padres.

No sé por qué lo propuse. Supongo que lo de anoche simplemente me alteró. No puedo dejar de pensar en el tío del metro, en su niño llorón, en la expresión del rostro de Ben y en la manera en la que me sentí, como si el mundo entero me hubiera estado observando. Lo único que quería, en ese momento, era estar solo. Nunca quise tanto estar solo durante toda mi vida.

Pero Ben se quedó. Simplemente se *quedó*. Y ahora no quiero que se vaya. No estoy listo para decir buenas noches.

Le echo un vistazo a Ben mientras busco a tientas mis llaves.

No voy a entrar en pánico. No lo voy a hacer. Esto irá bien. Totalmente genial. Una visita rápida. Supercasual. ¿Qué tiene de malo si mis padres saben demasiado sobre Ben? ¿Qué importa si a duras penas pueden mantener el control sobre mis amigos en común y mucho menos sobre mis novios? No es que Ben sea mi novio. Solo que me imagino lo que sucedería si lo presentara de esa manera.

Yo: ¡Os presento a mi novio, Ben!

Padres: *arrojándonos una lluvia de condones* ¡¡¡HOLA, NOVIO BEN!!!

Ben: *sale disparado hacia el sol*

Pero... vale. Si él no es mi novio, ¿cómo lo llamo? ¿Mi amigo? ¿Mi amante? ¿El chico con el que pienso en acostarme el noventa y nueve por ciento del día? Y sí, lo digo en ambos sentidos. Paso el noventa y nueve por ciento de mi día pensando en cómo me gustaría pasar el noventa y nueve por ciento de mi día acostándome con Ben.

Mis padres no necesitan saber eso.

Bueno, solo abriré la puerta, respiraré hondo y…

—Tú debes ser Ben. ¡Qué alegría conocerte por fin! —Mi madre lo mira sonriendo de oreja a oreja desde el sillón. Donde está sentada. Junto a mi padre.

Los miro boquiabierto.

Mi madre pone en pausa la televisión, se levanta y camina directamente hacia Ben para estrecharle la mano.

—Hemos escuchado hablar mucho de ti. —Mi padre asiente cordialmente desde el sofá, y en ese momento me percato de que ambos llevan puestos sus pijamas y sus gafas. Lo siento, pero ¿en qué clase de universo alternativo acabo de entrar? ¿Qué criatura fantástica ha mordido a mis padres y los ha convertido en una clase de parejita adorable que comparte el sofá un sábado por la noche?

—Venid a pasar el rato con nosotros —propone mi padre mientras mi madre le ofrece a Ben un poco de agua.

Ben echa un vistazo al apartamento y su mirada pasa de una pintura a la otra.

—Al tío Milton le gustan los caballos.

—Me he dado cuenta —comenta Ben.

—Así que, Ben, háblanos un poco sobre ti. —Mi madre se vuelve a sentar en el sofá y se inclina hacia delante para establecer realmente ese contacto visual incómodo con Ben—. ¿Cómo ha ido tu verano?

—Eh. Genial.

—Apuesto a que te has mantenido ocupado —dice mi madre—. Me alegra que Arthur finalmente esté pasando más tiempo fuera del apartamento también. No dejo de decirle, ¿cuándo tendrás la oportunidad de explorar Nueva York en verano? Disfruta de la ciudad. No pases el tiempo mirando vídeos de YouTube…

—Ben creció aquí —interrumpo—. Es nativo de Nueva York.

—Suena genial —dice mi padre.

—¿Ustedes siempre han vivido en Georgia? —pregunta Ben, mirando a mis padres de manera alternativa.

Mi padre sacude la cabeza.

—Yo crecí en Westchester y Mara es de New Haven.

—Yankees —digo. Ben me mira y sonríe.

Mi madre se vuelve hacia Ben como quien no quiere la cosa.

—¿Así que estás trabajando este verano?

—Eh… —Ben parece como si quisiera fundirse con el sillón—. Estoy yendo a clases.

—Ah, maravilloso. ¿Para conseguir créditos para la universidad? —Sonríe expectante.

—Mamá, no lo interrogues.

—Ay, vamos. Solo tengo curiosidad. Tu padre y yo justo estábamos hablando sobre cuánto han cambiado los trabajos de verano. Cuando yo era joven, todos éramos supervisores de campamentos o trabajábamos en Ben & Jerry's. Pero vosotros tenéis esas prácticas sofisticadas o esos cursos preuniversitarios. Es decir, supongo que eso es lo que tenéis que hacer estos días…

—Mamá, basta.

—¿Basta qué?

Miro de reojo a Ben, que se está mirando las rodillas con incomodidad.

—Solo. Deja de… hablar. —No creo haberme sentido tan avergonzado en toda mi vida. Lo entiendo, mi madre está acostumbrada a una clase particular de estudiantes exitosos. Como Ethan y Jessie, quienes consiguen puntuaciones sólidas en el PSAT, trofeos para el equipo de debate y becas National Merit.

—En realidad estoy en el instituto de verano —aclara Ben.

Los ojos de mi madre se agrandan.

—¡Ah!

Ben parece mortificado, lo que también me hace sentir mortificado. Mis malditos padres y sus jodidas aspiraciones de éxito.

Quiero enviar un mensaje secreto directamente al cerebro de Ben. *No soy como ellos, ¿vale? Esas cosas no me interesan.*

Bueno, tal vez haya una parte diminuta, una parte minúscula de mí que se pregunta cómo me sentiría al anunciar: *En realidad Ben es el cirujano más joven del mundo* o *Ben está trabajando en la oficina de política del alcalde.* En oposición a: *Ben se vuelve muy extraño y reservado cuando le preguntan sobre el instituto de verano.* Pero no. Nada de eso importa. No me importa que Ben esté en el instituto de verano. No me importa si tiene un buen trabajo o no y no me importa si termina solicitando ingresar en Yale. Me importa cómo se plantó delante de ese imbécil en el metro y cómo me siento cuando veo su nombre en mis mensajes. Me importa cuánto se esforzó por hacer que mi primer beso fuera perfecto.

—Ben es escritor —anuncio—. Y es increíble.

—No es verdad. —Ben sacude la cabeza, pero está sonriendo.

—Lo es. He leído su obra.

—Eso es maravilloso —dice mi madre—. ¿Qué escribes?

Ben hace una pausa.

—Ficción, supongo.

—Ahhh. —Mi padre se sienta más derecho—. Sabes, yo siempre he querido escribir una novela.

—¿En serio? —pregunta mi madre.

—En realidad he estado…

—Ah, sinceramente deseo que no estés a punto de decir que has estado escribiendo la Gran Novela Americana en lugar de estar buscando trabajo. De verdad espero que no estés pensando en decir eso.

—Mara, no…

—Oh, guau. Es tarde. —Me pongo de pie con la cara ardiendo—. Será mejor que acompañe a Ben al ascensor.

Ben parece indeciso.

—No tienes que acompañarme. Yo puedo...

—Oh, claro que te voy a acompañar. —Fulmino con la mirada a mis padres. Mi padre se acaricia la barba y mi madre junta las manos, parece algo avergonzada.

—Bueno, Ben, me alegra que hayas venido —dice mi madre al final—. Tienes que cenar con nosotros algún día.

—Mamá —suelto con brusquedad, pero luego veo la mirada en el rostro de Ben. Tiene los ojos bien abiertos, pero no parece horrorizado. Solo apabullado y feliz.

* * *

—Lo siento mucho —me disculpo en cuanto se cierra la puerta detrás de nosotros.

—¿Por qué? Son muy agradables.

—Sí, durante cinco segundos, hasta que comienzan a arrancarse las cabezas. No puedo creer que hayan hecho eso frente a ti.

—¿Te refieres a lo de la Gran Novela Americana?

—Sí. —Sacudo la cabeza—. Se comportan como unos idiotas entre sí.

—¿En serio? Yo pensé que tu madre solo le estaba gastando una broma.

—No, lo dice en serio. Siempre hace eso. Lo critica porque no tiene trabajo, y él se pone a la defensiva, y eso se vuelve interminable, y literalmente despierto cada mañana pensando que este es el día en el que me sentarán para decirme «tu padre y yo te queremos mucho, Arthur, esto no es tu culpa», bla, bla, etcétera. Como si básicamente fuera inevitable en este punto. Ni siquiera creo que el universo siga apostando por el Equipo Seuss. Es solo una cuestión de tiempo.

—Dios. —Ben me mira—. Arthur.

—Dios Arthur, ¿qué?

—Lo siento mucho. Eso es horrible. No lo sabía.

Me acerca y me besa con suavidad en la frente, como si una mariposa se hubiera posado allí. Casi me derrito. Levanto la mirada hacia él y sonríe.

—Está bien. Todo estará bien.

—No tienes que estar bien.

—Lamento que hayas tenido que verlos actuar de forma tan extraña e incómoda.

—Los míos también actúan de esa misma manera. Ya verás.

Y así de simple, la desdicha desaparece. Porque GUAU. Ben Alejo… quiere que conozca a sus padres. Iré a una cita decisiva a su casa. Le sonrío, intentando pensar en la perfecta respuesta insinuante pero no *demasiado* insinuante. Pero luego Ben dice:

—Ahora quiero contarte algo.

—Vale.

Se queda callado durante un instante, solo respirando. Parece aterrorizado.

—No tienes que contármelo —me apresuro a decir—. Quiero decir. A menos que tú quieras.

—Quiero hacerlo.

Mi estómago está dando volteretas. ¿Está a punto de decir… lo que yo creo que dirá? Parece muy pronto. Pero supongo que los neoyorquinos no se andan con rodeos. Debería planear mi respuesta. ¿Digo lo mismo? ¿Es raro si no lo hago? Pero ¿por qué no lo haría? En serio, ¿por qué demonios no?

—Es sobre el instituto de verano —dice.

Lo miro fijamente. Guau. Creo que en este momento podría incendiar esta ciudad entera con mis mejillas. ¿Soy solo un idiota desesperado o soy el idiota desesperado más desesperado de todos? Que Dios me ayude si Ben alguna vez descubre lo que pensé… *Realmente estaba pensando* que él me diría…

En fin. Instituto de verano.

—¿Qué pasa con eso?

—Es… —Hace una pausa—. Bueno, primero quiero aclarar que Hudson y yo de verdad, de verdad hemos terminado. Ni siquiera somos amigos ya. Lo sabes, ¿verdad?

—Lo sé. —Cojo sus manos—. Déjame adivinar. Hudson se comportó como un imbécil con eso del instituto de verano.

Ben me mira con extrañeza.

—Espera.

—Es un idiota. Lo siento, Ben, sé que él fue parte de tu historia y todo eso, pero a la mierda con él. No hay nada de malo en ir al instituto de verano, ¿vale?

—Lo sé. Sí. Está bien…

—No, no está bien. ¿Cómo se atreve a hacerte sentir así? No me importa si ha sacado notas impecables. Y no me interesa si consiguió una beca Rhodes. Él no te merece. *Nunca* te ha merecido.

Ben mira la alfombra.

—Debería llamar al ascensor.

—Está bien, pero prométeme que dejarás de darle a Hudson espacio en tu cabeza. Él no entiende nada. Tú eres jodidamente inteligente. Desearía que pudieras darte cuenta de eso.

La luz del ascensor parpadea y las puertas se abren.

—Eso ha sido muy amable por tu parte.

—Lo digo en serio.

—Lo sé. —Las puertas del ascensor comienzan a cerrarse, pero él las detiene con el pie.

Arrugo la nariz.

—No quiero que te vayas.

—Yo tampoco. —Me acerca un poco más.

Así que lo beso y lo vuelvo a besar mientras las puertas intentan cerrarse a nuestros lados.

* * *

Me desplomo en mi cama, y todo mi cuerpo está vibrando. El corazón, el estómago, las puntas de los dedos, todo. Mi mente no deja de dar vueltas. Me siento como si estuviera dentro de una canción de amor.

Besando a Ben. Cogiendo la mano de Ben. Los sonrientes ojos castaños de Ben.

Debería enviarle un mensaje.

Pero cuando miro mi teléfono veo dos mensajes de Jessie.

El primero: **¡Ey!**

El segundo: **Me preguntaba si E y yo podríamos hablar contigo.**

Claro, qué sucede, respondo.

Me escribe de inmediato. **Demasiado complicado para un mensaje. Te llamo por FaceTime, ¿vale?**

Acepto la llamada, todavía acostado. Todavía con una sonrisa ensoñadora.

—Guau. Parece que alguien ha tenido una buena noche —comenta Ethan. Están en el suelo de la habitación de Jessie, las espaldas apoyadas contra la cama de ella. Y algo sobre la familiaridad de todo eso me provoca nostalgia: sus caras, sus voces, la colcha floral púrpura de Jessie.

Sonrío.

—Todavía estáis despiertos.

—Tú también —señala Jessie.

—Bien, ¿qué sucede? ¿Qué es lo complicado?

—Bueno. —Intercambian miradas.

—Eso debería estar en mayúsculas, ¿verdad? Lo Complicado —río.

Nadie más lo hace.

—Esperad. —Me siento—. ¿Esto es… una intervención?

Jessie parece sorprendida.

—¿Qué?

—Esto se trata de Ben, ¿verdad? Estoy demasiado obsesionado con él. —Me llevo la mano hacia la boca.

Se miran una vez más.

—Es verdad que hablas mucho de él —declara Ethan.

—Chicos, lo siento.

Sacudo la cabeza lentamente. Soy el peor amigo del mundo. Tal vez soy uno de esos chicos que se olvidan de todos cuando se enamoran. Tal vez solo soy un egocéntrico incurable.

—Está bien.

—No, no lo está. Ni siquiera os he preguntado cómo estáis.

Otra mirada furtiva. Jessie se muerde el labio.

—Bueno —comienza a decir Ethan—. Supongo que…

Pero luego me llega un mensaje de Ben, y oscurece la mitad de mi pantalla. **Bueno… les he contado a mis padres que tus padres me invitaron a cenar, y mi madre convirtió todo el asunto en una invitación para toda tu familia a cenar mañana… sé que es una locura, no te asustes. Solo quieren conocer a mi increíble nuevo novio.**

El corazón me salta a la garganta. Ethan aún está hablando, creo, pero apenas lo escucho.

—Novio —susurro.

Ethan hace una pausa.

—¿Qué?

—Ben acaba de llamarme su novio.

—¿Cuándo?

—Justo ahora. Por mensaje.

Jessie se queda boquiabierta.

—Oh, Arthur, ¿en serio?

Asiento sin emitir palabra.

—Mierda —dice Ethan—. Eso ha sido rápido.

Jessie asiente.

—Guau. ¿Vosotros habéis…?

Pero luego me llega otro mensaje y la voz de Jessie queda en un segundo plano. **Mierda. Vale. No he querido decir** *novio*. **A menos que quieras decir** *novio*. **No tenemos que ponerle una etiqueta. Dios. Lo siento. No te asustes.**

—¿... la conversación? —termina de decir Jessie.

—Lo siento, ¿qué? —Parpadeo. Luego sacudo la cabeza con rapidez—. Ah. Lo estoy haciendo otra vez.

—No, está bien —dice Jessie—. Esto es algo importante. Novio. Guau.

—Sí. —Vuelvo a parpadear—. Sí.

—¡Respóndele!

—Cuando termine de hablar con vosotros.

—Arthur. Ve a terminar con el sufrimiento de tu novio.

Siento el cerebro nublado, casi anegado.

—*Novio*. Solo estoy...

—Arthur, ¡vete! —Jessie ríe—. Hablaremos más tarde, ¿vale? Voy a cortar la comunicación.

Yo también corto y vuelvo a los mensajes de Ben, y los leo y los releo hasta que pienso que voy a explotar.

No estoy asustado, escribo. **Te veo mañana, novio.**

Luego miro la pantalla de mi teléfono durante cinco minutos enteros, sonriendo con más intensidad de lo que alguna vez lo he hecho en toda mi vida.

22
BEN

Domingo 22 de julio

La familia de mi novio va a venir a cenar. He estado todo el día apabullado. He limpiado el polvo de las estanterías y de la televisión y del espacio debajo del sofá. He vaciado todos los cubos de la basura. He repasado las encimeras y la mesa. Me encargué de la ropa sucia para que tuviéramos toallas de mano recién lavadas en el baño. Encendí las cuatro velas con aroma a cereza que combinan sorprendentemente bien con el banquete que mis padres están cocinando.

Suena el timbre mientras estoy poniendo la mesa.

Miro el reloj. Si ese es Arthur y su familia, han llegado temprano. Bueno, han llegado a tiempo. Debí haberlo sabido porque se trata de Arthur.

—Yo abro —anuncio.

Por favor, que no sean ellos, por favor, que no sean ellos...

—¡Hola! —saluda Arthur, sosteniendo una caja de galletas. Sus padres se encuentran detrás de él llevando botellas de vino.

Siento que es un nivel extra besar a Arthur enfrente de sus padres, así que lo abrazo y a ellos les estrecho las manos.

—¿Cómo estás? —pregunta el señor Seuss.

—Muerto de hambre —respondo—. Entren.

—Huele genial —comenta la señora Seuss.

No sé si está hablando de las velas o de la cena, pero de cualquier manera es un punto a favor.

—Pasen —digo. El pasillo parece demasiado estrecho para cuatro personas, y me siento más cohibido que nunca. Sin importar cuánta limpieza haya hecho, no viene a cuento fingir que el apartamento no es mucho más diminuto de a lo que ellos están acostumbrados, o que las dos sillas que les pedimos prestadas a los vecinos no resaltan en la mesa donde todos estaremos apiñados muy pronto—. Mamá, papá. Ellos son la señora y el señor Seuss. Y Arthur.

Mis padres saben muy bien que no deben bromear con los apellidos, teniendo en cuenta la cantidad de mierda que tuvieron que soportar por el propio, en especial mi madre, cuyo apellido de soltera es Almodóvar, y la gente prácticamente convirtió en deporte el pronunciarlo de manera desastrosa.

—Muchas gracias por venir —dice mi madre—. Me llamo Isabel, y él es Diego.

—Mara —dice la señora Seuss mientras estrechan las manos—. Este lugar es muy bonito. Muchas gracias por invitarnos.

—Por supuesto. Y tú, Arthur —dice mi madre, inclinando la cabeza hacia un lado con una sonrisa—. La leyenda.

Él me sonríe y le devuelve la sonrisa a mi madre.

—Encantado de conocerla, señora Alejo. —No voy a mentir, me encanta cómo dice nuestro apellido. Su pronunciación no es perfecta, pero llegará a serlo con el tiempo.

Arthur le entrega a mi madre las galletas de Levain Bakery, que es una pequeña tienda ubicada en el Upper West Side conocida por sus galletas enormes y por las largas colas que se forman en la puerta. El hecho de que hayan esperado en esa fila para traernos el postre significa mucho.

La cena casi está lista y me siento como el guía turístico más innecesario del mundo cuando les enseño la sala de estar. Pero cuando veo a Arthur observando cada una de las fotografías colgadas en la pared, recuerdo que el hogar no se trata de lo grande que es el espacio, sino de cómo lo llenamos. Sobre la televisión hay una bandera puertorriqueña enmarcada que mi abuela trajo cuando ella y mi madre se mudaron de su ciudad natal, Rincón, a Nueva York. Las fotografías alineadas una junto a la otra de mi primer día de escuela y del primer día de escuela de mi padre, donde pareceríamos clones idénticos si no fuera por las pecas de mi madre dispuestas por toda mi cara. Las pinturas al óleo que mis padres hicieron en su primera cita porque él quería deslumbrarla a ella con una experiencia memorable en lugar de solo una cena. La mesa de café que encontramos en la acera fuera de nuestro edificio, que se abre para revelar mazos de cartas y juegos de mesa. Aún me siento expuesto, pero ya no me preocupa ser juzgado.

—¿Dónde está tu habitación? —pregunta Arthur.

—Ahora no es momento —dice el señor Seuss.

Mi padre se acerca con un poco de coquito, que es básicamente ponche de huevo, para que prueben todos. A Arthur y a mí nos tocan los coquitos sin alcohol; yo, en general, tomo los comunes, pero mis padres quieren dar una buena impresión frente a los padres de Arthur, cosa que respeto. Al Equipo Seuss parece gustarle el coquito. La señora Seuss ya quiere la receta, y ella y el señor Seuss siguen a mi padre hasta la cocina.

—Por ahora bien, ¿no es así? —pregunto. Arthur no parece escucharme. Está mirando a su alrededor como si estuviera en Hogwarts—. ¿Arthur?

—Ah. Lo siento. ¿Qué?

—Nada. ¿En qué pensabas?

—Todavía no puedo creer que esté aquí. Estoy en la sala de estar de mi novio. Tengo novio. Tú eres ese novio. Esta es tu sala de estar.

—¿De verdad te gusta?

—De verdad.

—Te enseñaré mi habitación más tarde. Esperemos hasta que estén superborrachos.

Nos volvemos a unir al grupo y mi madre hace que todos se sienten. No quiere que las familias estén agrupadas, de modo que se ha sentado junto a la señora Seuss y mi padre está colocado junto al señor Seuss, y yo estoy enfrente de Arthur. Todos estamos sentados realmente cerca, como si estuviéramos apiñados alrededor de una fogata en un bosque frío en lugar de en una mesa que no es para seis personas. En la mesa hay pernil, jamón con salsa de piña, arroz amarillo, habichuelas rosadas y ensalada. Tal vez la familia de Arthur debería venir a mi casa todos los fines de semana para poder comer como reyes con más frecuencia. Ahora solo espero que les guste la comida. Estuve casi tentado de pedirles a mis padres que frieran algo de pollo, aplastaran algunas patatas y asaran un poco de maíz, pero eso solo hubiera evitado que Arthur descubriera más sobre mí. Las pequeñas cosas que conforman el panorama general.

—¿Les importaría que rezáramos? —pregunta mi madre.

—Mamá, no, son judíos.

—Ah, es perfecto. Por favor, háganlo —dice la señora Seuss.

Mi madre parece mortificada cuando se vuelve hacia los padres de Arthur.

—Ah, no, Benito pasó por alto mencionar que ustedes son judíos. He cocinado cerdo. Lo lamento mucho. Puedo cocinar…

La señora Seuss se inclina hacia ella.

—Ay, ¡por favor no tiene importancia! Nosotros no comemos kosher.

—Nos encanta el cerdo —agrega el señor Seuss—. No tenemos objeciones con el cerdo. Los cerdos mueren por nosotros de forma constante. Parece delicioso, dicho sea de paso. ¿Cómo llaman a este plato?

—Pernil —responde mi padre.

El Equipo Seuss acaba de obtener su palabra del día.

Estoy cogido de las manos de la señora Seuss y de la de mi padre y apoyando mi pie sobre el de Arthur mientras mi madre reza. Le agradece a Dios la comida y por habernos reunido a mí y a Arthur para que podamos disfrutar de esta comida con nuevos amigos, y espío a Arthur, cuyos ojos todavía están cerrados, pero sonríe tanto que le veo sus bonitos dientes. Como si les hubiera pedido deseos a tantas estrellas que sus sueños finalmente se están volviendo realidad. Todos decimos *amén*.

La señora Seuss prueba un bocado de jamón.

—Esto está delicioso.

Mi madre apoya la mano en su corazón y le toca el codo a la señora Seuss.

—Gracias. Mi madre me enseñó a cocinar con siete años. Siempre me enseñaba después del instituto para que yo pudiera valerme por mí misma cuando llegara a casa. Preparaba la cena mientras hacía los deberes. Me encanta cocinar.

—¿Cocinas profesionalmente? —pregunta la señora Seuss.

—No. Llevo la contabilidad de un gimnasio. Temo perderle el cariño a la cocina si alguien me pagara por hacerlo. Se convertiría en un trabajo y ya no me entusiasmaría llegar a casa y cocinar con mi familia.

Dios, quiero a mi madre. Es la clase de persona que hace que todos se sientan en casa incluso si tiene algún problema contigo, como pasaba con Hudson. Pero me doy cuenta de que ya parece cómoda con la señora Seuss, y tal vez las pueda imaginar pasando el rato juntas. Excepto porque la señora Seuss se irá al final del verano y se llevará a mi novio de regreso a Georgia.

—Eres abogada, ¿verdad? —pregunta mi madre.

—Sí. En Smilowitz & Bernbaum. Es un gran bufete. Uno que se ha tomado con calma que Arthur siga a tu hijo a la oficina de correos en lugar de cumplir con nuestro pedido de café.

Todos reímos. Nunca me había percatado de que Arthur entró en la oficina de correos solo para seguirme.

—¿Y tú, Diego? —pregunta el señor Seuss.

—Soy subgerente en Duane Reade. No es sofisticado, pero me siento a gusto. Tengo un gran equipo… en su mayoría. Nos permite pagar las cuentas. Trae la comida a la mesa. Ben recibe su paga mensual. Cualquier otra cosa sería un extra.

Pienso mucho en los extras. Vacaciones en todas esas islas tropicales que siempre veo en las películas. Tener zapatos deportivos caros que pueda exhibir al mundo y no mantenerlos guardados en el armario por miedo a estropearlos. Un coche familiar que nos lleve a otro lugar durante los fines de semana. Iphones y portátiles último modelo. Asistir a la universidad, ya que no voy a conseguir una beca. Esas son cosas por las que la familia de Arthur no tiene que preocuparse demasiado.

—¿Y tú? —le pregunta pa al señor Seuss.

—Programación. Estoy entre trabajos en este momento por la mudanza —explica el señor Seuss. Se vuelve hacia la señora Seuss de inmediato—. Lo que no es culpa de nadie. Pensé que sería más fácil encontrar un puesto de interés que encajara con nuestro plazo antes de regresar a casa.

—¿Echas de menos trabajar? —pregunta mi madre.

—Mucho. La primera semana vi mucho Netflix, pero eso es satisfactorio, no gratificante. Me he presentado en decenas de entrevistas y no me han contratado aún, y realmente me está afectando… *nos* está afectando. —Hace un gesto hacia Arthur y la señora Seuss—. Pero lo estamos llevando bien.

—El coquito te hará sentir mejor —declara mi padre—. Avergonzar a los chicos también, ¿verdad?

—Sí, por favor —responde el señor Seuss.

—No —decimos Arthur y yo al unísono.

Nuestros padres intercambian anécdotas sobre cómo éramos de niños. Pensé que no tenía secretos porque Arthur ya sabe que estoy en el instituto de verano, pero no estaba preparado para que descubriera que Dylan y yo, a los diez años, hicimos un *reality show* llamado *Ser chicos malos* sin darnos cuenta de lo sexual que sonaba eso. Y Arthur se hunde en su silla mientras todos, yo incluido, estallamos en risas por la cantidad de selfies que él se hacía con los maniquíes con el teléfono de su padre mientras compraban ropa para el instituto.

—Tengo otra —anuncia la señora Seuss.

—No, no la tienes —afirma Arthur—. Te has quedado sin historias.

—Unos meses atrás, cuando Arthur descubrió que pasaríamos el verano en Nueva York, Michael y yo llegamos a casa temprano de la fiesta de cumpleaños de un amigo y Arthur estaba...

—¡Mamá! —grita Arthur.

—... viendo un vídeo de YouTube de una canción de *Dear Evan Hansen* y cantando agudos mientras bailaba.

—Fue magnífico —dice el señor Seuss.

Esta vez no me río porque Arthur parece un tanto enfadado.

Me pongo de pie.

—Arthur, vamos a mi habitación. Te enseñaré la portada que he dibujado para mi libro.

Arthur prácticamente tropieza con su padre al salir del asiento.

—Sí, por favor.

—Pero esperad, aún estamos comiendo —protesta mi madre.

—La comida no se va a ir a ningún lado —digo, cogiendo la mano de Arthur—. Volveremos.

—¡Dejad la puerta abierta! —grita el señor Seuss.

Nos dirigimos a mi habitación con las caras ruborizadas.

Como si fuéramos a cerrar la puerta y perder el control aquí con ellos afuera.

Excepto que cuando entramos a mi habitación, conduzco a Arthur fuera de la vista y lo beso con este deseo insaciable que cada día me exige pasar más tiempo con él.

Respiro hondo.

—¿Estás bien?

—Ahora un poco mejor. Pero no me gusta que se burlen de mí con Broadway. Los vídeos me salvan en el día a día. Vi dos espectáculos el mes pasado pero no fueron mis favoritos. —Se le agrandan los ojos—. Ay. He dicho algo muy estúpido. Que mis espectáculos de Broadway no eran lo suficientemente buenos. He tenido la suerte de poder haber ido. Es solo que no dejo de entrar en la lotería para *Hamilton* y *Dear Evan Hansen* pero no tengo suerte.

—Todavía hay tiempo —digo—. Y podría haber sido peor allí afuera.

—Es verdad.

Arthur observa mi habitación. Camina hacia mi escritorio.

—Así que en este lugar se escribe el futuro *best seller* y fenómeno global, *La guerra del mago maléfico*. ¿Dónde está la portada?

Abro un cajón y cojo una carpeta violeta donde dibujé algunos de los pequeños monstruos de la historia. Y cojo la portada del libro. Parece como una de Harry Potter, excepto porque hay un mago-Ben en el centro, que se esconde detrás de un muro demolido mientras unos magos maléficos lo están buscando. No es para nada buena, e incluso Arthur suelta una risa.

Mira a su alrededor al resto de la habitación. He puesto la caja de la ruptura de Hudson en el armario de mis padres hace unas horas. Debería deshacerme de ella. No me gusta esconderle nada a Arthur. Pero es como esas fotos viejas de Instagram que no logro eliminar. Como si Hudson nunca hubiera sucedido. Como si fuera alguien de quien debería avergonzarme. Y deshacerme de los buenos recuerdos parece como una bofetada en el rostro a nuestra historia. No tiene nada que ver con el futuro.

No lo sé.

—Me encanta tu dormitorio —elogia Arthur—. El apartamento entero. Espero que esto no suene mal, pero de verdad me encanta porque se parece más a un hogar que mi propia casa. Todo aquí tiene importancia. Si algo se rompiera o perdiera, lo notarías. Hay demasiadas cosas en mi casa que parecen reemplazables.

—Tal vez simplemente no sepas por qué importan.

—Tal vez. Tengo que mejorar en hacer preguntas. —Arthur se sienta en mi cama.

Me siento junto a él y pienso en el sexo porque eso es lo que sucede cuando tu novio guapo está en la cama contigo. Si damos el paso para acostarnos mientras él todavía está en Nueva York, será su primera vez. Esa es una presión agobiante. Quiero probarme frente a él para que, sin importar lo que suceda entre nosotros, no mire hacia atrás y se arrepienta de nuestra decisión. Tal como yo no me arrepiento de Hudson y de haber perdido nuestra virginidad juntos, y espero que él tampoco lo haga. La gente cambia, él lo hizo y yo también lo hice, pero quiénes éramos cuando nos acostamos está bien para mí. Espero estar siempre bien para Arthur.

Me inclino para besarlo cuando mi madre nos llama.

—¡Ya hemos terminado de hablar de ti! Ven a acabarte la cena.

Le aprieto la mano y regresamos con nuestros padres.

El resto de la cena transcurre sin problemas. Todos reímos juntos, sin burlarnos de nadie. Lo único que podría haber hecho que la noche fuera un poco más perfecta es si Dylan, y sí, también Samantha, estuvieran aquí. Odio tener que relatarle la noche a Dylan y no hacerle justicia ya que olvidaré algunos chistes que nos hicieron soltar carcajadas. Pero supongo que ese es simplemente el ciclo que viene unido a salir con alguien, se minimiza el tiempo con los mejores amigos y obtienes esta nueva vida entera de la que ellos no son parte.

Arthur y yo ayudamos a limpiar la mesa mientras mi padre trae las galletas que el Equipo Seuss compró para nosotros. Las galletas son enormes, parece como si alguien hubiera puesto cuatro medidas de masa para galletas demasiado cerca en la bandeja y se hubiera formado una megagalleta. Hay dos de doble chocolate, dos de avena y pasas y dos de chocolate y nueces.

—Muchas gracias por traer estas —agradece mi padre. Le ofrece la caja a Arthur.

—Usted elige primero por invitarnos —dice Arthur.

—Qué adulador —bromea el señor Seuss con una sonrisa.

Mi padre coge una de las galletas de doble chocolate y Arthur lo observa dar un mordisco con esa mirada de ojos bien abiertos, como si mi padre acabara de llevar a Arthur a un paseo en un coche robado y lo hubiera chocado. Mi madre coge la otra de doble chocolate porque nunca ha sido muy fan de cualquier cosa que tenga nueces o pasas. Arthur la mira como si acabara de conseguir la última entrada del mundo para *Hamilton*.

Apostaría todo mi dinero a que Arthur quería una de esas galletas.

—Están muy buenas —declara mi madre.

Arthur coge la galleta de chocolate y nueces y le quita las nueces antes de comerla.

El señor Seuss le da un bocado a la de avena y pasas.

—Es probable que no vuelva a esperar veinte minutos por una galleta, pero me alegra haberlo hecho.

Hablamos un poco más antes de dar por terminada la noche. Mientras Arthur abraza a mis padres yo no puedo creer que todo esto esté sucediendo. Cuando Hudson venía a cenar, simplemente les estrechaba las manos como si fueran mis jefes en lugar de mis padres. Pero también es muy asombroso ver a nuestros padres abrazarse, y a mi padre decirle al señor Seuss que tienen que volver pronto ya que no han llegado a beber el vino que han traído. La señora Seuss intercambia su número de teléfono con mi madre, y si alguna vez vuelvo a incluir a mi madre en LGMM tendré que incluir a la mejor amiga hechicera, Mara.

Arthur y yo nos besamos rápidamente mientras todos se despiden y el Equipo Seuss nos da las gracias una última vez antes de marcharse.

—Esto ha sido divertido —dice mi madre—. Arthur es maravilloso. Adorable. Muy buenos modales. De verdad me ha gustado. Toda la familia.

—A mí también.

—¿Qué va a pasar cuando se vuelva a casa? —pregunta mi padre.

Me encojo de hombros. La pregunta es una mierda.

—Solo estoy intentando conocerlo mientras se encuentre aquí.

Pienso en cómo Arthur sonrió exultante durante la cena cuando pensó que nadie lo estaba observando y qué podría hacer yo para hacerlo sonreír tanto como sea posible.

23

ARTHUR

Lunes 23 de julio

—Dejo la oficina durante cinco minutos —dice Namrata— y te sientas en una silla sin hacer nada.

—Estoy en mi descanso sensorial. —Presiono el puño contra el pecho—. *Oh Benny booooooooy... the pipes, the pipes are calling.*

Juliet levanta la mirada del portátil.

—Solo me alegra que haya dejado de cantar *El cuerpo de Ben es una maravilla.*

—En fin, tengo un gran anuncio que hacer —dice Namrata—. ¿Adivináis quiénes van a dejar la universidad y se van a mudar con sus padres?

Suelto un gritito ahogado.

—¿Tú y David?

Namrata resopla.

—No, tonto. Los compañeros de habitación de David.

—¿Los del porno de dinosaurios?

—Su proyecto en Kickstarter ha conseguido los fondos necesarios, así que se cogerán el año para trabajar en *Pasión Jurásica.* Y, al parecer, 714 personas están dispuestas a pagar por esa clase de contenido de calidad. —Se encoge de hombros.

—¡Bien por ellos! —Me vuelvo a sentar en la silla, y la deslizo de regreso a la mesa—. Hagamos una fiesta.

—¿Quieres hacer una fiesta para celebrar dinoerótica? —pregunta Juliet.

—Estoy de buen humor, ¿vale?

—Nos hemos dado cuenta —dice Namrata.

—¿Queréis saber por qué?

—Sabemos el porqué. Comienza con B, rima con quién, como en ¿quién va a comenzar a trabajar con los archivos Shumaker?

—¡Diez puntos para Ravenclaw! —anuncio, sosteniendo mi mano como un micrófono—. Pero ¿qué Ben? ¿Affleck? ¿Stiller? ¿Carson? No, es BENJAMIN HUGO ALEJO. Mi... novio. —Hago un tamborileo rápido—. También Ben Platt.

—Gran discurso —declara Namrata.

Juliet me mira detenidamente, el mentón apoyado en las manos.

—Es una locura, en realidad —comenta—. No puedo creer que lo hayas conseguido. Pusiste un aviso para buscar a un chico, después lo encontraste, y ahora sois novios.

—¡Lo somos! Incluso ya tenemos la etiqueta. Estamos etiquetando a toda marcha.

—Dios. Y ya has conocido a sus padres —dice Namrata—. ¿Cuánto tiempo ha pasado? ¿Dos semanas?

—Sip —sonrío exultante.

—¿Qué se supone que pasará ahora?

Es decir, lo más extraño es que *no tengo ni idea*. No sé qué viene a continuación. Porque Broadway me dice una cosa, pero Reddit me dice otra *muy* diferente. Y ningún consejo parece encajar con cómo me siento yo.

Nada es exactamente lo que esperaba. Creo que sabía que me sentiría apabullado por la felicidad, pero no sabía que me sentiría tan *seguro*. No sabía que me sentiría como si todo el mundo estuviera encajando en su lugar. Es raro, porque incluso yo sé que dos semanas no son nada. Entonces, ¿por qué dos semanas con Ben parecen tan trascendentales?

Es atemorizante lo fácil que me resulta imaginar un futuro con él. Es atemorizante cómo cada minuto que pasa, algo nuevo me recuerda a él. Nueva York en general me recuerda a él.

Para mí, Ben *es* Nueva York.

Y eso es aterrador.

Martes 24 de julio

¡¡Hola, hola, tenemos que hablar de lo Complicado!! ¿Estáis libres?

Holllllaaaaaaa, Jess. Holllllaaaaaaaaa, Ethan.

JESSICA NOOR, FRANKLIN ETHAN, JON GERSON, DÓN-DEEEEE ESTÁIS.

Estoy solo en un chat de grupo. ☹ ☹ ☹

Estáis en Target, ¿verdad? Por qué Target tiene la peor cobertura maldita sea.

MOVED VUESTROS CULOS DE LA SECCIÓN DE UN DÓLAR Y LEED MIS MENSAJES.

Miércoles 25 de julio

Para cuando llega el miércoles soy una bola de fuego humana. En cuanto termino de trabajar, me abalanzo hacia la puerta del edificio y derrapo hasta detenerme junto a Morrie, el portero. Ben me sorprenderá esta noche. No sé a dónde me va a llevar, pero ha estado muy nervioso durante toda la semana.

—Alto ahí, doctor —dice Morrie, los ojos azules iluminados—. ¿Por qué tanta prisa?

—He quedado con alguien.

Con mi novio. Mi novio, mi novio, mi novio.

Morrie se hace a un lado para abrirle la puerta a alguien más, y yo aprovecho para echar un vistazo a mi teléfono. Cinco y cuarto, y no he recibido noticias de Ben. Miro la calle detenidamente y hago un inventario de todas las caras. Ni siquiera lo veo a lo lejos. Reprimo una punzada de decepción y le envío un mensaje rápido.

Un momento más tarde: **Lo siento, ¡voy a llegar tarde! Estaré en cinco minutos.**

Aparece a las cinco y media.

Lo miro.

—Pensé que te habías muerto.

—No... lo siento. He perdido la noción del tiempo. —Me abraza con fuerza—. Hola.

Y es la clase de contradicción que hace que me duela el cerebro. Por un lado, aquí está Ben, tarde otra vez, y parece imperturbable de manera molesta. Por otro lado, quiero que nunca deje de abrazarme, nunca.

Nos dirigimos al metro.

—¿A dónde me vas a llevar?

—Al centro.

—Interesante. —Evalúo su conjunto. Definitivamente está mejor vestido de lo usual. Creo que es la primera vez que lo veo con pantalones que no son vaqueros.

Mira la hora en su teléfono.

—¿Estás preocupado por la hora? —pregunto—. ¿Deberíamos coger un Lyft?

—Vamos a llegar bien.

—Puedo pagarlo yo —comienzo a decir, pero la mirada de su cara me detiene de inmediato—. O no. El metro es más rápido, de todas formas.

* * *

Pero el metro no es más rápido. El metro es una porquería. Solo tenemos que hacer un trayecto desde Grand Central a Times Square, pero el metro nunca arranca. Ni siquiera cierran las puertas. Me vuelvo hacia Ben después de un instante.

—¿Algunas veces los metros... se olvidan de arrancar?

Da unos golpecitos al poste con la mano, la boca apretada.

—No sé qué está sucediendo.

—¿Deberíamos avisar a alguien?

—¿A quién?

—A la Autoridad Metropolitana de Transporte.

Eso lo hace sonreír.

—No lo creo.

—He escuchado que alguien ha vomitado —comenta un chico desgarbado de gafas.

Ben vuelve a mirar su teléfono.

—¿Qué significa eso? —pregunto, pero Ben no parece escucharme.

El chico desgarbado se mete en la conversación.

—Bueno, tienen que limpiar todo el vagón y desinfectar todo. Será mejor que nos pongamos cómodos. —Parece casi contento por todo esto—. No iremos a ningún lado durante un tiempo.

—Será mejor que caminemos —propone Ben—. Vamos.

Lo sigo fuera de la estación hacia la calle.

—No está demasiado lejos. Estaremos allí en diez minutos.

Pero los diez minutos se transforman en quince, y eso es con él caminando rápido, y yo prácticamente troto para seguirle el ritmo. Gira en Broadway y luego en la Cuarenta y seis, y abro la boca para preguntarle a dónde estamos yendo, pero luego lo veo, iluminado en dorado.

—Ben. —Durante un instante, me quedo sin palabras—. Esto no es verdad.

241

Exhala, sonriendo.

—Vale, Lin-Manuel Miranda lanzó una promoción de lotería para...

—Adolescentes que estuvieran inscritos en Institutos Públicos de Nueva York. Lo sé, lo sé.

Mierda. Esto está pasando. Esto de verdad está pasando.

Se me quiebra la voz.

—¿Has ganado?

—Bueno, he participado. —Ben se encoge de hombros—. No lo sé. Pensé que, incluso si perdía, aún podíamos pasar el rato juntos.

—Lo siento, ¿qué? —Lo miro boquiabierto.

Sonríe con incertidumbre.

—¿Estás bien?

—Sí, solo que... ¿de verdad estás insinuando que ver *Hamilton* y, abro y cierro comillas, «pasar el rato juntos» son dos alternativas igual de buenas?

—Siento que hay un insulto encubierto. —Ben ríe.

Yo no me río.

—En fin, creo que ya deberían haber anunciado al ganador. Vamos a fijarnos en la taquilla.

Asiento, pero tengo ganas de llorar. Dios, de verdad me he permitido imaginar que finalmente sucedería. Solo durante un instante, pero la pérdida ya duele. Nadie gana la lotería de *Hamilton*. Participo todos los días. Y sí, quizás las probabilidades sean mejores con esta promoción, pero nunca tendré tanta suerte. El universo no me quiere tanto.

Pero sigo a Ben al interior del teatro, donde hay una mujer rubia que lleva un maquillaje inmaculado en la ventanilla de tíquets reservados.

—Hola. Disculpe —dice Ben, su voz una octava más aguda de lo normal—. Yo. Eh. He participado hoy en un sorteo para estudiantes de Institutos Públicos de Nueva York, y no sé si han anunciado a los ganadores, o si tengo que inscribirme en algún lugar, o… —Su voz se desvanece—. Mi nombre es Ben Alejo.

—¿Benjamin Alejo? —La mujer lo mira, el ceño fruncido—. Ay, querido. Acabamos de entregar tus entradas a otra persona.

—¿Q-qué? —tartamudea—. ¿He ganado?

El corazón me da un vuelco.

—Dos entradas para la primera fila, pero tenían que retirarse a las 6 p. m. Ojalá hubieras llegado.

Ben sacude la cabeza sin emitir sonido.

—Lo siento. Puedo anotarte para la lotería de mañana, si quieres.

—Eh. Claro. Gracias. —Su voz es casi un susurro.

Pero cuando regresamos fuera lo asalta un ataque de ira.

—Eso es ridículo. —Camina dando zancadas por la calle, y yo me apresuro para alcanzarlo—. ¿A qué hora empieza el espectáculo? ¿A las ocho? Falta más de una hora. Me podrían haber llamado.

—¿Estás bromeando?

—Tenían mi número en el formulario.

Quiero gritar. O romper algo. Tengo una sensación de tornado en el estómago.

—¿Tienes idea de cuánta gente mataría por las entradas que acabas de perder? ¿Asientos en primera fila? —Se me quiebra la voz.

—Sí, bueno, pero si van a establecer un horario arbitrario para retirar…

—No es un horario arbitrario. Es así cómo funciona. Llegamos tarde.

—Sí, si el metro no se hubiera detenido…

—Si hubieras llegado a tiempo, no habríamos estado en ese metro.

—Arthur, vamos.

—Es solo que… —Exhalo—. ¿Realmente entiendes que acabas de perder *asientos en la primera fila* para ver *Hamilton*?

—¡Lo entiendo! Dios. —Su voz suena áspera—. No tienes ni idea de cuánto quería que esto funcionara. No tienes ni idea. Quería esto más que nada.

—Sí, bueno. Yo también.

—Lo sé, Arthur. Es *Hamilton*. Pero es que…

—No es solo *Hamilton*, ¿vale?

—¿No? —Me mira con impotencia.

—¿Cómo es que no puedes entenderlo? Dios, Ben. —Siento el pecho tan oprimido que podría estallar—. Has llegado tarde a cada una de nuestras citas. A todas.

—Lo sé. Soy…

—¿Y sabes qué? Si estuvieras entusiasmado por verme, eso no sucedería. No sucedería. Es como si no te importara.

Me mira como si lo hubiera golpeado.

—¡Sí me importa!

—Pero no lo suficiente. No te importa lo suficiente. —Lo miro fijamente, el corazón latiendo a toda velocidad—. Tal vez a mí debería importarme menos.

24
BEN

Miércoles 25 de julio

Creo que nunca he desilusionado tanto a alguien.

Se supone que los novios deben ser los máximos alentadores. Los responsables de las sonrisas y de brindar ánimos cuando el otro está triste. Se supone que no son las razones por las que alguien tiene el corazón roto en primer lugar. Pero he traicionado la confianza de Arthur y soy la causa detrás de su expresión tan atípica. Sostuve sus sueños de Broadway en las manos y los destrocé.

No tenía nada más que su corazón en mente y lo peor de mí se interpuso en el camino.

—¿Arthur?

Está quieto. Temblando. No lo había visto tan dolido desde que ese imbécil nos insultó en el metro. Ahora el imbécil soy yo. Intento cogerlo del hombro y él me rechaza. Simplemente se deja caer en la acera.

Quiero decirle que lo siento, pero sé que no me va a escuchar.

Está llorando. Esto no se trata solo de las entradas. Soy un desastre y él cree que yo no pienso tanto en él como él en mí. Cojo mi teléfono y me siento a su lado.

—¿Arthur? ¿Puedes mirarme un segundo? Por favor.

Abro YouTube. Tengo que solucionar esto ahora más que nunca. Le entrego un auricular y me quedo con el otro. Escribo *Hamilton karaoke*, y cuando empieza a sonar *Alexander Hamilton* comienzo a cantar. Me entrego como Arthur lo hizo con «Ben». Siento que me mira mientras intento seguir la letra, mientras intento no concentrarme en las personas que pasan junto a nosotros al tiempo que hago una pobre imitación del espectáculo que muy pronto comenzará justo detrás de nosotros. Pasa un minuto y Arthur no reacciona. Pero después:

—*My name is Alexander Hamilton* —canta Arthur. Papel principal. Por supuesto.

Cantamos juntos el resto de la canción, uno de nosotros haciéndolo mucho mejor y con más soltura que el otro. Pero él es la única audiencia que me importa.

Cuando la canción termina, estoy listo para disculparme. Pero Arthur coge mi teléfono y busca una *cover* de «Only Us», de *Dear Evan Hansen* y se acerca a mí mientras canta las palabras *So what if it's us, what if it's us, and only us*. Esta canción es muy bonita. Qué se siente al ser amado por alguien que te ve como eres realmente. Cómo el mundo —el ajetreo de Times Square— desaparece cuando estás con la persona correcta. Cuando es mi turno para elegir la próxima *cover*, escojo «Suddenly Seymour», de *Little Shop of Horrors*, una película que vi con mis padres hace unos años. Él elige «The Wizard and I», de *Wicked*. Yo voy a por más y pongo «Can You Feel the Love Tonight», de *El rey león*. Desearía poder leer la mente de Arthur mientras se mece al compás de la música. Arthur elige «What I Did for Love», de *A Chorus Line*, y cada canción que elegimos parece como si estuviéramos teniendo una conversación sin decir ni una sola palabra.

—Una más —pide Arthur.

—Podemos quedarnos aquí toda la noche —aclaro—. Aunque a mi teléfono solo le queda un veinte por ciento de batería.

Pone un coro de un instituto que canta desaforadamente *My Shot*, y desearía ir a esa clase de instituto que tiene concursos de talentos para poder ver algo como eso en persona.

Lo que solo me recuerda que deberíamos estar dentro del teatro.

—Lo siento mucho, Arthur. Nunca me lo perdonaré. Deberíamos estar viendo el espectáculo real.

—Sé que esto puede sonar poco creíble, pero esto me ha gustado aún más.

—¿En serio?

—Ben, millones de personas pueden decir que estuvieron dentro del Richard Rodgers Theatre y vieron *Hamilton*. Somos los únicos que podemos decir que nos sentamos en la acera y escuchamos mucho de Broadway en una sola noche.

—¿Y estás seguro de que eso es mejor porque...?

Arthur me calla con un beso.

—Bien hecho —digo.

Nos incorporamos.

—En serio, lo lamento...

Otro beso.

—Vale. Pero fastidié...

Otro beso.

—Déjame decir...

Otro beso.

—Que me beses cada vez que intento disculparme es un problema que quiero tener.

—Ben, soy feliz. Esto ha sido increíble y romántico y perfecto. Eres el Rey de las Remontadas.

Nos dirigimos al corazón de Times Square. Las toneladas de peatones no dejan de separarnos, pero siempre encontramos el camino de regreso al otro, y no dejamos que los turistas y los selfies en grupo nos alejen. Cuando vuelvo a coger su mano, lo mantengo cerca y no lo dejo ir.

No esta noche.

Ni nunca.

25
ARTHUR

Viernes 27 de julio

Jessie envía un mensaje al chat de grupo mientras el metro deja atrás la estación Treinta y tres. **¿Estás libre ahora?**

Uhh… estoy yendo al apartamento de Ben. ¡¡Lo siento!!

Miro el teléfono con el ceño fruncido e intento ignorar la punzada de culpa en el pecho. Ha pasado casi una semana desde que corté nuestra llamada por FaceTime, y aún no hemos encontrado el tiempo para retomarla. Jessie todavía no me ha contado lo Complicado.

Es como si estuviéramos girando en direcciones opuestas, como si todo estuviera desequilibrado. Y no puedo explicar por qué, pero siento que es por mi culpa. Aun cuando son Ethan y Jessie los que están ocupados. Incluso cuando son ellos los que no responden mis mensajes. Supongo que es extraño, ser el primero que tiene una relación.

No te preocupes, escribe Jessie. **¿Vais a…?** 🍆, 🍑, 👫.

¿Me estás preguntando si voy a concebir un hijo esta noche?

Shhh, sabes lo que estoy preguntando.

Y lo sé. Por supuesto que lo sé. Voy a estar tres horas y media de tiempo a solas con Ben esta noche, porque la señora Ortiz de la casa vecina (enviada de Dios, celestina campeona, Jugadora más valiosa de todos los tiempos) quiere jugar a las cartas con Diego e Isabel. Y sí, soy consciente de lo que puede suceder cuando estás solo en un apartamento con tu novio guapísimo.

Pero no voy a dejar que esto crezca en mi cabeza. No tengo expectativas.

—Próxima parada, Primera Avenida —anuncia el intercomunicador.

¡¡¡¡¡¡Ya casi estoy llegando!!!!!!, le escribo a Ben.

Me responde: ¡Fuera de la estación! Te dije que no llegaría tarde. 😁. Y seis signos de exclamación, ¿es esto un momento crucial en una relación?

¡¡¡¡¡¡Significa que estamos dejando nuestras bolas de puntuación colgando hacia fuera!!!!!! VALE, YA HE LLEGADO, estoy subiendo

¡¡¡¡¡¡Te veo ahora!!!!!!, responde.

Y allí está, con sus auriculares y su camiseta de Iceman, apoyado contra una cerca fuera de la estación. Su rostro se ilumina cuando me ve, lo que me provoca burbujas en el estómago. Lo único que quiero hacer es besarlo en los labios. Solo un beso de saludo, nada con lengua. Pero en cambio lo abrazo y él huele mi pelo, y eso es bastante increíble también.

—Es extraño que estés aquí.

—He estado aquí hace cinco días —le recuerdo.

—Pero no *aquí*. —Hace un gesto vago hacia el metro—. Y nuestros padres estaban presentes. Es diferente. —Se le ruborizan las mejillas. Y si no estaba teniendo pensamientos libres de padres antes, definitivamente los estoy teniendo ahora.

—Déjame llevar tu mochila —dice Ben.

—Pesa bastante.

—Soy bastante fuerte —dice, sonriendo, así que le devuelvo la sonrisa y dejo que él la coja—. Uf. ¿Qué llevas aquí?

—Mayormente mi portátil.

Y también seis cajas de condones. No es que esté planeando acostarme con él treinta y seis veces. Pero si sucede, necesito opciones, incluso los que brillan en la oscuridad.

Comenzamos a caminar por la acera.

—Esto es el East Village. Supongo que cogisteis este camino el domingo.

—Bueno, en realidad nuestro conductor de Lyft no nos hizo un gran tour.

—Qué lástima. No estás teniendo suerte.

—¿No?

—Apartamento vacío. Novio guapo llevando bonita ropa de oficina. —Contiene una sonrisa—. Probablemente no seré el guía de turismo más completo.

—Eso es comprensible. —Le devuelvo la sonrisa.

Pero esto es lo divertido: de cierta manera es el guía de turismo más completo. No está tomando exactamente el camino más largo, pero tiene una historia para cada lugar que pasamos. Como su instituto, al que llama Instituto Real, en contraposición al instituto de verano Belleza High en el Midtown. O la peluquería donde él y Dylan se cortaron mechones de pelo con tijeritas para las uñas para poder apoyarlos contra las cajas de tinte y finalmente saber la verdad sobre sus propios colores de pelo (Dylan: chocolate lava, Ben: castaño miel). O la tienda de bagels que vende vasos de helado que comes con unas cucharitas de madera. O lo asustado que estuvo el día en que el Dylan de ocho años se rompió el brazo y tuvo un ataque de pánico. Yo simplemente absorbo todo. Nunca había visto a Ben tan animado. Realmente me encanta esta parte de él. Me encanta ver su vecindario a través de sus ojos, la manera en que sus recuerdos afloran en cada calle.

—Ahora estamos en Alphabet City —indica.

—No puedo creer que Alphabet City sea algo real. Suena como *Barrio Sésamo*.

Nuestras manos no dejan de rozarse mientras caminamos.

—Casi nombran a ese programa como mi calle —dice, sonriendo—. Lo iban a llamar *123 Avenida B*.

—¿Vives en la Avenida B?

—Y tú te estás quedando en el apartamento A. Creo que el universo se está burlando de nosotros.

—O chocándonos los cinco —digo, y le choco los cinco. Excepto porque cuando terminamos de hacerlo, seguimos cogidos de las manos. Solo durante media calle, quizás.

Para cuando llegamos a su edificio, el corazón me golpea en todo el pecho.

No hay portero ni ascensor, pero sí una gran escalera vacía que conduce a un apartamento vacío. Y tan pronto se cierra la puerta rodea mi rostro con las manos y recorre mis mejillas con los pulgares. Pero no me besa de inmediato. Solo me mira, apenas sonriendo.

—Tengo algo que enseñarte —anuncia, quitándose mi mochila del hombro.

—¿Qué clase de algo?

—Algo increíble.

—¿Es algo que haya visto antes?

—No lo sé. —Sonríe con tanta dulzura que hace que mi corazón dé una voltereta—. Está en mi habitación.

—Ah.

—Así que… deberíamos…

—Claro. Sí. Sí.

Lo sigo hacia su habitación, que parece totalmente diferente e irreconocible respecto al domingo de una forma que solo puedo atribuir a la tensión sexual. Estoy tan nervioso que casi estoy temblando. No puedo hacer que mi cabeza y mi corazón comprendan esta extraña nueva posibilidad. Esta cosa a la que mi cerebro ha estado dándole vueltas durante años. Cómo podría haber predicho las circunstancias de este momento, esta noche en particular, este lugar en particular, este chico en particular. Siempre pensé que sería abrumador, pero no es así, y me gusta. No es un campo de estrellas, pero es mejor, porque es Ben.

—Bueno. —Se sienta en la cama, y me acomodo junto a él. Luego se estira hacia un lado y coge su portátil de su mesilla de noche. Observo mientras la abre y busca en sus aplicaciones. Tengo que admitirlo, esta es una parte inesperada del proceso. Pero quizás sea porno. Creo haber escuchado que las personas hacen eso, se acuestan con porno de fondo. No entiendo por completo por qué. Parece como ver vídeos de YouTube en un cine. Pero tal vez esto no tenga que ver con el porno. Tal vez esté relacionado con *La guerra del mago maléfico* y él esté abriendo una escena de sexo recién escrita para inspirarnos. *Eso sí* lo entendería.

—Bueno, allá vamos. —Ben se reclina en la cama. Terminamos uno al lado del otro, nuestras espaldas contra la pared, y él inclina su portátil hacia mí.

Es un… juego de ordenador.

—Te hice un Sim —dice con timidez—. Mírate, eres tú.

Y allí estoy yo, en el centro de la pantalla, el pelo oscuro enmarañado, una camisa y una corbata de moño. En realidad es algo inquietante lo que mi avatar se parece a mí. Sé algo de este juego, en su mayoría porque a Jessie le encanta, pero el nivel de detalle me toma desprevenido. No es solo la ropa o los colores. El Sim Arthur tiene mis rasgos faciales. Parpadeo.

—¿Por qué tengo un diamante verde flotando sobre mi cabeza?

—¿Nunca has jugado a esto? —pregunta Ben. Sacudo la cabeza—. ¿En serio?

—En serio.

—Entonces esta va a ser una gran noche para ti.

Fuerzo una sonrisa, pero mi cabeza está dando vueltas. Así que eso es todo. Vamos a jugar a *Los Sims*. Esta es la gran noche de Ben. Me presenta a su avatar, que básicamente parece como Ben con las túnicas de Harry Potter, y en circunstancias normales esto me encantaría, pero lo único en lo que puedo pensar es en esos treinta y seis condones esperando ser utilizados. Simplemente es difícil entusiasmarse con perder mi virginidad Sim cuando en realidad estaba seguro de que perdería mi virginidad real. Pero creo que es culpa mía por tener expectativas.

Pero en serio, tres horas y media en su apartamento sin padres, ¿y así quiere pasar el tiempo? ¿Es esta la única actividad que se le ha ocurrido que podríamos hacer en esta cama?

—Vivimos en una casa realmente extraordinaria —me informa—. Ah, y vivimos con Dylan.

—Por supuesto.

Tengo que admitirlo, nuestra casa Sim es lo máximo. Ben no rehúye a usar los trucos para obtener dinero, así que tenemos una enorme piscina cubierta y una terraza interior para fiestas. Hay una escultura de dragón en el vestíbulo y una pista de baile iluminada en la habitación de Dylan, y también todo el patio trasero es un parque de atracciones, con una montaña rusa y un carrusel y un Túnel del Amor.

—¿Para ti y Dylan? —pregunto.

—No vamos a dejar que Dylan suba ya —aclara Ben de manera sombría.

Ben sube las escaleras hacia nuestra habitación. NUESTRA HABITACIÓN.

—¿Compartimos habitación?

—¿Te parece bien? En realidad esta era la casa que compartía con Dylan y... te mudé a mi habitación.

Parece nervioso, lo que me hace reunir el coraje para acercarme más a él.

—Superbién —respondo, apoyando mi cabeza sobre su hombro—. Me gusta ser tu compañero de habitación.

Enlaza su brazo alrededor de mi cintura y me besa con suavidad en la frente.

Y algo cambia. No salimos del juego, pero Ben apoya el portátil en su almohada. Luego, es difícil de explicar, pero me coloca sobre él, y no estamos exactamente acostados, pero tampoco incorporados. Desliza sus manos por debajo de mi camisa, y la calidez de sus palmas en mi espalda me hace sentir mareado. Paso los dedos entre su pelo y lo beso sin pensar, y la música y el parloteo de *Los Sims* quedan en un segundo plano, no tan fuertes como el golpeteo del corazón de Ben.

Se aparta, respirando pesadamente.

—¿Deberíamos quitarnos esto? —Presiona su pulgar contra uno de los botones de mi camisa. Parece algo aterrado.

—¿Quieres que lo haga?

Asiente con rapidez.

—Vale. —Me deslizo un poco hacia un lado para quedar un poco menos encima de él. Mi corazón late tan rápido que prácticamente está zumbando—. Para tu información, es difícil desabotonar una camisa cuando tus manos están temblando —digo, y aunque no es una broma, ambos nos reímos. Ambos estamos sin aliento.

Ben me sonríe, sus ojos se posan primero en mi rostro, luego en mi pecho y luego en la camisa enrollada sobre mi regazo.

—Bonita camiseta —señala, cogiendo el borde con sus dedos. Encuentra mi mirada, y yo asiento. Y cuando me quiero dar cuenta estamos en ropa interior, horizontales.

»¿Está bien esto? —pregunta con suavidad, y yo asiento en el hueco de su cuello. Me recorre la espalda y los hombros con la punta de sus dedos, y luego me besa con ferocidad. No puedo superar lo cálida que siento su piel contra la mía. Paso las manos por su estómago, lo que lo hace retorcerse.

—¿Prefieres que no...?

—No, está bien. —Exhala. Nos miramos, sonriendo.

—Bueno —digo finalmente—. ¿Quieres...?

Se le agrandan los ojos.

—¿Y tú?

—Tal vez. Sí.

—Vale. Sí. —Me atrae más hacia él. Y durante un momento nos quedamos así, pecho contra pecho, mejilla con mejilla. Y luego, lentamente, sus dedos se acercan a mi ropa interior y se deslizan por debajo de la cinturilla—. ¿Sigue todo bien?

Mierda. Río sin aliento.

—Sip.

Así que esto está sucediendo. Está sucediendo. Está sucediendo y mi cuerpo entero lo sabe. Su mano se desliza unos centímetros más. No creo que alguna vez deje de estar duro. Sus ojos nunca abandonan los míos. Parece nervioso. Y me sostiene como si me fuera a romper.

Unos centímetros más, y el corazón me salta a la garganta. Porque ¿cómo puede ser esto real? ¿Cómo puede ser esto real? ¿Cómo es este el mismo yo que se despertó esta mañana en una cama de litera?

—¿Todavía bien? —pregunta con suavidad Ben.

Asiento, pero estoy extrañamente a punto de llorar. Es solo que... no lo sé. ¿Cómo está sucediendo esto? ¿Y cómo funciona? No, en serio, ¿cómo funciona específicamente? ¿Quién pone sus partes en qué lugar y en qué orden y cuándo se pone el condón, y qué sucede con el lubricante? No sé *nada* sobre los jodidos lubricantes. Y aquí está Ben, mirándome con dulzura, con esos ojos y esas pecas, y supongo que ya conoce la mecánica, y yo probablemente debería advertirle lo mal que se me dará esto. A menos que ya lo haya descubierto. Dios. Seguramente ya piense que esto es un error, y que yo soy un error y que el sexo es un error, y ¿qué es siquiera el sexo? Es muy EXTRAÑO. Qué cosa tan extraña de hacer. O tal vez yo soy el que es...

—¿Estás bien? —pregunta Ben.

—Estoy muy asustado.

—Ah. —Se le agrandan los ojos—. Vale.

—Lo siento.

—¡No! Arthur. —Me besa con suavidad y abre los brazos—. Está bien, ¿vale? Ven aquí.

Coloco la cabeza sobre su hombro, y él me envuelve en sus brazos con firmeza.

—De verdad que lo siento —susurro.

—No lo sientas. —Me besa una vez más—. Si no estás listo, no estás listo. Está bien.

—Pero ¡lo estoy! Pensé que lo estaba. —Escondo mi cara—. Es solo que... no lo sé.

—Lo intentaremos otro día. No hay problema.

—No tenemos muchos días más.

Nos quedamos en silencio durante un instante, simplemente respirando.

—¿Estás decepcionado? —pregunto.

—Para nada. Solo me alegra que estés aquí.

—Sí, a mí también. —Siento la garganta cerrada—. Dios. Ben.

—¿Mmm?

—De verdad me gustas. Da un poco de miedo.

Se mueve hacia atrás para ver mi cara.

—¿Miedo por qué?

—Bueno, en primer lugar, haces que no quiera irme de Nueva York.

—Yo tampoco quiero que tú te vayas —dice.

—¿En serio?

Sonríe.

—¿Piensas que no lo siento de verdad?

—No lo sé. —Suspiro—. No sé cómo tengo que sentir o ver todo esto. Solo sé que de verdad me gustas. Esto es serio para mí.

—Esto también es serio para mí.

—¿En serio? —pregunto otra vez.

—Dios, Arthur. —Me besa—. *Te quiero. Estoy enamorado* —dice en español—. No sabes cuánto.

Y aunque no hablo ni una palabra de español, cuando miro su cara, lo entiendo.

26
BEN

Lunes 30 de julio

El verano realmente ha mejorado.

Quizás haya perdido muchas grandes primeras veces con Hudson, pero salir con Arthur parece como una nueva oportunidad. Cada beso con Arthur parece un descubrimiento, como si nos sintiéramos más cómodos con cada aliento. Y no nos hemos acostado aún, lo que es genial. No genial como si no quisiera hacerlo, porque guau, realmente quería y todavía quiero. Pero es genial porque no estamos dejando de ser nosotros mismos solo para hacer feliz al otro. Yo soy el indicado para él y él es el indicado para mí y eso está más que bien; el universo sabía que era amor antes que nosotros.

Todavía no sé qué pasará con lo nuestro después de que Arthur se vaya. Su cumpleaños número diecisiete será el 4 de agosto. No tengo el dinero para comprarle algo ostentoso, pero mis padres tampoco invierten en regalos caros. Los hacen. En lugar de comprarle a mi padre una cafetera que hubiera tenido que ser reemplazada al año siguiente, mi madre le hizo una taza que dice *Te quiero, Diego,* que él valora mucho. Si el apartamento se incendiara, nos salvaría a nosotros y a la taza. Y en lugar de comprarle a mi madre un libro de oraciones, ayudé a mi padre a hacer un archivo de audio de él recitando sus versículos de la Biblia favoritos para que ella los escuchara todas las mañanas.

Para mi regalo, estoy escribiendo a Arthur en *La guerra del mago maléfico*. El pequeño y valiente Arturo, quien no tiene idea de qué significa estar calmado. Ha viajado de la tierra de la Gran Georgia a Eterna York para ganarse una reputación con algunas habilidades y así poder acceder a la Casa Yale. Pero luego conoce a Ben-Jamin y el resto de la historia solo serán Ben-Jamin y Arturo convirtiéndose en reyes que se besan mucho.

Pero antes del gran día de Arthur, mañana estaremos todos celebrando los cumpleaños épicos de Harry Potter y J. K. Rowling en la casa de Dylan. Veremos *Harry Potter y la piedra filosofal*, comeremos las Grageas Bertie Bott de todos los sabores, le enviaremos una fotografía a J. K. Rowling por Twitter y veremos si le pone «me gusta» a nuestro tweet.

Estoy muy feliz de que todo esté encajando en su lugar.

Aunque sin importar lo feliz que esté, los lunes en el instituto de verano siempre es peor de lo normal. Por suerte solo quedan diez minutos y más tarde quedaré con Arthur. Me ayudará a estudiar y cenaremos con mis padres y Dylan.

Un destello de relámpagos y el estruendo ensordecedor de los truenos atraen la mirada de todos a la ventana. Harriett hace una fotografía melancólica que le hará ganar más «me gusta» en una hora de los que yo obtendría en una semana. Y Hudson es el único que está mirando su escritorio, inmerso en sus pensamientos, mientras todos se entusiasman por la primera lluvia de este mes abrasador. Hudson se vuelve de pronto hacia mí como si pudiera sentir mi mirada posada sobre él, y con el rabillo del ojo me doy cuenta de que aún me está observando.

—Hemos terminado por hoy —anuncia el señor Hayes frente a la clase—. Mañana haremos un test sobre la identificación de partículas subatómicas. Ahora quedaros sentados hasta que sea hora de irse.

Harriett se vuelve en su silla y habla con Hudson. Esos solíamos ser ella y yo en la clase de Literatura. Al principio, hablábamos sobre la música que nos gustaba y luego no hicimos más que hablar de Hudson. Ahora intercambiamos saludos incómodos a espaldas de él.

Hudson se levanta de la silla y camina en mi dirección, probablemente para utilizar la puerta del fondo para llegar antes al baño. Pero se queda merodeando a mi lado.

—¿Me puedo sentar un segundo?

—Eh… Claro.

De pronto, Hudson y yo estamos frente a frente por primera vez desde el segundo día del instituto de verano.

—¿Cómo estás? —pregunta, chocándose las uñas unas con otras.

—Eh… Bien. —En realidad no sé de qué va todo esto—. ¿Todo bien?

—Ha pasado un tiempo —comenta Hudson.

—Sí.

—Quiero hablar.

—¿Sobre qué?

Hudson respira hondo.

—No quiero hablar sobre nosotros. Sé que eso terminó por todo lo que sucedió, y yo… yo he visto una foto de grupo en la que estás con Dylan y otro chico en un karaoke…

—¿Me estabas espiando? ¿No era que estabas hashtag siguiendo adelante…?

Maldición. Me he traicionado. Culpable del mismo delito.

Hudson sonríe.

—Tú también me espiaste. Tal vez simplemente deberíamos ponernos al día en lugar de descubrir nuestras novedades en

Instagram. Intentar ser amigos otra vez. Harriett también quiere. Ella también te echa de menos.

Unos escalofríos me recorren los brazos. No me gusta que Hudson tenga alguna clase de efecto sobre mí. Él es el chico que me besó, y se acostó conmigo, y me contó secretos, y me dejó pensar que algo serio de verdad sucedería entre nosotros. Todo sería mucho más fácil si yo solo fuera uno de esos exnovios que se alegran de que Hudson me eche de menos y no me importara porque yo ahora tengo un novio incluso más increíble. Pero la verdad es que quiero ser su amigo. Y de Harriett también. Y la única razón por la que de verdad me arrepiento de haber salido con Hudson es porque no pudimos terminar y volver a ser amigos. Tal vez podamos arreglar las cosas.

—Vale —digo—. Voy a cenar con Arthur y Dylan más tarde, pero podemos pasar el rato.

—Genial. Sin compromisos ni incomodidad —asiente Hudson—. Tal vez un poco de incomodidad.

—Un poco está bien —respondo—. Pero escaparé cuando se vuelva demasiado incómodo.

—¿Como esa vez que no dejábamos de llamar a Harriett *mamá* como sus seguidores?

—Exacto. Es decir, tiene diecisiete. ¿Cómo puede ser ella la madre de todos esos adolescentes de catorce años?

Guau, tal vez esto sea algo bueno. Recuperaré a mis amigos y les hablaré sobre Arthur, y si no es demasiado incómodo para él, tal vez haya una posibilidad de que ellos puedan conocerlo antes de que se marche. Tal vez sea difícil convencer a Arthur, pero creo que al final aceptará. Podemos hacer que sea una salida en grupo con Dylan y Samantha.

El señor Hayes está saliendo, y les he prometido a mis padres que les informaría sobre mi progreso.

—Os veré afuera —anuncio, y me levanto y corro tras él. Camina muy rápido para alguien que usa muletas, y estoy convencido de que no participará en la Carrera Espartana solo para no herir los frágiles egos masculinos de sus oponentes.

—¿Señor Hayes?

—¿Sí? —pregunta mientras bajamos lentamente las escaleras.

—¿Puedo ayudarlo con su mochila? ¿O las muletas?

—Yo puedo. Gracias. ¿Qué sucede?

—¿Qué piensa de mis posibilidades de aprobar el examen final de la semana que viene? No quiero retrasarme, de verdad.

—Sé que el instituto de verano no es un parque acuático, pero es importante que estudies mucho más durante la semana entrante. No estás fallando en los cuestionarios, pero...

—Tampoco estoy consiguiendo las mejores notas —digo. Realmente siento como si fuera a vomitar. Si no soy capaz de hacer los deberes cuando tengo Internet a disposición entonces voy a suspender cuando esté yo solo delante de la hoja en blanco.

—Lo vas a conseguir, Ben. La semana entrante me quedaré después de hora un par de días para responder consultas. La verdad es que recomiendo estudiar un tiempo extra todas las noches a medida que nos acercamos al final. Tal vez sería bueno formar un grupo y evaluaros entre vosotros —aconseja el señor Hayes.

Salimos del edificio. Estoy a punto de preguntarle qué días va a dar las clases extendidas cuando veo a Arthur debajo del toldo de una tienda, resguardándose de la lluvia. Está saludando y sonriendo. No sé qué está haciendo aquí pero mi corazón late incluso más fuerte que antes.

Debo deshacerme de él.

—*MuybienseñorHayes, graciasadiós, tengacuidadoconsupierna, losescalonesestánmojados.*

Corro lo más rápido que puedo hacia Arthur y él viene a mi encuentro.

—Hola. —Cojo su mano y lo arrastro de regreso hacia el toldo. Lo abrazo y lo beso y lo giro para que quede de espaldas a la entrada del instituto—. ¿Por qué no estás en el trabajo?

—He pedido el día por «enfermedad» —dice con comillas aéreas—. Tengo libre el resto de la tarde.

—¿Por qué?

—Porque quería estar con mi novio antes de que sus padres regresaran a casa. Estaba pensando que podríamos intentarlo de nuevo. Ya sabes.

Sigo mirando hacia la entrada. El señor Hayes pasa junto a nosotros de camino al metro.

—Estudia mucho —dice acercándose para chocarme el puño.

—Claro que sí —respondo. ¿Es posible sudar cuando tu rostro ya está mojado?

Si salgo de esta, arreglaré las cosas. Vamos, universo.

—¿Quién es ese hombre?

No veo a Hudson, pero tal vez haya salido por la puerta lateral.

—¿Quién?

—Ese con el que estabas hablando. El de las muletas.

—¡Ah! El señor Hayes. Es mi profesor.

—Genial. —Arthur está sonriendo—. Entonces, ¿deberíamos...?

—¡BEN!

Podría vomitar. Hudson baja corriendo los escalones y por favor, por favor, por favor cáete y no te levantes hasta que Arthur y yo hayamos desaparecido. Arthur se vuelve y entrecierra los ojos y ya es demasiado tarde. Es jodidamente demasiado tarde.

—Harriett no va a poder venir —comenta Hudson, caminando hacia mí. Se vuelve hacia Arthur—. ¿Chico panini?

Arthur está rojo. ¿Enfadado? ¿Avergonzado? Ambos. No lo sé.

—¿Qué está sucediendo aquí, Ben?

—No es lo que tú piensas —advierto. Aun cuando es verdad, eso no evita que me sienta como un imbécil de libro.

—¿Qué está haciendo él aquí? —pregunta.

Hudson retrocede un paso.

—Os voy a dar un momento.

—Ben. ¿Por qué está él aquí?

—Él también está en el instituto de verano.

Arthur parece como si acabara de recibir un puñetazo en la cara. Un puñetazo en el corazón. Me da la espalda y comienza a caminar hacia la lluvia, arrastrando su mochila por el suelo. Me mantengo a su lado.

—Entonces, ¿qué, simplemente sales con tu exnovio después del instituto? ¿Sabe él quién soy yo? ¿Estás saliendo con los dos al mismo tiempo?

—¡Literalmente nos reuniríamos para poder hablar sobre ti!

—¿Desde cuándo quedáis?

—Hoy es la primera vez, ¡lo juro!

Arthur arroja su mochila contra la pared.

—¡NO! Simplemente os he pillado hoy. Esa es la única primera vez. —Se inclina, sosteniendo su estómago—. Voy a vomitar. —Apoyo la mano sobre la parte baja de su espalda, y él me rechaza—. NO ME TOQUES.

—Arthur, por favor, escúchame. Esto parece malo. Catastrófico. Pero te prometo que te quiero…

—¿En qué clase de mundo retorcido estás viviendo en el que pasas más tiempo con tu exnovio que con tu novio? —Arthur se incorpora. Coge su mochila y caminamos hacia la próxima calle con un poco más de distancia entre nosotros—. ¿Cómo puede ser que él sepa que estás conmigo y yo no sepa que vosotros os estáis viendo?

—No quería herirte —explico—. Intenté contártelo, pero solo se volvía más y más difícil y cada vez parecía peor cuanto más tiempo pasaba y…

—¡Deberías habérmelo contado!

—Debí hacerlo, pero no ha sucedido nada entre nosotros. No puedo controlar el hecho de que ambos estemos en el instituto de verano. Lamento que no tengamos todo resuelto como tú.

—¡No hagas que esto se trate de mí! No estoy furioso porque estés en el instituto de verano, eso no me interesa. Hubiera estado bien por tu parte contarme que Hudson estaba allí contigo.

—Ay, sí, te lo habrías tomando con mucha calma. Claramente tú no confías en mí. ¿Por qué deberías hacerlo? Ni siquiera hace un mes que nos conocemos. —Respiro hondo—. Había demasiadas expectativas y sinceramente no estaba seguro de que fuéramos a estar a la altura y luego lo hicimos.

—Ben, detente. No necesito escuchar que esto no ha sido real para ti durante todo este tiempo.

—Ha sido real, pero ¿sabes qué? Vas a dejar la ciudad en una semana.

Arthur aprieta los ojos y está temblando.

Cuando vuelve a abrirlos, hay en ellos mucho dolor y enfado.

—¿Así que te vas a quedar así sin más y vas a actuar como si todo esto hubiera estado solo en mi cabeza? Todas esas primeras citas y conocer a nuestros padres y a nuestros amigos y... todo.

—No...

—¿Alguna vez le devolviste la caja a Hudson?

—¿Qué?

—La caja que le estabas enviando el día que nos conocimos.

La lluvia cae incesante sobre nosotros.

No digo nada.

No le puedo mentir, y contarle la verdad sería incluso peor.

Arthur sacude la cabeza.

—Y *esta* es la razón por la cual no confío en ti. Espero que tú y Hudson tengáis una vida horrible juntos. —Me mira a los ojos—. Lo dejamos.

Intento cogerlo del brazo.

—Arthur.

—¡No! No digas nada más. Tengo muchas ganas de volver a casa.

No creo que esté hablando del apartamento del tío Milton.

Se aleja y, a pesar de que soy un gran idiota, tengo la inteligencia suficiente para saber que no debo seguirlo.

27
ARTHUR

Lunes 30 de julio

Por supuesto que está lloviendo. Mierda, por supuesto. Estoy empapado hasta mi ropa interior, el agua chorrea de mis pestañas, y todo duele. Todo está roto.

Ben y Hudson. Todo este tiempo. Bien hecho, universo. Buena forma de probar que nunca estuviste de nuestro lado. Buena manera de demostrar que ni siquiera existes. No hay ningún plan y no hay destino. Solo somos nosotros. Solo yo esforzándome demasiado. Solo Ben no esforzándose lo suficiente. Pero eh, ¿por qué molestarse por un chico que apenas conoces? Porque creo que así es cómo me ve él. Solo un estúpido turista que está aquí para entretenerlo durante el verano.

Una vibración repentina en mi bolsillo. Tengo el teléfono en una bolsita Ziploc para resguardarlo de la lluvia, pero me refugio debajo de un toldo de cualquier manera. Solo para echar un vistazo. Si es él, no responderé.

Pero no lo es. Sorpresa, sorpresa. Es solo Jessie, apareciendo de pronto para una llamada improvisada de FaceTime. Cojo el teléfono de la bolsita y la rechazo, pero luego me siento mal, así que le envío un mensaje. **Lo siento, estoy fuera y está lloviendo.**

Me responde de inmediato. **¿Puedes ir a algún lugar para hablar? Es importante.**

El estómago me da un vuelco. *Algo importante*. No me gusta para nada esa frase. Es demasiado seria, demasiado urgente. Tal vez se trate de lo Complicado. Excepto que tal vez no sea solo lo Complicado. Tal vez sean Malas Noticias Complicadas, realmente malas noticias que ha estado intentando contarme durante días. Tal vez en sea un mal amigo.

Dame un segundo.

Ni siquiera me detengo a pensar. Un chico que lleva una camiseta sin mangas está entrando en un edificio de apartamentos cercano.

—¡Ey! —grito—. Lo siento, ¿puedes sujetarme la puerta? Mis llaves…

Dejo de hablar, sin ideas, pero supongo que he sonado creíble, porque el chico de la camiseta sin mangas sostiene la puerta con el pie el tiempo suficiente para dejarme entrar detrás de él.

El vestíbulo está despojado, sin sillones, ni siquiera tiene un banco. Solo un pequeño conjunto de buzones, una planta artificial y una sola silla de madera. Me desplomo en ella, sintiéndome húmedo y extraño. Jessie acepta mi llamada por FaceTime de manera inmediata.

Está con Ethan en el sillón del sótano de él. Trago saliva.

—Hola. ¿Va todo bien?

—Eh, Arthur, *¿tú* estás bien?

—¿Qué? —Miro mi cara en el pequeño cuadradito selfie de mi pantalla, y guau. Estoy hecho una mierda. Como una mierda verdadera—. Estoy bien. Solo mojado.

—Vale, bien.

Se queda en silencio durante un instante, e Ethan no me está mirando.

—Bueno… —digo por fin—. ¿Qué sucede?

—Vale, lo voy a decir sin más. —Hace una pausa, y siento la garganta más cerrada con cada segundo que pasa. Nunca la había visto así.

—¿Jess? —digo con suavidad.

Respira hondo, y luego lo suelta de golpe.

—Tengo novio.

Mi corazón se detiene.

—¿Qué?

—He estado intentando contártelo. —Sonríe con nerviosismo.

Me obligo a sonreír.

—Novio. Guau.

Es decir, esto es bueno. Es algo bueno. En especial considerando que hace treinta segundos pensé que podría estar muriéndose. Y sí, estoy feliz por ella. Por supuesto. Incluso si esto ha salido de la nada.

—Bien… ¿cuál es su nombre?

—Bueno. —Mira hacia un lado—. Ethan.

—¿En serio?

—No, digo, Ethan y yo estamos saliendo.

Me quedo helado.

—¿Saliendo a dónde?

—Muy gracioso —dice Jessie. No se ríe.

—Espera. Entonces. —Se me oprime el pecho—. ¿Vosotros… estáis… *saliendo* saliendo?

Ethan asiente.

—Sí.

—¿El uno con el otro?

—Sí.

—¿Desde cuándo?

—Bueno. —Jessie sonríe débilmente—. Desde el baile de graduación.

—¿QUÉ?

—Sí. —Se retuerce un mechón de cabello—. Vale, ¿recuerdas ese momento, estaban poniendo la canción de Chris Brown, y salimos de la pista de baile para protestar, y encontramos a Angie Whaley llorando en el pasillo porque Michael Rosenfield había terminado con ella, e Ethan estaba diciendo que ese chico era un imbécil...?

—Es un imbécil —asegura Ethan.

—Sí, pero luego ella comenzó a llorar más fuerte, y Arthur, tú la estabas abrazando, y yo alejé a Ethan para que no empeorara las cosas. —Jessie se muerde el labio—. ¿Lo recuerdas?

—¿Vosotros empezasteis a salir cuando yo estaba con Angie?

—Algo así —responde Ethan.

Sacudo la cabeza.

—No.

—Es decir, eso es lo que sucedió —dice Ethan.

—¿Me estáis diciendo que habéis estado saliendo durante dos meses y qué? ¿No pensabais mencionármelo?

—¡Lo intentamos! Lo intentamos muchas veces. Pero nunca era el momento adecuado, o tú estabas hablando sobre Ben...

—Ah, *claro*. Esto se trata de Ben y yo. Por supuesto...

—¡No! Art, no he querido decir eso. Tienes todo el derecho a estar entusiasmado por Ben. Es tu primer novio...

—No es mi novio —suelto.

—¿QUÉ? —dicen Jessie e Ethan de manera casi simultánea, lo que me resulta perturbador.

—Eso parece... algo más importante —comenta Ethan—. ¿Quieres contárnoslo?

—Es extraño que ya no lo sepáis, teniendo en cuenta que hablo tanto de él.

—Arthur. Vamos. ¡Nosotros nunca hemos dicho eso!

Guau. Así que Ethan y Jessie ahora son un *nosotros*. Esto es genial. Qué gran nueva era de nuestra amistad. Trago el nudo que se ha formado en mi garganta.

—Da igual. Deberíais iros a besaros o a acostaros o lo que sea que...

—¿Podemos simplemente hablar de esto? —pregunta Jessie—. No quiero que sea raro...

—¿Tú no quieres que sea raro? —Río con ironía—. Estáis saliendo y no me habéis dicho nada durante meses, pero ¿eso no es raro?

Jessie suspira.

—¡Quisimos contártelo! De inmediato. Y lo íbamos a hacer, pero eso fue, ya sabes. Fue algo como *¿Qué estamos haciendo, esto va a ser algo?*, y estábamos tratando de descubrirlo. Y luego, Arthur, ¡tú saliste del armario esa noche! Así que, por supuesto, no te robaríamos el protagonismo...

—Ah, siento mucho haber fastidiado vuestro momento por salir del armario. Qué poco conveniente para vosotros.

—Amigo, no queríamos fastidiar *tu* momento.

Miro fijamente a Ethan.

—¿Y desde cuándo os importa mi momento?

—¿Qué se supone que significa eso?

—Mmm, has estado actuando de forma extraña en mi presencia desde, veamos, literalmente desde el segundo en el que te conté que era gay.

Ethan se queda boquiabierto.

—¿Piensas que tengo un problema con que seas gay?

—Entonces, ¿qué? ¿Es solo una coincidencia que no me hayas enviado mensajes ni una sola vez fuera del chat de grupo? ¿Ni siquiera te das cuenta de eso? —Siento que me empiezan a arder los ojos—. Ni siquiera podemos hablar sin que Jessie esté presente para hacer de mediadora. Pero claro, no tienes ningún problema con eso.

Ethan parece como si le hubiera dado un puñetazo.

—De verdad que no tengo ningún problema con eso.

—Sí, bueno eso no es…

—Arthur, sabíamos que eras gay.

El corazón me salta a la garganta.

—¿Qué?

—Es decir, no lo sabíamos, pero lo supusimos. No eres muy disimulado… con nada.

—Esperad. Vosotros sabíais que yo era gay, pero fingisteis no saberlo…

—Art, no fue así —aclara Jessie—. Solo queríamos que salieras del armario cuando estuvieras listo.

—Y simplemente actuaríais sorprendidos cuando os lo contara. Ese era el plan, ¿verdad?

—No. En absoluto…

—Me encanta que todos tuvierais toda una estrategia para eso. Es simplemente genial. —Asiento—. Debió haber sido muy interesante para vosotros hablar a mis espaldas. Entre sesiones de besos. Guau. ¿Algún secreto más que me queráis contar?

—¡Arthur! Dios. Sabía que convertirías esto en algo incómodo.

—Ah, ¿yo soy el que lo ha convertido en algo incómodo? ¡Vosotros habéis estado saliendo! ¡Todo el verano!

—Lo sé. Intentamos…

—Escucha, no he actuado raro porque eres gay —suelta Ethan de pronto. Presiona una mano contra su frente—. Actúo extraño por Jess. ¿Vale? Esto es nuevo para mí también. No sé cómo hacer esto. Quería contarte todo, como tú lo haces con Ben…

—Guau. —Río con aspereza—. Supongo que es vuestro día de suerte, entonces, porque adivinad quién no va a querer volver a hablar *nunca* de…

—No. Arthur. —Ethan parece dolido—. Eso no fue lo que quise decir. Vale. Eso no fue… Mira, sé que la elección del momento es una mierda, pero ahora ya lo sabes, y supongo que eso es… todo. Lo lamento. Pero amigo, solo quiero que sepas que no tengo ningún problema contigo. Nunca lo tuve. Es solo que estábamos intentando encontrar la manera correcta de contártelo, y queríamos hacerlo juntos, y luego se pospuso durante tanto tiempo que comenzó a parecer como si te estuviera mintiendo. Y odio eso.

—Bueno. Me habéis mentido. Durante meses.

Ethan frunce el ceño.

—Pero es como cuando tú no nos querías decir que eras gay…

—Ah, no te atrevas. —Prácticamente escupo—. No te atrevas a comparar esto con salir del armario. Eso no es lo mismo, y lo sabes.

—¡Lo sabemos! —Los ojos de Jessie se llenan de lágrimas—. Arthur, lo siento, ¿vale? Tienes razón. Tienes toda la razón.

Durante un instante, solo nos quedamos mirándonos detenidamente. Ethan, Jessie y yo.

—No sé —dice Jessie al final—. Supongo que creí que te sentirías feliz por nosotros.

—¡Lo estoy!

—Y sabía que este era un momento de mierda para contar esta bomba, porque claramente algo acaba de suceder con…

—No quiero hablar de Ben.

—¡Está bien! Art, está bien.

—Y creo que deberíais iros.

—¿Estás…?

—Voy a cortar la llamada ahora —anuncio con la voz ahogada.

Luego abrazo mi mochila contra el pecho y lloro hasta que me duele la cara.

28
BEN

Martes 31 de julio

La única persona que debería estar triste en el cumpleaños de Harry Potter es Lord Voldemort. Pero aquí estoy yo, mirando la pared mientras está *Harry Potter y la piedra filosofal* en pantalla, bastante enfadado. Mientras estaba suspendiendo un test esta mañana, Samantha se dirigió a casa de Dylan para «ayudarlo a hacer las cosas». Pensé que encontraría carteles de Hogwarts colgando de las paredes. Tal vez algunos tazones que tuvieran caramelos con los colores de cada casa. Por lo menos serpentinas extendidas de una pared a la otra. Pero el apartamento de Dylan parece tan Dylan como siempre. La única diferencia es la cerveza de mantequilla que está enfriándose en el congelador, las Grageas Bertie Bott de todos los sabores que hay en un tazón para cereales y nuestras camisetas.

No se tarda seis horas en hacer cerveza de mantequilla.

Es probable que se hayan acostado, hayan dormido la siesta y se hayan acostado otra vez.

—Anuncio de opinión controversial —advierte Dylan. Bebe un sorbo de cerveza de mantequilla, y se mancha más la barba con espuma. Estoy seguro de que lo está haciendo a propósito con la esperanza de que Samantha se la limpie de un lametón, pero su respeto por sí misma se interpone en su camino—. Michael Gambon es el mejor Dumbledore.

—Mal. Muy mal —dice Samantha—. Richard Harris fue perfectamente seleccionado. Dumbledore puro. Comportamiento, apariencia, forma de hablar, todo.

Dylan enarca una ceja con escepticismo.

—La corte dictamina que solo puedes tener una opinión sobre el elenco de Harry Potter si has sido fan durante más de un año.

—Tal vez haya llegado tarde a este mundo, pero aun así te voy a superar en esto —dice Samantha. Coge el tazón de Grageas Bertie Bott de todos los sabores—. Propongo un Torneo de Trivial de los Tres Magos. Si respondes bien una pregunta, escoges tu propia gragea. Si la respondes mal, alguien más elige por ti.

Le sigo la corriente aun cuando no tengo el corazón en esto. Si pudiera acertar las preguntas de Química como estoy arrasando con este juego de Harry Potter, no estaría en un lío con Arthur porque no estaría atrapado en el instituto de verano con Hudson en primer lugar. ¿Dónde demonios hay un Giratiempo cuando necesitas uno? Volvería el tiempo atrás y nunca saldría con Hudson. Tal vez ni siquiera sería su amigo en absoluto sabiendo que así fue cómo comenzó todo. Pero entonces no hubiera estado en la oficina de correos con la caja de la ruptura y no hubiera conocido a Arthur. No es que eso tenga un final feliz.

Dylan hace como si le dieran arcadas con la gragea de sabor a vómito mientras yo veo la película. La rata de Ron, Scabbers, aparece en la pantalla y yo pienso en Arthur cantando *Ben* en el karaoke. Las cosas no eran más fáciles, pero eran más simples. Una disculpa era suficiente para seguir adelante. Pero ahora Arthur me ha dejado de seguir en Instagram y probablemente ha advertido a Namrata y a Juliet para que pusieran órdenes de restricción.

—En serio, soy lo peor —digo. Bebo un sorbo de cerveza de mantequilla, a la que habíamos planeado agregarle whisky pensando que a los muy irlandeses padres de Dylan no les importaría, pero eso fue imposible porque ellos no querían que Samantha estuviera borracha durante su regreso a casa—. Lo he fastidiado todo. Algo bueno con Arthur. Cuánto le gusta Nueva York. Probablemente no querrá volver nunca y… yo quería que volviera.

Samantha apoya una gragea y se sienta frente a mí.

—Has hecho todo lo posible. Quizás ahora necesite un poco de tiempo.

—Todavía no he ido a su casa —comento—. O a su trabajo.

—No hagas eso.

—¿Por qué no? Nadie lo invitó a mi instituto.

—No, pero estabais saliendo —dice Samantha.

No puedo creer lo rápido que ha sucedido todo con Arthur, de extraños a novios a exnovios. No seríamos exnovios si Arthur no hubiera intentado sorprenderme. Pero así es él. Alguien que da un paso extra. Alguien que pone un aviso para encontrar a un chico de una ciudad en la que él no vive aun cuando no se quedará allí.

—Sabía que no duraría, de cualquier forma —declaro.

—Él se va a quedar solo una semana más, ¿verdad? —pregunta Dylan.

—Sí, pero… nada dura. Hudson y yo no duramos. Arthur y yo no duramos. Harriett y tú no durasteis. Vosotros no duraréis. Nada dura.

—Eh. —Dylan hace un gesto hacia él y Samantha—. No hay necesidad de que nos incluyas, Bennison.

—D, solo lo digo. Todos hablamos en grande como si el universo realmente nos estuviera preparando para algo épico y luego todo termina. Si fuéramos un poco más realistas, no seguiríamos perdiendo gente.

Samantha se pone de pie.

—Iré a, eh, traer más cerveza de mantequilla. —Sale de la habitación de Dylan.

—Amigo. Big Ben. ¿Qué mierda ha sido eso?

—¿Qué?

—Estás diciendo que mi relación con mi novia no va a durar… delante de mi novia. Como si ella no estuviera aquí. Que lo está.

—Sí, pero ¿cuánto va a durar?

—Espero que mucho tiempo.

—Pero es probable que no. Estás exagerando esta relación como la última vez y solo desilusionarás a Samantha como lo hiciste con Harriett.

Dylan pone en pausa *Harry Potter y la piedra filosofal*, lo que me sorprende porque él nunca pone en pausa un juego, pero está pausando una película que hemos visto decenas de veces.

—Es diferente con Samantha. Ella es…

—¿Qué, especial? Sí, bueno, sé de otras chicas que son especiales. Gabriella, y Heather, y Natalia, y Zoe, y Harriett. Ese es tu patrón. Haces tus bromas diciendo que esas relaciones estaban destinadas a ser las definitivas y luego sigues adelante. No tienes ni idea de lo que estoy atravesando en este momento.

Samantha regresa y coge su teléfono del escritorio.

—Me voy a ir.

—No. Yo me voy a ir —anuncio, levantándome.

—Bien. Tal vez puedas comportarte como si tú fueras la víctima con alguien que no te conozca tanto como yo —dice Dylan—. Tú eres el que le rompió el corazón a Arthur, Ben. Y el que dejaste a Hudson. Nunca fue al revés. Puedes estar dolido, pero no te hagas el tonto y actúes como si fueras mejor que yo.

—Ese soy yo. El estúpido Ben del instituto de verano.

—¿Qué?

—Da igual. No quiero estar aquí. —Dylan y yo nos miramos fijamente—. No necesitas a tu mejor amigo cuando tienes a tu futura mujer al lado, así que ya volveré a hablar contigo en un par de semanas cuando esto haya terminado.

—No tengo ni idea de a dónde ha ido mi mejor amigo, pero definitivamente me alegra que el imbécil que se parece a él se esté yendo —suelta Dylan. Coge la mano de Samantha y me da la espalda.

Salgo a toda prisa y... vaya. He alejado a todos de mi vida de un empujón. No, de un empujón no. De un golpe. Me he quedado sin Samantha. Sin Dylan. Sin Arthur.

Pero tal vez no tenga que estar solo.

* * *

Sé que no debería verlo. Eso es sentido común. Pero no estoy listo para regresar a casa. Llego a su edificio y le envío un mensaje diciendo que estoy abajo y realmente espero que esté aquí.

Bajaré en un segundo, dice al instante.

Y sí, Hudson llega muy rápido al vestíbulo. Esta mañana intentó hablarme en el instituto pero lo rechacé porque él es la razón por la que estoy en este lío. No, yo soy la razón. Dylan está en lo correcto. Ambos somos rompecorazones, él solo se está haciendo el distraído. Dylan y yo volveremos a ser amigos enseguida y él dirá «Te lo dije», y yo diré «Lo hiciste», y él dirá «Más tiempo sexy para nosotros ahora que estamos solteros otra vez» y estaremos bien.

Pero ahora mismo, miro a mi alrededor para asegurarme de que Arthur no aparecerá por alguna parte, y cuando no lo veo, abrazo a Hudson y lloro desconsoladamente.

29
ARTHUR

Miércoles 1 de agosto

Cómo de patético es esto: yo en pantalones de pijama y una camiseta dudosamente limpia del pícnic del bufete de abogados de mi madre, manchada con Cheetos, en el sofá viendo vídeos de YouTube de Pokémons bailando al ritmo de las canciones de Kesha. He alcanzado la cima de la Montaña del Sufrimiento. Pico Sufrimiento. El Everest del Sufrimiento. Observadme seguir sufriendo para alcanzar nuevas y emocionantes alturas.

La buena noticia es que Charizard realmente puede bailar.

Pero guau. No he tenido una conversación real en días. Mi padre está en Atlanta para una entrevista de trabajo, y mi madre ha estado trabajando hasta tarde todos los días. Y por supuesto, yo he faltado otra vez por «enfermedad». Con suerte, me durará para siempre. Ni siquiera parece una mentira en este momento.

Mi madre regresa a las ocho y se sienta junto a mí sobre el brazo del sofá.

—Cariño, ¿cómo te encuentras?

Fuerzo una tos, pero me ahogo a mitad de camino.

—Así que… ¿no estás bien?

—No —sostengo.

Apoya una mano en mi frente.

—No tienes fiebre, sin embargo. Seguiremos controlándote.

—Me alisa el pelo—. ¿Vas a estar bien este fin de semana? Odio tener que dejarte solo en tu cumpleaños.

—Estaré bien.

Bueno, esto es lo que sucede: mi cumpleaños es el sábado. Mi madre va a viajar al norte del estado mañana para tomar declaraciones testimoniales y asistir a reuniones. No volverá hasta el lunes, y mi padre tampoco, así que pasaré mi cumpleaños número diecisiete solo en el apartamento del tío Milton. Por supuesto, lo peor de todo es saber que podría haber sido el mejor cumpleaños del mundo. Este podría haber sido un jodido fin de semana de luna de miel con Ben. Sin padres. Apartamento libre. Solo yo y treinta y seis condones y mi precioso y dulce novio. También conocido como el idiota de mi exnovio.

—Le voy a dar a Namrata y a Juliet tu número, ¿vale? Les voy a pedir que comprueben si te encuentras bien.

Me encojo de hombros.

Nos quedamos en silencio. Mi madre se aclara la garganta.

—¿Quieres hablar de...?

—No.

O sea, ¿qué podría decir? Qué lástima que no perderé mi virginidad mientras no estás, mamá, porque Ben me ha roto el jodido corazón, y ahora estoy soltero y solo. Toma, aquí tienes seis cajas de condones. Nunca los voy a necesitar.

—Bueno, si cambias de opinión... —dice, apretando los labios. Allá va—. No lo sé, Arthur. Tu padre y yo solo estamos muy preocupados por ti...

—Vale, no tienes que hacer eso.

—¿Hacer qué?

—Todo ese jueguecito de unión parental. *Tu padre y yo*. Vamos.

—Cariño, yo...

—¿Sabes qué es genial? Cómo todos, cada uno de vosotros, simplemente vivís mintiéndome. Todo el tiempo. Porque, ah, es Arthur, y él no puede soportar nuestros grandes y atemorizantes secretos. —Levanto las palmas—. ¿Queréis divorciaros? Muy bien. Solo *decídmelo* de una maldita vez.

Mi madre se queda boquiabierta.

—¿Divorcio?

—*Vamos.*

—Arthur, ¿qué? Tu padre y yo estamos bien.

—No estáis bien.

Me mira con extrañeza.

—¿Desde cuándo te ha estado preocupando eso?

—¡Desde siempre! Habéis estado discutiendo sin pausa durante todo el verano.

—Cariño, no. Solo estamos atravesando un tiempo algo difícil, con tu padre sin trabajo y...

—Ah, créeme. Estoy al tanto. Tenéis que aprender a discutir en voz baja.

Es como si alguien hubiera aspirado todo el aire de la habitación. Me miro las manos. Juraría que puedo escuchar el latido de mi corazón.

—Está bien, ¿por qué no llamamos a tu padre?

—¿Justo ahora? —Suelto un quejido y me cubro la cara.

Coloca el teléfono contra su oreja, se pone de pie, murmura algo en voz baja, pero ni siquiera intento escuchar lo que dice. Estoy cansado de preocuparme por esto. Estoy cansado de *intentarlo*. Eso es lo que necesito: hacer que las cosas me importen una mierda y dejar de intentarlo. Tal como mis padres dejaron de intentarlo el uno con el otro.

Tal como Ben dejó de intentarlo conmigo.

Ben, que me envió un mensaje solo una vez. Literalmente una vez. Ahí lo tenéis. Así es su disposición para luchar por mí. Pero

¿por qué lucharía? ¿Por qué lucharía por un chico que va a regresar a Georgia cuando ha tenido a Hudson sentado a unos centímetros de distancia durante todo el verano? Y sí, sé que él no puede controlar eso. Pero me mintió. Cada uno de los días. Cada palabra que dijo. Ni siquiera envió la caja.

Mi madre vuelve a la sala de estar y me entrega el teléfono.

—Es papá. Está en altavoz.

—Hola —saludo sin expresión.

—¿Quién te ha dicho que nos íbamos a divorciar?

Se le escucha divertido, lo cual es exasperante.

—Eh, bueno, viendo cómo no podéis pasar ni cinco minutos sin comportaros como imbéciles el uno con el otro, no es necesario ser un genio para...

—Ufff. —Mi madre se vuelve a sentar en el sillón y me rodea con el brazo—. No te contengas.

Mi padre se ríe.

—Hijo, no nos vamos a divorciar.

—¡Me lo podéis decir! Sed sinceros.

—Estamos siendo sinceros. —Mi madre sacude la cabeza—. Arthur, siempre hemos discutido. Así somos nosotros. No somos perfectos. Las relaciones son complicadas. Tú y Ben no habéis tenido una relación perfecta al cien por cien ...

—¡Esto no se trata de Ben!

—Art, solo estoy diciendo que las cosas se vuelven estresantes. Cometes errores, dices algo incorrecto, acabas con la paciencia del otro...

—Pero vosotros estáis casados. Deberíais tener todo eso resuelto.

Mi madre suelta una risita ahogada, y cuando levanto la mirada hacia ella, está dedicándole una gran sonrisa al nombre de mi padre en la pantalla. Así que eso es un poco desconcertante, es como atrapar a Valjean y Javert cogidos de las manos. Pero tal vez mis padres de verdad sean la clase de pareja que pasa la noche de sábado en el sofá. Y la clase de pareja que discute por cosas estúpidas. Tal vez sean ambas.

—Así que vosotros solo sois un desastre común —digo al final—. ¿Y no un desastre encaminado al divorcio?

—Un desastre común. De la clase estándar —agrega mi padre.

Mi madre me abraza de lado.

—Tal vez deberías darle a tu desastre una nueva oportunidad de explicarse.

—Shh. Eso es diferente.

—Ay, Arthur. Si tú lo dices.

Tal vez el universo no odia a todo el Equipo Seuss, pero definitivamente me odia a mí.

30
BEN

Miércoles 1 de agosto

Pasar tiempo con Hudson y Harriett es muy fácil. Se parece a cuando guardaba mis botas de invierno porque era primavera otra vez y volvía a calzarme los zapatos deportivos del año anterior; había crecido un poco, pero todavía me quedaban bien. Hemos estado poniéndonos al día y contándonos todo lo que ha sucedido desde que Hudson y yo lo dejamos, aunque no estamos mencionando nuestra ruptura. Incluso anoche cuando fui a ver a Hudson, él solo me escuchó quejarme de Arthur y Dylan. Ha estado siendo el amigo que solía ser.

—No dejo de mirar el Instagram del señor Hayes —comenta Harriett con un batido en una mano y su teléfono en la otra cuando salimos de la tienda de yogur helado.

—No sabía que tuviera Instagram.

—Cuando tienes una cara como la del señor Hayes tu Instagram se crea por arte de magia.

Sentados en un banco con Harriet, nos inclinamos para mirar cómo ella revisa el perfil de Instagram del señor Hayes. Yo esperaba ver hileras y más hileras de selfies sin camiseta, y aunque esas definitivamente existen, todo lo demás es motivacional: deshacerte del desorden de tu casa, vivir de manera minimalista y desayunar saludable, y una publicación de una megahamburguesa de queso que comió en Alemania.

—Habéis visto, está viviendo la gran vida —dice Harriett—. Mirad su perfil. Ha estado en muchos países. Preparaos para que mi Instagram solo muestre anuncios de comida orgánica para bebés, chicle sin azúcar y champú de leche de cabra, porque tengo que ahorrar para salir a conocer el mundo.

—¿Luego volverás a una vida de selfies? —pregunta Hudson—. Una avalancha de selfies es realmente importante; si paso dos minutos en Instagram sin ver tu cara probablemente olvidaré cómo eres.

—No me avergonzarás por mis selfies cuando veas mis fotos navegando sola en barcos, y trepando montañas y sentada en el regazo de chicos atractivos.

—¿No querrías un compañero de viaje? —pregunto. Si tuviera el dinero para ver el mundo, querría a Dylan allí. Él está en todas mis otras historias, y querría que estuviera en todas las nuevas también, cuando las cosas se aquieten un poco. Si lo hacen en algún momento.

—¿Estás ofreciendo tu compañía?

—Sí, claro. —Suelto una risita. Los padres de Harriett tienen empleos bien pagados y les encanta consentirla. No puedo equiparar eso a mi Instagram.

—Más adelante, quiero decir —aclara Harriett—. Cuando hayas vendido tu libro y estés embolsando todo el dinero de Netflix y de los parques temáticos.

—Sin presiones. —*La guerra del mago maléfico* ahora parece una gran pérdida de tiempo. Arthur era mi mayor fan y dudo que a alguien le guste la historia tanto como a él. Y él era mi novio. Si quisiera publicarlo en algún lugar público como Wattpad me estaría abriendo a recibir la crítica de extraños a quienes no les importaría si esta es la historia de mi corazón.

—Solo lo decía. De verdad te hemos echado de menos, Ben —dice Harriett. Hudson le lanza una mirada—. ¿Qué? Dejemos de actuar como si el gran tema gay no existiera e intentemos seguir adelante. —Nos coge de las manos—. Somos todos amigos, ¿verdad?

No todos, pero digo «por supuesto» inmediatamente.

—Sí —afirma Hudson. Espero que lo diga de verdad.

—Entonces, seamos amigos de nuevo —propone Harriett. Me pregunto si echa de menos a Dylan—. ¿Qué vas a hacer con Arthur? ¿Lo vas a llamar? ¿Vas a seguir adelante? Cuéntanos qué piensas para que podamos ayudarte.

—Desearía que Arthur me diera la oportunidad de explicar lo que sucedió... Sé que no tiene mucho sentido porque él se va a ir, pero no quiero que lo haga así. Y Dylan... —Me vuelvo hacia Harriet, que me hace un gesto para que siga hablando—. Me pasé de la raya. Pero también dije la verdad. Solo creo que todo sería más fácil si pudiera tener a mi novio y a todos mis amigos y no sentir que la gente siempre tiene que elegir entre unos y otros.

Dejo de hablar porque hemos pasado por lo mismo después de que Dylan terminara con Harriett. Ser amigo de Harriett fue incómodo para Dylan, y que yo intentara ser amigo de Hudson fue incómodo para Arthur. Pero tal vez la vida no funciona así. Tal vez se trate de personas que llegan a tu vida durante un tiempo breve y uno coge lo que ellos ofrecen y lo utilizas en tu próxima amistad o relación. Y si eres afortunado, tal vez algunas personas regresen después de que tú pensaras que se habían ido para siempre. Como Hudson y Harriet.

Y tal vez este es el nuevo intento que estaba necesitando durante todo este tiempo.

31
ARTHUR

Viernes 3 de agosto

Solo tú y yo mañana, Obama.

Solos en el apartamento del tío Milton, rodeados de caballos, y con la única compañía del repartidor de comidas. Quizás incluso imprima una fotografía del rostro de Barack y la pegue a un palito de helado, porque a pesar de que estoy solo sin amigos ni padres esta noche, por lo menos puedo celebrar el día con mi presidente. Y seguro que creéis que estoy bromeando, pero adivinad quién ha superado su «enfermedad» y ha aparecido en el trabajo solo para utilizar la impresora a color.

—Arthur, me estás deprimiendo —dice Namrata.

—No... no he dicho nada.

—Lo sé. Me asustas.

Me encojo de hombros y vuelvo a los archivos Bray-Eliopulos, que siguen siendo tan aburridos y adormecedores como siempre. Tal vez esté siendo masoquista. O tal vez he descubierto el secreto y así es cómo las personas consiguen concentrarse. Lo único que tienes que hacer es lograr que un chico guapo te rompa el corazón, luego dejar que tus amigos lo pisoteen y, si todavía sigue latiendo un poco, terminar el trabajo tú mismo. Di las peores cosas y grita hasta que te quedes sin voz y destruye todo lo que quieras hasta que, *ah, milagro*, la monotonía del trabajo se convierte en un alivio. Porque si estás inmerso hasta los huevos en Bray-Eliopulos, al menos no puedes pensar en tu exnovio. Tu no-alma gemela. El chico que me dejó en mitad del Segundo Acto.

—¿Cuál es el plan para mañana? —Juliet se vuelve hacia Namrata.

Levanto la mirada.

—¿Qué hay mañana?

—Los compañeros de habitación de David van a hacer una fiesta de despedida —informa Namrata.

—¿Los chicos dinoerótica? *¿Pasión Jurásica?*

—Sí, y no puedo esperar. No voy a derramar ni una lágrima por su partida. —Namrata se reclina en su silla—. Jules, vamos a ir juntas, ¿verdad?

—¿Allí dónde? —pregunto.

—Al Upper West Side. David va a Columbia.

—Ah, eso queda cerca de mi casa. —Ninguna de las dos habla—. Así que... Fiesta, ¿eh?

Juliet asiente.

—Será algo pequeño, de todas maneras, ¿verdad?

—Sí, solo una fiesta en su apartamento —agrega Namrata.

—Suena divertido —digo lentamente, y luego aprieto los labios, porque no me voy a quedar aquí suplicando por una invitación a una fiesta cualquiera en el día de mi cumpleaños. Dios. Ni siquiera yo estoy tan desesperado.

Esperad, SÍ estoy tan desesperado.

—¿Quizás podría pasar por allí? —pregunto casualmente.

Juliet y Namrata se miran.

—O... no.

—Arthur, mira, no es personal —señala Juliet—. Habrá alcohol.

—No tengo problemas con eso.

—Bueno, yo sí.

—¿Tienes problemas con el alcohol?

—Tengo problemas con aparecer en una fiesta en la que habrá alcohol con el hijo menor de edad de mi jefa.

—Ja. —Sonrío—. Entiendo. No bebería nada. Pero mis padres tienen un minibar, así que ¡podría preparar bebidas! Como un martini de dulces de maíz...

—No, a mí y a Namrata nos podrían despedir por eso.

—Sí, no va a suceder —afirma Namrata.

—¿Ni siquiera en mi cumpleaños?

Y allí está. Mi manotazo de ahogado.

La expresión de Namrata se suaviza.

—¿Es tu cumpleaños?

—Mañana.

—Ay, Arthur. —Juliet se muerde el labio—. De todas maneras no podemos llevarte a la fiesta. Lo entiendes, ¿verdad?

—Sí, yo... No importa.

—Pero en serio, no quieres pasar el rato con los chicos de los dinosaurios. Deberías hacer algo divertido con Ben.

Y guau. Ahora estoy a punto de largarme a llorar en la mesa de conferencias. Solo me miro las manos, parpadeando. Fantástico.

—Bueno, esa no es la reacción que estaba esperando —dice con cuidado Juliet—. ¿Quieres hablar de ello?

—No.

Juliet y Namrata vuelven a intercambiar miradas.

Pero no me importa. Que se sientan mal. Ya todo me importa una mierda. Mi padre está en Atlanta, mi madre está a mitad de camino de Canandaigua, Ethan y Jessie probablemente estén besándose detrás de Starbucks, y mis únicas dos amigas de esta estúpida ciudad van a pasar mi cumpleaños en una fiesta en mi vecindario sin mí.

Mi cumpleaños número diecisiete. Tal vez en algunos planetas, esa es la clase de cosa que la gente espera con ansias. Pero en lo único en lo que puedo pensar es en Hudson y Ben pasándose notitas de amor en clase. En el Instagram de Ben, con sus cincuenta y seis versiones del rostro de Hudson. El nombre de Hudson en una etiqueta de envío de una caja que Ben nunca envió.

Pienso en el enorme agujero de mi corazón, exactamente del tamaño del puño de Ben.

32
BEN

Sábado 4 de agosto

Estoy en esta cafetería discreta con Hudson, ya que nuestro examen es el martes y de verdad necesito una sesión de estudio intensa para fortalecer mis puntos débiles. Un par de veces pensé haber visto a Dylan entrando despreocupadamente, pero no era él. Mejor así. Que Harriett se haya ido hace una hora para celebrar el cumpleaños de un amigo y me haya dejado solo con Hudson probablemente no sea lo mejor. Es decir. Todo ha ido bien esa noche después de mi pelea con Dylan. Pero una vez más solo somos nosotros.

Estamos sentados al lado sobre banquetas. Hemos estado repasando preguntas, pero las únicas respuestas que me importan están todas relacionadas con Arthur: ¿cómo estará celebrando su cumpleaños? ¿Quién lo estará haciendo sentir como un rey? ¿Namrata y Juliet? ¿Enviarle un mensaje de feliz cumpleaños fastidiará su día? ¿Me odia?

—Tierra a Ben —llama Hudson, haciendo un gesto con la mano.

—Discúlpame.

—¿Arthur?

—Sí. Me cuesta concentrarme. —Hudson y Harriett no saben que es el cumpleaños de Arthur. Simplemente me uní al grupo de estudio para no quedarme en casa y jugar a *Los Sims*. Anoche mi contraparte Sim le regaló flores al Sim Arthur y fue rechazado porque mis vidas son una mierda, la real y la digital. Se ha vuelto muy evidente que no pueden herirte si no pueden hablar contigo, así que simplemente encierro a Sim Ben en una habitación sin puertas ni ventanas. En algún momento se quedará sin oxígeno, pero por lo menos nadie romperá su corazón—. Hoy es el cumpleaños de Arthur.

—¿Le has preparado algo? —pregunta Hudson—. Eres un profesional de los cumpleaños. —Para el cumpleaños de Hudson, Dylan y yo lo dibujamos con la armadura de la Mujer Maravilla porque es su superheroína favorita. Me pregunto si se deshizo de eso o no.

—Escribí a Arthur en *La guerra del mago maléfico* —comento. Terminé el capítulo anoche después de hacer los deberes. Estaba planeando enviárselo por e-mail a medianoche, pero no tuve el coraje de enviar otro mensaje que él ignoraría—. ¿Sabes que logré mostrarle el libro?

—Guau. Eso es algo enorme. Él te debe haber gustado mucho. —Hudson me pidió leer LGMM un par de veces, pero nunca de manera tan apasionada como lo hizo Arthur. Rehusarme a compartir algo tan personal con el chico con el que estaba saliendo debió haber sido una señal de alerta sobre cuán optimista me sentía acerca de nuestro futuro—. Supongo que Hudsonien está muerto.

—Encerrado en un calabozo —informo.

—Está bien —dice Hudson—. Deberías enviarle un mensaje a Arthur. No te sentirás mejor hasta que lo hagas.

—Sé que debería hacerlo. Pero al parecer estoy programado para hacer lo incorrecto. Me alejé de Arthur la primera vez que nos conocimos. Me llevó mucho tiempo abrirme y ganarme su confianza. Siempre llegaba tarde. Nunca me deshice de esa maldita caja, y ahora no quiere saber nada de mí.

—¿Qué caja? —pregunta Hudson.

No tiene sentido esconder nada.

—El primer día del instituto de verano llevé una caja que tenía todo lo que tú me habías dado. Pero tú no fuiste ese día, así que quise enviártela por correo, y después conocí a Arthur en la oficina de correos. Pero no te envié la caja porque...

—¿Porque qué?

—Porque aún tenía esperanzas.

No debería estar hablando de esto, pero no puedo evitarlo; esas son todas las palabras en las que he estado pensando pero que no podía decir en voz alta. No a Hudson. Ni siquiera a mí mismo.

—¿Dónde está la caja ahora?

—En el armario de mi madre.

—¿Qué vas a hacer con ella?

Suena mi teléfono; es Dylan. Ignoro su llamada. Vi su publicación en Instagram antes y no necesito responderle para que pueda recordarme de forma no tan casual lo bien que están funcionando las cosas con Samantha.

No sé cómo decirle a Hudson que quiero deshacerme de una caja de cosas que solían significar todo para mí. Pero esa maldita caja... No puedo seguir tratándola como si fuera algo que pertenece a una exhibición de museo dedicada a la historia de un chico que rompe corazones.

—No lo sé.

—Me alegra escucharte decir eso, Ben.

—¿Por qué?

Mi teléfono vuelve a sonar. No conozco este número, así que puedo ignorar esta llamada también.

—Por la misma razón por la que nunca la enviaste —dice.

—¿Esperanza?

Hudson se inclina, como si pensara que estamos a punto de besarnos.

Mi teléfono vibra. Esta vez es un mensaje de ese número desconocido: **Ben, soy Samantha. Llámame. Dylan está en el hospital.**

—Mierda. —Llamo a Samantha inmediatamente. Mientras está sonando, le cuento a Hudson que Dylan está en el hospital. Me está preguntando qué sucede, pero en lo único en lo que puedo pensar es en las diferentes cosas que podrían haberle sucedido a Dylan. Quemadura de café, o accidente de coche, o golpeado por algún extraño porque estaba siendo demasiado Dylan en un lugar en el que eso hace que te golpeen o algo demasiado espeluznante para siquiera imaginarlo.

—Ben —responde Samantha.

—¿Qué ha sucedido? ¿Se encuentra bien?

—Su corazón —informa Samantha, y suena como si ella misma estuviera luchando por respirar—. Tuvimos que llevarlo de urgencia al hospital.

—¿Dónde estás? ¿Qué hospital?

—El Presbiteriano de Nueva York. Sus padres están en camino. ¿Vienes?

—Por supuesto. —El hecho de que me lo tenga que preguntar me hace sentir como el peor amigo del mundo—. Estaré allí tan pronto como pueda —digo, ya caminando hacia la estación del metro. Termino la llamada y Hudson me alcanza—. El corazón de Dylan se está comportando como un estúpido y tengo que ir a verlo.

Estoy a punto de llorar, porque, mierda, el universo puede estar preparándome para una despedida dolorosa.

—¿En dónde está?

—En el Presbiteriano.

—Deberíamos llegar allí en veinte minutos, quizás en diez si cogemos un expreso.

—No. Yo tengo que ir... —No solo, porque no quiero estar solo, pero no necesito a Hudson allí—. Está bien. Tú no tienes que ir.

—Él también era mi amigo —dice Hudson.

—Pero él es mi hermano. —Y eso es todo. Hudson asiente—. Te diré cómo se encuentra —declaro mientras me alejo.

No le va a pasar nada a Dylan. Estará bien. Es Dylan. Nada lo detiene. Pero aun así duele imaginárselo en la cama de un hospital. Necesito que sepa que yo estuve allí si… No.

Dylan estará bien.

Estará bien.

* * *

A una estación del hospital el metro queda detenido en el camino porque el universo es una mierda. Es difícil mantener la calma. Dylan había tenido esa consulta en la que el médico le había asegurado que el riesgo de sufrir un episodio como este era muy bajo. Sí, estará bien. Es Dylan. Nada lo detiene… Tengo que hablar con alguien. Mi teléfono tiene señal porque estamos cerca de la próxima estación y escribo un mensaje para Arthur:

Dylan está en el hospital. Todavía no sé nada pero se trata de su corazón. Hace mucho que no estaba tan asustado. Es Dylan, sabes. Fui un idiota con él hace unos días porque soy un imbécil. Y la verdad es que nunca me tomé todo eso del corazón muy en serio, pero tal vez debería haberlo hecho y ahora estoy ATERRADO. Y estoy atrapado bajo tierra porque los dioses del MTA siguen siendo Los Peores. Sé que no quieres saber nada de mí, pero eres la única persona con la que quiero hablar ahora mismo. Lo siento, Arthur. Feliz cumpleaños. Espero que este mensaje no fastidie tu día. Envío el mensaje.

Y espero. Espero para ver si responde, espero que el metro avance.

Tal vez debería caminar. Salir del vagón y probar suerte caminando por las vías. Puedo utilizar la linterna de mi teléfono para ahuyentar a las ratas y ver por dónde camino.

Mi teléfono vibra.

Arthur.

¡Ay, mierda! VALE. ¿Quién está allí con él? No está solo, ¿verdad?

Ese es el pensamiento más aterrador, Dylan estando solo con todo esto que está sucediendo. Nadie a su lado que no sea un médico o una enfermera. Por suerte alguien importante está junto a él.

Samantha se encuentra allí. Los padres de Dylan están en camino, a un viaje corto en taxi de distancia del hospital Presbiteriano.

¿Hay algo que pueda hacer?, pregunta Arthur.

¿Quedarte conmigo?

Estaré aquí, afirma.

Y luego pasan un par de minutos sin que ninguno de los dos escriba nada. Pero confío en que en donde sea que se encuentre, Arthur estará al teléfono, haciéndome compañía. Se quedará a mi lado.

¿Qué ha sucedido con Dylan? Me refiero a la pelea.

Le dije que las relaciones nunca duran.

¿De verdad crees eso?

Por supuesto que no. Eso lo dijo mi corazón roto. Las relaciones no duran solo cuando hay un idiota involucrado. Estropeé las cosas, Arthur. Solo desearía poder haber hecho todo de otra manera. Haberte contado desde el principio que estaba en el instituto de verano con Hudson. Pero te juro que todo lo que dije el lunes era verdad. Solo íbamos a hablar.

Arthur no está escribiendo. Sé que todavía sigue ahí, pero quiero saber en qué está pensando.

Tengo que ser sincero. He estado quedando con Hudson y Harriett. Solían ser mis amigos y fueron las únicas personas a las que pude recurrir después de fastidiar las cosas contigo, Dylan y Samantha. Y hablé de ti todo el tiempo. Y después hoy hemos quedado solo Hudson y yo, y yo me estaba torturando un poco más, y

Hudson ha intentado besarme y yo me he apartado de él porque solo me gustas tú.

El metro comienza a moverse y envío otro mensaje.

No lamento tener un exnovio. Pero sí lamento haber dejado que se interpusiera en la confianza que tú me tenías. Espero que me creas.

El metro se detiene en la estación, y justo antes de que las puertas se abran, mi teléfono vibra otra vez. Tengo miedo de que Arthur me esté mandando a la mierda, que Samantha me esté contando las peores noticias.

Pero es algo bueno en mitad de todo este caos.

Te creo, Ben.

* * *

Corro hacia la sala de espera y encuentro a Samantha sentada en una silla con la cabeza apoyada contra la pared.

—¡Samantha!

—Ben. —Se levanta de un salto y, aunque no lo merezco, me da un abrazo.

Miro alrededor.

—¿Cómo está? ¿Dónde están sus padres?

—Han sido a buscar café.

—¿Qué? Dylan está muri…

—¡Está bien! Está bien. Ha sido una falsa alarma. Ataque de pánico. Un ataque de pánico *muy serio*. Lo supimos hace cinco minutos. Estaba a punto de enviarte un mensaje pero… —Samantha respira hondo—. Necesito un momento. Nunca olvidaré cómo entró en pánico cuando su corazón comenzó a acelerarse…

La abrazo cuando se le llenan los ojos de lágrimas. Sé de lo que está hablando. Hace tres años, cuando ingresaron a Dylan una noche entera, me sentí muy desdichado porque no pude quedarme allí con él, así que falté al instituto al día siguiente para hacerle compañía.

—Lamento que hayas tenido que presenciar eso, pero me alegra que estuvieras allí. —Doy un paso atrás—. Gracias por avisarme.

—No me lo pensé dos veces. Sé que Dylan tiene mala reputación, y sé que te estabas preocupando por mí.

—Él no te merece —digo con una sonrisa.

—Por supuesto que no, pero está atrapado conmigo. Al menos durante un par de semanas más —bromea.

—Lamento haber dicho eso. De verdad creo en vosotros. Solo me siento amenazado.

Nos sentamos y ella sacude la cabeza.

—De ninguna manera. Él está obsesionado contigo. Habla tanto de ti como yo de él con mis padres. Pero por supuesto que él no sabe eso. Estoy siendo muy cuidadosa, a pesar de que a veces me resulta difícil controlarme.

Cuando uno pasa el tiempo con Arthur está muy familiarizado con no tener control. Pero Arthur y yo no tuvimos el tiempo que tienen Dylan y Samantha para tomarse las cosas con calma. Me pregunto cómo habría sido nuestra relación si Arthur viviera aquí.

—Estoy muy seguro de que estáis yendo por buen camino —afirmo—. Si eso te sirve de algo.

—Lo hace. Completamente.

Los padres de Dylan llegan con café y hablamos un poco antes de que entren a la habitación y sean los primeros en ver a Dylan. Samantha y yo nos quedamos afuera, y le cuento todo sobre el casi beso con Hudson. Me siento extraño al contarle eso a ella antes que a Dylan, pero no pienso demasiado en ello. No hay ninguna razón para que la novia de mi mejor amigo no sea también mi mejor amiga. Todos estaremos rondando alrededor del otro de cualquier manera.

Cuando sus padres regresan a la sala de estar para completar el papeleo, Samantha y yo nos ponemos de pie al mismo tiempo para verlo.

—Tú primero —digo.

—Vayamos juntos.

Lo hacemos. Entramos en la sala de emergencias y pasamos junto al cubículo cerrado con cortinas de otro paciente antes de llegar a Dylan, y guau, qué vista.

—¡Mis amores! —la voz de Dylan suena rasposa, y un tanto sexy. Parece pálido y en su mayor parte satisfecho consigo mismo—. La muerte intentó salirse con la suya conmigo, y le hice un corte de mangas a esa maldita perra. Tengo spoilers del más allá.

Samantha sacude la cabeza mientras se acerca a su lado y lo abraza.

—Has tenido un ataque de pánico.

Dylan se vuelve hacia mí.

—No creas a Samantha, está intentando arruinar mi reputación.

—Ni siquiera intentaré callarte —dice Samantha.

—Acabo de conquistar a la muerte, será imposible hacerme callar.

Observo su rostro mientras él la abraza, cómo sus ojos se cierran y pierden mucho de la energía eléctrica típica de Dylan. Nada de arrogancia, solo puro alivio de todavía estar vivo y de poder abrazar a su novia nuevamente.

Es muy adorable.

No puedo esperar a burlarme de él.

Estoy tan feliz de poder burlarme de él.

Abrazo a mi mejor amigo.

—Gracias por no morirte.

Y lo digo en serio. Porque sí, ha sido una falsa alarma, pero sé que pareció real para Dylan. Se asusta cuando su corazón se acelera.

No lo culpo por arrastrar su trasero al hospital. Me alegra que lo haya hecho. Es mejor un millón de falsas alarmas que la alternativa.

—He tenido que volver. Las últimas palabras que nos dijimos fueron una mierda y hubiéramos sido un cliché muy malo, y soy demasiado especial para esas tonterías.

—Muy especial. El más especial.

—Hablando de eso, casi he muerto viviendo una mentira —confiesa Dylan. Coge la mano de Samantha—. Escúchame. El café de Dream & Bean simplemente está en mi sangre. El café de Kool Koffee no es para mí. A ti te apasiona mucho el dinero que se dona a las obras de caridad, pero tengo que ser sincero con el hecho de que compro mi café en otro lado.

Samantha lo mira con los ojos entrecerrados.

—¿Qué? No me importa. Haz lo que quieras.

—¿En serio?

—Muy en serio.

—Ese nunca fue un problema real, D —digo.

—¿De verdad te estresaba eso? —pregunta Samantha.

—Sí. Mucho.

Sacude la cabeza y lo besa en la frente.

—Eres ridículo. —Coge su mano y la aprieta.

Mi teléfono vibra. Sonrío un poco porque es Arthur.

Dylan me descubre.

—¿Qué ha sido eso? ¿Esa sonrisita? ¿Qué ha sido eso? ¿Qué está sucediendo?

—Estás muy nervioso —explico—. Aumentemos la dosis de tus drogas.

—Muestra más respeto por tu mejor amigo inmortal y dime qué está sucediendo. No he ido al Infierno para regresar y que me oculten cosas.

—Arthur me pregunta cómo estás.

—¿Estáis bien de nuevo?

—Bueno, no somos novios. Pero nos estamos enviando mensajes.

—A la mierda los mensajes. Corre a verlo. Te pediría que jures por mi vida que serás más sincero con él, pero hoy hemos demostrado que soy intocable. Caminaré por este mundo para siempre.

Samantha se aparta de él.

—Un rayo caerá aquí en cualquier momento y te hará callar.

—Como rayos para el desayuno.

—Vale —digo—. Estás vivo y en buen estado. De modo que tal vez pueda quedar con Arthur. Sé que acabas de volver de la muerte, pero hoy es su cumpleaños.

—No hay forma de que eso sea superior a mi resurrección, pero está bien.

Junto las manos.

—Genial. Samantha, puedes contarle todo el asunto de Hudson, si quieres. Y asegúrate de que no muera de nuevo para demostrar algo.

Samantha regresa a su lado y le coge de la mano.

—Mi futuro marido vivirá para ver otro día. Ve a buscar a tu chico.

—¿Cómo acabas de llamarme? —pregunta Dylan con la sonrisa más grande, como un niño en Navidad.

—Este es el pie para retirarme antes de que te quites la bata —digo.

Abrazo y beso a Dylan y a Samantha, y salgo dando saltitos.

Cuando llego al vestíbulo, le envío un mensaje a Arthur. **Todo está bien. Dylan está muy Dylan.** Respiro hondo. **Realmente quiero verte. ¿Nos podemos ver en algún lado?**

Mi teléfono vibra.

Sí, te veré en la sala de espera en diez segundos.

Qué.

Levanto la mirada.

Allí está él.

PARTE TRES

Y solo nosotros

33
ARTHUR

Sábado 4 de agosto

He pasado todo este tiempo pensando que Ben era el rey de la calma, pero supongo que nadie puede estar tranquilo cuando su mejor amigo casi se muere. Es como cuando abres la puerta en algunas casas y un perro sale disparado hacia ti con todo su cuerpo temblando. Ese es Ben cuando me ve. Me arroja los brazos antes de que pueda saludarlo, y ahora solo está aquí abrazándome como una cobra.

—Has venido. —Se le quiebra la voz.

—Por supuesto.

Se aparta unos centímetros, aún aferrando mis brazos, y de pronto nuestras miradas se encuentran. Durante un momento, solo nos miramos.

—Así que ¿está bien? —Mi corazón late con fuerza.

—¿Quién?

—¡Dylan!

—Ay, Dios. —Ben arruga la nariz—. Soy un idiota. Sí, está bien. Solo ha sido un ataque de pánico muy severo. Le suceden…

—Cierto, lo recuerdo. —Exhalo—. Gracias a Dios.

—Sí. Sus padres están completando el papeleo, y Samantha está allí. Le darán el alta pronto.

Asiento.

—Deberías regresar.

—Me ha echado.

—¿En serio?

—Bueno. —Sonrío un poco—. Me he echado a mí mismo. Porque tenía que hacerlo. Tengo un cumpleaños muy importante hoy.

—¿Barack Obama?

—Por supuesto, a eso me refería. —Desenlaza nuestros brazos—. ¿Caminamos?

—Sí.

Ahora estamos al lado del otro, otra vez. Es un tanto agradable.

—¿Qué crees que hará Barack para celebrarlo? —pregunta Ben.

—Ah, tendrá una fiesta, seguramente. Michelle la organizará, las chicas estarán allí, obviamente Biden y Trudeau. ¿Y tal vez Lin-Manuel Miranda? Vale, y Ben Platt, probablemente Tom Holland, y por supuesto Daveed Diggs y Jonathan Groff. ¿Y tal vez Mark Cuban?

—¿Así que Obama básicamente tendrá tu fiesta de cumpleaños ideal?

—Yo la llamaría la fiesta ideal universal.

Ben ríe.

—Realmente te he echado de menos.

—Yo también. —Hago una pausa—. ¿A dónde vamos?

—Ah. No lo sé. Debí haberte preguntado si estaba bien que nos viéramos. Te entendería si prefirieras…

—No te vayas.

Sonríe.

—Está bien.

—¿Quieres ir a mi apartamento? No hay nadie en casa.

—¡Ah!

Me sonrojo.

—No quise… Solo quería decir que podemos hablar, si quieres.

—Eso me gustaría. Creo que te debo una explicación.

Hago una pausa.

—Sí.

—Es decir. Ufff. Lo lamento, no tenemos que hablar de esto en tu cumpleaños.

—No, deberíamos. Quiero hacerlo.

Cruzamos una intersección en donde todos están haciendo sonar sus cláxones y gritando y maldiciendo, pero de alguna manera el silencio de Ben es el sonido más fuerte de todos.

—Muy bien —dice al final—. Quiero intentar explicarte el asunto de Hudson. ¿Está bien?

Cojo su mano.

—Sí.

—Ni siquiera se trata de Hudson, en realidad —aclara, entrelazando nuestros dedos—. Se trata de mí. Soy muy malo en esto.

—¿Malo en qué?

—En las relaciones. En sentir que ni siquiera debería estar en una relación. Soy tan… —Mira hacia adelante, frunciendo el ceño—. Cuando le gusto a alguien, siento que yo lo he engañado para que lo haga. Como si no pudiera sentir confianza en mí mismo. Lo fastidiaré de alguna manera, como lo hice con Hudson.

—Pero Hudson fue el que fastidió todo. *Él* te engañó a *ti*.

—Bueno, tal vez yo no lo merecía.

—Eso es ridículo. —Levanto nuestras manos entrelazadas—. Lo siento, pero ¿cómo alguien puede pensar que tú no vales la pena?

Ríe sin expresión.

—¿Por qué lo haría?

—¡Porque eres tú! Ben. Dios. Eres divertido e inteligente y…

—Pero ¡no lo soy! No soy inteligente, ¿vale? Es decir, no sé si tú realmente eres capaz de entender esto, pero muchas de las cosas del instituto son muy difíciles para mí. Mi mente no quiere que esas cosas se fijen.

—Mira. —Asiento enfáticamente—. Lo entiendo. Digo...

—Lo sé, lo sé, pero Arthur, tú eres fantástico en el instituto. Sé que tienes TDAH, y no estoy diciendo que no sea difícil para ti, pero mira, estás solicitando entrar en Yale. Es decir, vamos. Eres *muy* inteligente, Arthur. Es intimidante.

No puedo evitar sonreír.

—¿Soy intimidante?

—De esa manera. Solo en esa manera específica. —Pone los ojos en blanco y sonríe un poco—. Pero en serio, Hudson y yo ya habíamos sido un asunto terminado de hacía dos semanas cuando apareciste tú, y yo me dije *no, de ninguna manera, demasiado pronto*, pero el universo dijo *insisto*, y yo estoy aquí intentando resistir, porque te irás y no tiene sentido, y por qué siquiera deberíamos... Pero no lo sé, Arthur. Simplemente eres tan...

—Soy tan... ¿qué? —Le doy un empujoncito—. Continúa.

—Apuesto. Encantador. Irresistible. —Se detiene de pronto y me arrastra hacia un Duane Reade—. Espera un segundo, ¿vale? Tengo que entrar aquí.

—¿Debería...?

—No. Enseguida vuelvo.

Y así de pronto, desaparece. Me apoyo contra la fachada de la tienda a esperarlo, y cojo mi teléfono. Tengo una llamada perdida de *bobe* y otra de mi madre, pero todavía ningún mensaje de cumpleaños de Ethan y Jessie. Lo que no me sorprende demasiado, dado que deben tener una agenda de besos extremadamente ajustada. Sin mencionar que probablemente me odien por completo. Y tal vez me lo merezca. Colgarles fue algo estúpido, pero supongo que una parte de mí estaba esperando una nueva oportunidad en mi cumpleaños. Un nuevo intento y un nuevo comienzo.

Después de un minuto, Ben sale del Duane Reade con una bolsa que no me va a enseñar.

—Vale, ¿por dónde íbamos? —pregunta. No puede dejar de sonreír.

—Estabas a punto de explicarme por qué soy irresistible.

Coge de nuevo mi mano.

—Lo eres.

Seguimos caminando sin hablar hasta el final de la calle.

—Ey —dice al final, buscando mi mirada—. Gracias por estar para mí cuando sucedió lo de Dylan.

—Vamos. ¿Qué clase de imbécil te abandonaría en ese momento?

—¿Un imbécil que tenía la justificación suficiente para estar enfadado conmigo por no contarle lo de Hudson?

—Yo soy el imbécil. Debí haberte creído cuando dijiste que no sucedía nada.

—No eres un imbécil —aseguro.

—Lo soy a veces.

—No, no lo eres. Eres tan… eres simplemente *bueno*. ¿Te das cuenta de eso? Ni siquiera nos estábamos hablando y dejaste todo para estar allí en el hospital conmigo.

—Bueno, de verdad me gustas —suelto—. Y me gusta que haya un «nosotros». Incluso aunque seamos una pareja desastrosa.

Me abraza de lado.

—A mí también me gusta que haya un «nosotros». Y de verdad tengo mucha suerte de tenerte, incluso como amigo.

Me detengo de pronto.

—¿Como amigo?

—Bueno, pensé… no quería dar nada por sentado.

—Discúlpame, no somos amigos platónicos, Ben Alejo.

—Muy bien, entonces.

—Y cuando regresemos a mi apartamento, no vamos a hacer cosas de amigos platónicos.

—Es bueno saberlo. —Se muerde el labio—. ¿Entonces... somos novios de nuevo?

—¿Quieres que lo seamos?

—Sí.

—Muy bien —asiento, exultante—. Este es un gran cumpleaños.

—¿Para ti o para Obama?

—¡Para ambos!

—Vale, una cosa más —dice Ben—. Solo quiero que sepas que seré abierto contigo sobre las cosas. No mitigaré nada.

—Me gusta eso. Completamente abierto. Yo también.

—No creo que puedas ser cerrado incluso si lo intentaras.

—Tú no me conoces. —Le propino un empujoncito, pero él solo ríe y envuelve sus brazos alrededor de mi cintura.

—Esto es lo que sucede —anuncia—. No fingiré que el asunto de Hudson no es confuso, porque lo es. Pero solo quiero que sepas que lo que siento por ti no es para nada confuso.

—¿Y qué sientes?

—Es decir...

—Dímelo en español de nuevo, ¿vale?

Ríe.

—Está bien.

—Pero...

Pero luego me besa justo aquí en Columbus Avenue, y olvido lo que estoy diciendo. Olvido cómo hablar.

* * *

La siguiente hora transcurre borrosa, de la mejor forma posible. Ben insiste en que hagamos un desvío rápido y pasemos por Levain

Bakery, donde se cuela y pide la galleta de doble chocolate más grande y caliente que alguna vez se haya hecho.

—Tu favorita.

—¿Cómo lo sabías?

—Simplemente lo sé.

Insiste en invitarme, y parece tan complacido consigo mismo que ni siquiera protesto. Me coge de la mano durante todo el camino a casa, y cuando la puerta del ascensor se cierra, nos estamos besando. Cuando se abre de nuevo, nos estamos besando. Lo beso mientras busco las llaves en mi bolsillo, y lo beso en el umbral, y lo beso en el vestíbulo. Dejamos caer las mochilas en la mesa del comedor y nos besamos debajo de los cuadros de caballos del tío Milton. Uno pensaría que estaría cansado de besarse en este momento. Uno pensaría que me distraería, pero nunca he estado tan concentrado en mi vida entera.

Simplemente me encanta esto. Cada una de sus partes. Su respiración entrecortada y sus labios un tanto hinchados y saber que soy yo el que he hecho que ambas cosas sucedieran. Me encanta ver cómo el espacio entre nuestros cuerpos se desvanece, como si no pudiéramos estar lo suficientemente cerca. Me encanta la sensación de mis manos en su pelo. Me encanta la suavidad de su nuca. Y más que nada, me encanta cuando nuestros labios se están tocando y nuestras bocas se abren y mi corazón late a mil por minuto y nuestras respiraciones se convierten en algo compartido. He pasado mi vida entera pensando que hablar era lo mejor que podía hacer con mi boca, pero quizás hablar está sobrevalorado. Sin embargo, la boca sigue siendo la mejor parte del cuerpo. Sin duda alguna.

—¿Qué piensas que está sucediendo —lo beso con suavidad— en la fiesta de Obama ahora mismo?

Me devuelve el beso.

—Probablemente esto.

Es extraño que puedas reír contra los labios de otra persona.

—¿Barack y Michelle?

—Barack y Trudeau. —Me besa una vez más.

—Con Joe mirando con melancolía.

—Mucha melancolía.

Mi teléfono comienza a vibrar en mi bolsillo trasero, que en este momento se encuentra debajo de la palma de Ben.

—Alguien te está llamando —comenta.

—Ignorémoslo.

—No. De ninguna manera. La última vez que no respondí una llamada Dylan estaba…

—Shhh. Está bien. —Cojo el teléfono y miro la pantalla—. Es mi padre.

Ben me besa con rapidez.

—Responde.

—Hola, papá. —Sueno sin aliento y culpable. Sueno exactamente como un chico que ha estado besándose con su novio en un apartamento vacío.

—¿Cómo lo estás pasando en tu cumpleaños? —pregunta.

—Genial.

Ben mantiene los ojos fijos en los míos.

—Te echo de menos, hijo. Voy a comer tarta esta noche en tu honor.

—Genial.

—He hecho que le pusieran tu nombre también, y ahora me pregunto, ¿por qué no hago siempre esto? No tienes que esperar a tener un cumpleaños. Comenzaré a hacerlo una vez a la semana y les diré a los pasteleros un nombre cualquiera, y *voilà*.

—Gran idea, papá.

—¿Qué has estado haciendo?

—No mucho. —Sacudo la cabeza lentamente—. En realidad, papá, este no es un buen…

—Espera, ¡ya te voy a dejar ir! Solo quería hacerte saber que el regalo que te preparamos con tu madre ya ha llegado. Te está esperando en el vestíbulo.

Ben me observa, sonriendo.

—Está bien. Lo buscaré en un…

—Deberías ir a buscarlo ahora. Es perecedero. Cuéntame qué te ha parecido, ¿vale?

Nos despedimos y cortamos la comunicación, y Ben me envuelve en sus brazos.

Mi teléfono vibra. **¡¡Cuéntame cuando lo tengas!!** 😊.

—Espectacular. Ahora me está enviando mensajes. —Pongo los ojos en blanco—. Al parecer tengo que buscar un paquete en el vestíbulo ahora mismo.

—Muy bien.

—Ven conmigo.

—Por supuesto.

* * *

—Hay un noventa y nueve por ciento de posibilidades de que sea de Harry & David —le digo a Ben en el ascensor.

—¿Quiénes son?

—Ya sabes, esa gente gourmet elegante que hace esas palomitas de maíz premium Moose Munch y esas peras. ¿Fruta del mes? —Ben me mira sin expresión—. Es… no importa, solo busquemos la caja, hagámosle una foto, se la enviamos a mis padres y luego apagaré el teléfono toda la noche.

—Ese es un plan extremadamente bueno.

Lo primero que escucho cuando las puertas del ascensor se abren es una voz muy familiar.

—¡Arthur!

Me quedo boquiabierto.

—¿Jess?

—Y yo —agrega Ethan.

—No entiendo. —Miro a Ben, pero él mira el suelo. Me vuelvo hacia Jessie e Ethan, que parecen enormes junto a las hileras de buzones diminutos. Ethan tiene puestos unos pantalones cortos deportivos y una camiseta de Milton High, y Jessie, un vestido sin mangas, y ambos llevan maletas—. ¿Qué estáis haciendo aquí?

Jessie sonríe con timidez.

—Tu madre nos compró billetes con sus millas Sky-Miles. Solo por esta noche.

—Esperad. —Me tapo la boca con las manos—. ¿Vosotros sois mi sorpresa?

—Hola, soy Ben —saluda él de pronto.

Jessie duda.

—Encantada en conocerte.

—Mi novio —me apresuro a decir—. Estamos saliendo de nuevo.

—Ah...

—Y ellos también están saliendo —le informo a Ben—. Ethan y Jess. Son pareja. Ja. De la nada. Pero estoy feliz por ellos.

—Arthur, no tienes que...

—¡Lo estoy! Estoy feliz por vosotros. Extremada y totalmente feliz. Ey. Debería ser una palabra nueva. *Extremalmente*.

Los labios de Ben se curvan hacia arriba.

—En fin. Guau. Estáis aquí. Para mi cumpleaños.

—*Extremalmente* —dice Ethan.

—Y no me odiáis.

—¿Por qué te íbamos a odiar? —pregunta Jessie.

—¿Porque os corté la llamada? ¿Y fui un idiota? Pero estáis aquí. —Miro de Jessie a Ethan, sonriendo—. Estáis en Nueva York.

Jessie me devuelve la sonrisa.

—Tus padres no querían que pasaras solo tu cumpleaños. Aunque... —Mira a Ben, quien se vuelve de un color rojo brillante.

Y en ese momento, me doy cuenta. En mi apartamento. Sin padres. En mi cumpleaños. Solo nosotros y seis cajas de condones sin abrir y... Ethan y Jessie. Es decir, estamos hablando de un jodido nivel superior de interferencia parental.

Pero en materia de interferencias, esta es genial. No dejo de mirar las caras de todos y de sonreír. Ethan, Jessie y Ben, todos juntos. Mis tres personas favoritas en un ascensor diminuto. Y ninguno me odia. Nada se ha roto. Tal vez el universo me respalda después de todo.

—¿Habéis cogido el metro desde el aeropuerto? —pregunta Ben.

—Un Lyft —aclara Jessie—. Tú has crecido aquí, ¿verdad?

—Sí. En Alphabet City.

—Eso suena como *Barrio Sésamo*.

—Eso fue lo que él dijo —dice Ben, dándome un empujoncito, y luego se sonroja—. No en ese sentido. No como *Eso fue lo que él dijo*. Solo he querido decir... Arthur dijo eso. Lo de *Barrio Sésamo*. Sobre Alphabet City.

—Ya lo he entendido —ríe Jessie.

Las puertas se abren y salimos al corredor.

—¿Hace cuánto estáis saliendo? —pregunta Ben.

Ethan y Jessie se miran.

—Eh. ¿Dos meses? ¿Un poco más?

Es extraño. No se están tocando. Ni siquiera están uno cerca del otro. Lo que me hace sentir incómodo, porque es como si estuvieran caminando de puntillas. Como si yo los hubiera atemorizado y no pudieran demostrar su afecto en mi presencia. Pero tal vez simplemente sean la clase de pareja que no se tocan.

—Vivo aquí —anuncio con entusiasmo, y abro la puerta del 3 A.

Mi teléfono vibra: Ben, enviándome un mensaje furtivo desde el umbral. ¿¿¿¿Son pareja????

Sí. 😌.

¿Estás bien?

—Este lugar es muy bonito —Jessie observa la sala de estar.

Extremalmente. 😌 😌 😌 😌 😌.

😄. Hazme saber si necesitáis tiempo para hablar. Puedo volver a casa, no hay problema.

—¡No! —exclamo en voz alta.

Jessie e Ethan me lanzan miradas inquisidoras, mientras Ben contiene la risa.

Me sonrojo frente al teléfono. ¡¡¡¡¡No te vayas, te necesito!!!!!! ¿Crees que tus padres te dejarán pasar la noche aquí? 👊 . 🙏 .

Claro que sí, les diré que estoy en el lecho de enfermo de Dylan.

Guau, dile a D que es el mejor compinche, 10+

Nuestras miradas se encuentran. Ben sonríe. Yo también sonrío.

—Guau, ¿esa es Catalina la Grande? —pregunta Ethan, parpadeando hacia las paredes.

34

BEN

Domingo 5 de agosto

La verdad es que quería un tiempo a solas con Arthur, pero una cita doble con sus mejores amigos es mucho mejor que ninguna cita en absoluto. Estamos todos sentados en la sala de estar de su tío, dividiendo su galleta Levain; yo le entrego a Arthur mi porción, aunque tengo hambre. Solo puedo imaginar por lo que está atravesando. Arthur, Jessie e Ethan eran solo tres amigos y luego, de un momento a otro, dos amigos están saliendo y el otro amigo está pasando mucho más tiempo solo. Al menos Hudson y yo nos teníamos el uno al otro cuando Dylan y Harriett comenzaron a salir. Arthur tiene que regresar a casa y ser el tercero en discordia.

—Así que vosotros estáis bien —comenta Jessie.

Arthur asiente.

—Mi mejor amigo fue hospitalizado y Arthur estuvo allí para mí —explico—. Él es la única persona con la que quería hablar cuando todo eso estaba pasando.

Arthur y Jessie sonríen.

—Qué dulce. ¿Se encuentra bien tu amigo?

—Ha muerto —respondo encogiéndome de hombros—. Cosas que pasan. —Jessie se queda paralizada e Ethan se tapa la boca con las manos. Arthur estalla en risas—. Dylan está vivo. Un poco demasiado vivo. Lo que es mucho decir.

—Me gusta este chico —sostiene Ethan, señalándome—. Ahora me siento extremadamente mal de que estemos interfiriendo en vuestro momento a solas.

—¿Quéééééééé? —dice Arthur—. No. No es verdad. Vale, quizás un poco. Pero estoy muy feliz de que estéis aquí.

—Puedes estar feliz de que estemos aquí y querer estrangularnos por interrumpiros.

—Exacto.

Jessie se inclina.

—Podemos salir a hacer algo. Tenemos muchísimas cosas que ver en esta ciudad.

—No seáis tontos —digo.

—Sí… —Arthur me mira de reojo—. No seáis tontos.

Les pregunto más sobre ellos, y le doy a Arthur un poco de tiempo extra para que asimile todo esto que está sucediendo delante de él. Comparten historias de las diferentes maneras en las que solían pasar sus veranos, como asando malvaviscos y acampando en el patio trasero de Jessie y Arthur leyendo *fanfiction* de Draco y Hermione haciendo voces dramáticas y observando cómo Ethan jugaba batallas de Pokémon con otros chicos en el centro comercial. Todo era más simple cuando eran tan solo tres niños siendo mejores amigos.

Mi teléfono suena. Es Dylan.

—Tengo que responder —anuncio. Me pongo de pie y respondo la llamada en el dormitorio de Arthur—. ¿Te estás muriendo de nuevo? —pregunto, un poco nervioso.

—No. Estoy libre y viviendo mi mejor resurrección —comenta Dylan—. Estoy fuera de ese agujero del infierno. No he regresado de entre los muertos para mear en una cuña.

—Nadie te estaba haciendo mear en una cuña, el hospital tiene baños.

—Espejismos. ¿Dónde estáis Arthur y tú?

—En su casa. Sus mejores amigos nos acaban de dar una sorpresa, han venido desde Georgia. Al parecer también están saliendo juntos.

—Espera. ¿Puedo ir con Samantha? Podría ser una orgía.

—¿O solo una fiesta de cumpleaños?

—Comenzaremos por ahí.

Tengo una idea.

—Le diré a Arthur que tú y Samantha quizás vengáis aquí también, pero tienes que hacerme un favor. Compra un pastel que diga…

* * *

Una hora más tarde, Dylan y Samantha se han unido a la fiesta. Dylan ha robado el protagonismo mientras entretiene a Ethan y Arthur con su «saga de un joven que venció a la muerte» y les da consejos sobre cómo ellos pueden escapar también de «las garras de la parca». Ethan quiere saber por qué los padres de Dylan ya lo están dejando salir de fiesta, y Arthur simplemente está asintiendo mientras come pizza. Samantha ya está cansada de escuchar hablar a Dylan sobre su segunda oportunidad en la vida, así que le está hablando a Jessie sobre las aplicaciones que sueña crear.

Arrastro a Dylan hacia la cocina para ver que el pastel de cumpleaños sea el correcto.

—Muchas gracias, amigo. —Cierro la caja y la vuelvo a colocar en el congelador—. Cuéntame. ¿Cómo te encuentras realmente? Dejando de lado tu Dylanidad.

—Estoy bien. Los ataques de pánico son una mierda. Pero me alegra haber ido al hospital. Mejor prevenir que curar.

—¿Sucedió algo? ¿O tu corazón solo estaba latiendo más rápido como la última vez y te pusiste nervioso?

—Sucedió algo —comenta Dylan—. Estábamos con Samantha en Central Park mirando cómo dos ciclistas se besaban. Yo estaba bromeando sobre cómo debían ser sus conversaciones sucias en la cama. Revisar las gomas. Si es necesario lubricar algunos engranajes. Recordar no olvidarse los cascos antes de dar otra vuelta. Yo quería continuar bromeando porque ella estaba riendo mucho y le dije *te quiero*.

—Dylan. Amigo. Habíamos acordado que irías despacio.

—Eso fue lo que el ciclista dijo —bromea Dylan. Lo fulmino con la mirada—. Lo sé. Mira, se me escapó. E intenté retirar lo dicho y estaba quedando cada vez más como un idiota. Estaba aterrorizado de perderla de verdad esta vez y la sangre se me subió a la cabeza y mi corazón latió al galope. Luego Samantha se asustó porque yo me asusté, eso solo empeoró las cosas y yo estaba seguro de que me estaba muriendo.

El Dylan que entra en pánico es mi Dylan menos favorito.

—Bueno, obviamente los dos estáis bien, futuro marido de Samantha.

—Eso también me sorprendió —dice Dylan—. Tal como cuando ella me repitió las mismas dos palabras cuando tú te fuiste. Al principio actué como Han Solo, pero luego me puse serio, lo cual fue muy, muy difícil.

—Apuesto a que lo fue. —Lo abrazo—. Me siento muy feliz por ti. No puedo esperar a ser tu padrino en tu ridícula boda en una cafetería.

—Espero que realmente haya una ridícula boda en una cafetería. Sé que me estoy adelantando demasiado. Y sé que soy un ser inmortal superior pero no un psíquico, así que solo tengo que dejar que las cosas fluyan como si estuvieran llegando a buen puerto.

—Quizás sea la elegida —digo.

—Y Arthur el elegido —afirma Dylan.

—¿Y si lo fueran?

Dylan me da unas palmaditas en el hombro.

—Pero en caso de que Arthur y Samantha no sean los elegidos deberíamos invitar a Hudson y a Harriett. Hacer que esta orgía sea superinteresante.

Suena el timbre.

Qué demonios.

—Imposible —digo.

Dylan chasquea los dedos.

—Soy mago ahora, Big Ben. Los acabo de convocar.

Me encuentro con Arthur en la puerta, y aun cuando parece imposible, me siento aliviado de ver que son dos chicas y no Hudson y Harriett.

—¡HABÉIS VENIDO! —grita Arthur mientras abraza a las dos, y una de ellas pone los ojos en blanco de forma juguetona mientras le devuelve el abrazo, como si fuera una hermana mayor—. Ben, ellas son Namrata y Juliet.

—El legendario Ben —dice Juliet.

—El drama diario que explica por qué Arthur nunca termina de ordenar los malditos archivos Shumaker —bromea Namrata estrechándome la mano.

—He traído sidra —anuncia Juliet.

—¡Sí! Emborrachémonos —exclama Arthur.

—No tiene alcohol. No nos emborracharemos contigo. ¿No nos escuchaste ayer? —Namrata sacude la cabeza—. Estaremos aquí solo durante algunos minutos. No podíamos dejarte solo en tu cumpleaños. —Echa un vistazo a la sala de estar—. Aunque veo que no es así. Tu madre sabe esto, ¿verdad?

—Sabe que… hay personas aquí.

—Estamos muy despedidas —se lamenta Namrata—. Nunca hemos estado en esta casa.

Arthur sostiene su teléfono a una distancia de selfie.

—¡Sonreíd!

Namrata y Juliet no sonríen.

Arthur y yo nos dirigimos a la cocina y cogemos ocho vasos para la única botella de sidra. No llega para mucho, solo para brindar por su cumpleaños y beber apenas un sorbo. Dylan coge la botella vacía de sidra e intenta iniciar el juego de la botella, y literalmente nadie quiere participar.

Juliet le da una palmadita en el hombro a Arthur para darle un abrazo.

—Arthur, tenemos que irnos para no llegar tarde a la fiesta.

—Pero nos alegra mucho que tu cumpleaños haya cambiado para mejor —dice Namrata.

—Esperad. No os podéis ir. Hay tarta —anuncio.

—¡¿En serio?! —pregunta Arthur.

—¿Os quedaréis y cantaréis el feliz cumpleaños? —les pregunto.

Namrata y Juliet asienten.

Dylan y Samantha me ayudan en la cocina. Yo llevo la tarta mientras regresamos al salón, y todos comienzan a cantar el feliz cumpleaños. Sobre el pastel de chocolate está escrito con cobertura de vainilla *No desperdicies tu deseo*. Arthur mira a su alrededor, y sonreímos para una fotografía mientras las velas del pastel aún están encendidas. Me siento muy feliz de haber jugado un papel para hacer que su cumpleaños cambiara para mejor. Es decir, de alguna manera yo lo fastidié en primer lugar. Pero arreglé las cosas y espero que eso sea lo que Arthur recuerde sin importar lo que suceda entre nosotros.

Arthur finalmente sopla las velas.

—¿Cuál ha sido tu deseo? —pregunto.

—No lo puedo decir. Pero no he desperdiciado mi deseo.

—¿Entradas para *Hamilton* antes de irte?

—Entradas para *Hamilton* antes de irme.

* * *

—No puedo creer que hayáis venido —recalca Arthur cuando regresa a la sala de estar después de desearles buenas noches a Namrata y Juliet. Se vuelve a colocar en el suelo junto a mí, unos platos de tarta a medio terminar a nuestros pies—. Sabía que yo os importaba. —Hace un gesto hacia todos nosotros—. Todavía no puedo creer que estéis aquí. Ver la cara de todos vosotros ha sido la mejor sorpresa de hoy.

—Te has ganado el premio al Mejor Giro Dramático de Cumpleaños, eso seguro —afirmo. Nadie merece una fiesta de cumpleaños con todas sus personas favoritas más que Arthur. Siempre demuestra mucho entusiasmo por todos a su alrededor y es hora de que todos le demuestren lo mismo. Me tiene a mí arreglando las cosas. A Dylan y Samantha que vienen directamente del hospital. A Ethan y Jessie desde Georgia. A Namrata y Juliet para demostrarle que él no es solo el hijo de la jefa.

—Ahora es una cita triple —dice Dylan—. Tengo una idea.

—No, no la tienes —niego.

—Sí la tengo.

—Si es sexual no la digas.

Dylan sonríe.

—Tal vez podríamos tener una séxtuple…

—¡Dylan!

—… boda —termina de decir Dylan—. Una boda séxtuple ya que tenemos tres parejas. Deja de pensar en cosas sucias, Big Ben. —Pone los ojos en blanco hacia Samantha, que está muy ocupada poniendo los ojos en blanco hacia él—. Ey, futura mujer, tú eres la que hizo el comentario de Futuro Marido. Sabes en lo que te has metido. Siempre te querré y siempre odiaré tu café.

Samantha sacude la cabeza con una sonrisa.

—Hablemos de los «siempre» más adelante. Ahora es el cumpleaños de Arthur.

—Exacto —concuerdo.

—Solo digo —continúa Dylan—. Esto es enorme. Hay tres parejas en la sala. Esto parece la Comunidad de los anillos de bodas.

—Sus padres se conocieron cuando eran jóvenes y aún están casados —les explico a Ethan y Jessie para que entiendan por qué Dylan es como es cuando se trata del amor. Me vuelvo hacia Dylan—. No significa que todos los demás estén tan entusiasmados de hablar sobre el futuro. —Tomo la mano de Arthur—. Algunos de nosotros queremos vivir el momento. —En nuestro nuevo intento.

—Los dos tendréis una vida de momentos —afirma Dylan—. ¡Sois vosotros, chicos! ¡Arthur y Ben! Desafiasteis las probabilidades. Eso es amor al estilo Hollywood. No tengo dudas sobre vosotros. A la mierda la distancia. —Señala a Jessie y a Ethan—. Vosotros parecéis unidos. No hagáis como Ben y Hudson y fastidiéis el equipo.

—Estoy bastante seguro de que tú y Harriett lo fastidiasteis primero —digo.

Dylan me desestima con un gesto.

—Detalles.

—Es algo de lo que hemos hablado, por supuesto —aclara Jessie—. Pero ¿qué íbamos a hacer? ¿No darle una oportunidad? No es que de pronto nos despertamos un día con sentimientos por el otro.

—Definitivamente no —agrega Ethan.

—Pero vimos una oportunidad y la tomamos. Tal vez nos arrepintamos en el camino, pero lo dudo. Nos conocemos desde siempre. No hay manera de que desperdiciemos esa amistad.

Espero que algo de esto alivie a Arthur. Que cuando regrese a casa no esté constantemente atemorizado de que su grupo de amigos se disuelva.

—¿Vosotros os arrepentís de haber salido con sus amigos? —pregunta Ethan.

—Sí, claro que sí —responde Dylan sin dudar.

—¿De verdad? —pregunto.

—Se fastidió algo bueno por algo que no condujo a ninguna parte. Tal vez si yo hubiera conocido a Harriett tanto como ellos dos se conocen entre sí las cosas habrían sido diferentes.

—Sí, pero yo conocí a Hudson durante menos tiempo y...

—Me pone nervioso el rumbo que está tomando esta conversación.

—¿Te arrepientes de Hudson? —pregunta Arthur.

—Echo de menos a mis amigos —digo—. No es que necesite que Hudson y Harriett estén aquí en este momento. Pero tampoco quiero que sea una idea tan descabellada. Ellos fueron nuestros mejores amigos y ahora todo está muy dividido. Como si nunca pudiera estar con Harriett sin sentirme incómodo por Hudson o Dylan. Hudson y Dylan no pueden hacer tonterías juntos. Yo no puedo salir a solas con Hudson sin que exista esa incomodidad en el aire. Ya no más salir por el solo hecho de pasar el rato.

—Pero ¿te arrepientes de haber salido con Hudson? —pregunta Arthur—. Puedes ser honesto. Está bien.

—No me arrepiento —respondo. Me sentía diferente hace algunas semanas. Hubiera mantenido la verdad en secreto en ese entonces. Pero Arthur se merece toda mi sinceridad—. Es como Ethan y Jessie. Y Dylan y Harriett. Teníamos que intentarlo. ¿Y si hubiera sido genial? No lo fue, pero ¿y si lo hubiera sido? Nunca lo habríamos sabido. Y yo soy quien soy hoy porque salí con Hudson. Soy el chico que te gusta porque salí con Hudson. Soy el que conociste porque salí con él y terminé con él.

—Brindemos por Hudson —propone Dylan, levantando un vaso. Nadie se mueve—. ¿Es demasiado?

Hago un gesto señalando a Dylan en su totalidad.

—Definitivamente. Demasiado. —Me vuelvo hacia Arthur—. Tenía que responder a esa pregunta de «¿y si...?» con Hudson. De la misma manera que nosotros hemos respondido la nuestra.

—¿Tampoco te arrepientes de esto? —pregunta Arthur.

—No hay nada de qué arrepentirse.

—Todavía no —dice Arthur.

—Nunca —respondo, pasando un brazo por encima de sus hombros.

Si no me arrepiento de Hudson, no hay forma de que alguna vez pueda arrepentirme de Arthur. Pero no tengo ni idea de lo que nos depararán nuestros próximos capítulos. De para qué clase de final deberíamos prepararnos.

* * *

Se está haciendo tarde, así que estamos pensando cómo haremos para dormir. El padre de Arthur tenía pensado que Jessie durmiera en la cama de Arthur, que Arthur durmiera en la cama de su tío, y que Ethan acampara en la sala de estar. Eso claramente no va a suceder. Ethan y Jessie ya están en pijama en el sofá cama. Dylan está arrastrando a Samantha a su mundo desvergonzado, y ambos ocuparán la habitación de Milton. Y yo estaré con Arthur en su dormitorio. Por fin a solas.

Si Dylan alguna vez se va.

—Esta habitación es adorable —comenta él cuando solo quedamos los tres en la habitación de Arthur—. ¿En qué cama vais a dormir?

—Yo siempre voy abajo —anuncia Arthur, poniendo sábanas nuevas en el colchón.

—Ahhhh —dice Dylan.

Arthur se queda helado.

—Esperad. No he querido decir eso. *No* es lo que he querido decir. Creo. Pero no estaba hablando de eso. Solo hablaba de dormir. En literas. Nada más.

—Genial —asiente Dylan—. No lo he visto venir. En ese sentido, me ocuparé de concebir a mi futuro hijo.

—Dylan, no tengas sexo en esa cama —ordeno.

—Haremos un juego de rol. Yo seré un vampiro y ella será la cazavampiros…

Samantha está en la puerta.

—Dylan. Dormiremos. Vamos. —Se vuelve y se dirige a la habitación de Milton.

—Dormir es un código en clave, para vuestra información —explica Dylan, y cierra la puerta detrás de él.

Arthur y yo apagamos las luces y nos acostamos sobre las sábanas, enfrentados.

—Así que. ¿Buen cumpleaños? —pregunto.

—Comenzó un poco triste.

—Lo siento.

—Pero luego mejoró enormemente.

—De nada.

—Luego se volvió un poco triste de nuevo.

—Lo lamento por Dylan.

—Y ahora estamos aquí.

—No nos pongamos tristes —digo—. Por fin estamos solos y tengo algo para ti.

El rostro de Arthur se ilumina.

—¿En serio?

Cojo mi teléfono y abro Gmail, donde guardo todos mis capítulos de *La guerra del mago maléfico*. Aprendí la lección después de perder *El escuadrón de los hechiceros* hace algunos años después de que el viejo portátil familiar se rompiera. Abro el capítulo.

—Te he incluido en *La guerra del mago maléfico*.

Arthur se incorpora de pronto y se golpea la cabeza con la cama de arriba.

Le masajeo la cabeza mientras río.

—¿Estás bien?

—Sí. Es decir. Me han incluido en mi historia favorita desde *Hamilton*. ¿Soy más alto?

—No. Pero eres un rey. El rey Arturo. No tienes que leerlo ahora.

—¿Cuándo lo escribiste?

—Comencé el lunes. Y lo terminé ayer.

—¿Me lo ibas a enviar? ¿Aun si no volvíamos a hablar?

—Estaba reuniendo el coraje. Creo que sí. Incluso Hudson me dijo que debería enviártelo.

Arthur asiente.

—No debería haberlo mencionado de nuevo —digo—. Lo siento.

—Tú y Dylan deberíais hablar con Hudson y Harriett. Intentar arreglar las cosas.

—¿En serio? ¿Eso no sería incómodo para ti?

—Solo es incómodo si yo me interpongo en tu camino. Sé que echas de menos a tus amigos. ¿Y si no todo estuviera perdido? Deberías averiguarlo.

—Lo pensaré —respondo, sintiéndome más animado ante la posibilidad de tener a Dylan, Harriett y Hudson en una misma habitación de nuevo.

—Pero solo indaga en el tema de la amistad —pide Arthur—. No te preguntes «¿y si...?» con respecto a Hudson y tú saliendo juntos de nuevo. Eso probablemente terminaría en una ruptura de corazón literal a manos de alguien que, si bien está muy familiarizado con la ley gracias a sus prácticas de verano, es demasiado imprudente como para que eso le importe.

—Amenaza de muerte recibida. De acuerdo. —Tengo suerte de que Arthur se esté tomando este asunto con calma—. Quería pedirle a Harriett que pasara por mi casa esta semana para buscar la caja de Hudson. Quitarla de mi habitación. Pero simplemente se la puedo entregar a él yo mismo.

—No tienes que hacer eso —dice Arthur.

—Quiero hacerlo.

—No, en serio. No necesito que te deshagas de regalos ni borres las cincuenta y seis fotos de Instagram. Es diferente. Sé que me quieres. Yo destruiría a cualquiera que intentara hacerme borrar cualquier rastro de ti.

—Estás muy agresivo hoy —bromeo—. Aun así. Es algo que necesito hacer por mí.

No necesito pequeños recordatorios de la persona que Hudson dejó de ser mientras estábamos saliendo. No cuando estoy intentando recordar quién es él como amigo y no como novio.

Vuelvo a concentrarme en el cumpleaños de Arthur, que es lo más importante esta noche. Nos ponemos cómodos y él comienza a leer su capítulo. Ríe con todas las bromas sobre el rey Arturo en las que yo he empleado tiempo extra. Me besa cada vez que el rey Arturo besa a Ben-Jamin. No puedo creer que alguna vez existió la posibilidad de no ver a Arthur hoy. Que alguna vez exista esa posibilidad.

—Te quiero, Arthur —digo.

Arthur se vuelve hacia mí.

—Yo también… *te quiero*, Ben —dice en español.

35
ARTHUR

Domingo 5 de agosto

Cuando abro los ojos, Dylan está a unos centímetros de mi cara.

—Caballeros, POR FAVOR DESENLACEN SUS PENES DE IN-MEDIATO. ES UNA EMERGENCIA.

—Así no... funcionan los penes.

Dylan guiña un ojo.

—Sé cómo funcionan los penes.

Ben me abraza más fuerte y murmura algo contra mi hombro.

—Y cubran sus cuerpos desnudos. Piensen en los niños.

—Pero... ni siquiera estamos cerca de estar desnudos. —Ben se sienta y tira de su camiseta hacia abajo—. Llevamos más ropa que tú.

Dylan enarca las cejas.

—¿Me estás desafiando?

—¿Para que te pongas más ropa? Claro que sí.

—¿Cuál es la emergencia? —pregunto.

—Vamos a comprar donuts —anuncia Dylan—. Y necesitamos sugerencias.

Ben parpadea.

—Nos has despertado para pedirnos sugerencias.

—Sí.

—Vale, ¿ha quebrado Dunkin' Donuts o...?

—¿De verdad estás sugiriendo Dunkin' Donuts? ¿Acabas de mirarme a los ojos y decir eso?

—¿Qué tiene de malo Dunkin'?

Dylan se encoge de hombros.

—Son los Starbucks de los donuts.

—Starbucks tiene donuts —dice Ben—. Starbucks es el Starbucks de los donuts.

—Por favor, basta.

—Los donuts son donuts.

—Beniel el Travieso, eres mejor que eso.

Samantha asoma la cabeza por la puerta.

—Vamos, iremos a Beard Papa's. Traeremos cosas. Ben, ¿vienes?

—Ponte los pantalones, Ben 10 —ordena Dylan—. Te acabas de apuntar en Introducción a los donuts.

* * *

Cuando entro deambulando en la sala de estar, las piernas de Jessie se encuentran sobre el regazo de Ethan. Me doy cuenta de que esta es la primera vez que los tres hemos estado juntos a solas durante todo el verano.

Me desplomo en un sillón y me abrazo las rodillas.

—Esto es extraño.

Jessie ríe con nerviosismo.

—¿Qué es extraño?

—No lo sé. El hecho de que estéis aquí. En Nueva York. ¡Y que estéis saliendo!

—Y que tú tengas novio —agrega Jessie—. Un novio muy guapo.

—Ja. Sí.

—¿Así que todo salió bien? ¿Va todo bien de nuevo entre vosotros?

—Estamos bien. Realmente bien. Durante dos días más, de cualquier forma. —Intento sonreír, pero no lo logro.

Jessie me mira expectante.

—¿Vosotros…?

—No. No lo sé. No hemos hablado sobre eso.

—Deberíais —aconseja Jessie.

Se me cierra el pecho.

—Sí.

Ahora las manos de Ethan están apoyadas en las… ¿pantorrillas de Jessie? ¿Llegando a las rodillas? Estoy intentando no concentrarme en ello, pero guau. Es como cuando mi padre se afeitó la barba, y era mi padre, pero no lo era, y mi cerebro de doce años no pudo enfrentarse a eso. Y aquí estoy de nuevo, sin poder lidiar con la situación. O tal vez este *sea* yo intentando hacerlo.

—Art, de verdad siento que no te hayamos hablado sobre… *nosotros*. Sé que es extraño para ti. Por supuesto que lo iba a ser.

—No, vosotros no actuasteis de forma extraña. Yo lo hice. Es solo que… no lo sé. Me sentí como Amneris en *Aida*. Como que debía haberlo visto venir.

—Amigo. —Ethan exhala—. Lo siento mucho. Nosotros hicimos eso. Te convertimos en Amneris.

—Por favor, hablad claro —pide Jessie.

—Pero me comporté como un completo idiota. Lo siento. Vosotros sois felices, ¡y yo me siento feliz por vosotros!

—No…

—Y odio cómo reaccioné. Odio haberos hecho sentir incómodos.

—Bueno —dice Ethan—. Yo odio haberte hecho pensar que tenía problemas con que tú fueras gay.

—Sí, pero eso estaba todo en mi cabeza...

—Debí habértelo dejado más claro. —Ethan sacude la cabeza—. Debí haberte enviado mensajes todos los días. Lo lamento mucho, Art.

—Está bien.

—Lo sé. Solo desearía haberme comportado de manera diferente.

Durante un instante, nadie habla.

—Bueno, tal vez deberíamos hacer un nuevo intento —propongo.

—¿Un nuevo intento?

—Jessie... Ethan. Tengo algo que deciros. —Hago una pausa—. Soy gay.

Ambos me miran atentos.

—Ya lo sabemos —dice Jessie.

—No, este es un nuevo intento. Ahora vosotros tenéis que decir algo.

—Vale. —Jessie asiente—. ¿Qué quieres que digamos?

—Lo que vosotros queráis decir. Como «genial» o «maravilloso» o «ah, bien, eso es fantástico» o...

—Ah, genial, eso es fantástico —dice Jessie.

—Maravilloso —agrega Ethan.

—Vale, bien. Y ahora es vuestro turno.

Jessie frunce el ceño.

—¿Te refieres a...?

—Ey, chicos, ¿cómo estáis? ¿Qué grandes noticias tenéis? —pregunto en voz alta.

—Bueno —dice Jessie.

Ethan sonríe a la pantalla de su teléfono.

—Ethan y yo estamos saliendo.

—¿Qué? ¡Eso es genial! —Junto las manos de pronto—. Me siento muy feliz por vosotros, ES JODIDAMENTE ROMÁNTICO.

Jessie ríe.

—Creo que deberías bajar el tono dos niveles.

—Vale, pero estoy feliz por vosotros. Lo sabéis, ¿verdad?

—Lo sabemos. Pero también es un poco raro. Es diferente. —Jessie se encoge de hombros—. Lo entiendo.

—Bueno, vosotros sois mis mejores amigos. Eso no es diferente.

—Es verdad. —Jessie sonríe emocionada y desliza las piernas fuera del regazo de Ethan—. Ven aquí.

Y cuando me quiero dar cuenta, está acurrucándose en mi sillón a mi lado.

—Discúlpame. Espacio personal. —La aparto, conteniendo una sonrisa.

—Ni lo sueñes. —Arroja los brazos alrededor de mis hombros y se acurruca incluso más.

Mi teléfono vibra con un mensaje. Jessie lo lee con descaro por encima de mi hombro.

Te quiero, amigo.

De Ethan. Y no en el chat de grupo. Es un mensaje privado.

Y cuando levanto la mirada para encontrar la de él, ya se encuentra a mitad de camino hacia el sillón.

—Quiero sitio —anuncia, desplomándose con firmeza sobre nuestros regazos.

* * *

Me dejo caer junto a Ben en el sofá.

—Se han ido todos. Toda esa gente horrible se ha ido.

—Por fin. —Me acerca junto a él. Ben es extraño. Parece incómodo demostrando afecto delante de nuestros amigos, pero ahora que ellos se han ido, no puede quedar un centímetro de espacio entre nosotros—. Pero Jessie e Ethan me gustan.

—JessieeEthan. Una palabra. Todavía estoy… guau.

—Debe ser difícil acostumbrarse.

—Es extraño. Creo que de verdad estoy contento por ellos. —Le sonrío—. Tal vez simplemente esté feliz.

Hunde el rostro en mi hombro.

—Sé lo que quieres decir.

—Esto es lo mejor. Es como si fuéramos padres.

—¿Padres? —Ríe.

—Como si fuéramos una pareja de adultos de Nueva York sentados haciendo nada.

—Me gusta no hacer nada contigo.

Le sonrío.

—A mí también.

Y de verdad me gusta. Me gusta jodidamente demasiado. Y siempre pensé que el amor se trataba de momentos cinematográficos. Sin diálogos, sin relleno. Pero si las partes tranquilas son un relleno, tal vez el relleno esté subestimado.

—Deberíamos hacer esto todos los días —propongo.

—¿Los dos que quedan? —pregunta Ben con una sonrisa triste.

Mi corazón da un vuelco.

—Oh.

—Perdón por ser un aguafiestas.

—No. —Beso su cabeza—. Estás siendo auténtico conmigo, tal como dijiste que lo serías.

Asiente.

—Pero odio esto.

—Yo también —dice suavemente.

—Ey. Ven aquí. —Me muevo para recostarme, y luego lo atraigo hacia mí, pecho con pecho, piernas entrelazadas. Hunde su cabeza en el hueco de mi cuello y solloza, y los latidos de mi corazón se aceleran el triple. De verdad está muy triste. Casi me coge con la guardia baja.

Me aparto, y durante un instante, solo observo su cara, las espesas pestañas aleteando sobre sus mejillas ruborizadas, la constelación de pecas sobre su nariz. Es uno de esos silencios que es tan denso que parece sólido. Presiono los labios contra su frente.

Respiro hondo.

—Así que —pregunto al final—, ¿qué va a pasar en dos días?

Ben hace una pausa.

—No lo sé.

—Regreso a Georgia.

Encuentra mi mirada.

—Nunca he tenido una relación a distancia.

—Nunca he tenido ninguna clase de relación hasta que llegaste tú —digo—. Ni siquiera sé cómo funciona eso.

—¿Cómo funciona qué?

—Estar separados. —Mis manos se detienen en la línea de su mandíbula—. En las películas es solo un montaje. Sabes, se echan de menos, tal vez hablan por teléfono algunas veces, alguien se corta el pelo o se deja crecer la barba o algo así, así que puedes ver el paso del tiempo. Pero no sé si eso es realista. Creo que solo hablaríamos por FaceTime, nos enviaríamos mensajes y nos echaríamos mucho de menos. Y tal vez nos masturbaríamos al teléfono algunas veces. ¿Eso existe?

Ben parece sorprendido.

—Eh… No tengo ni idea.

—Pero ¿qué sucede si todo se estropea? Yo seré el chico que está triste, borracho y solo, y tú iras a fiestas y besarás chicos, y yo intentaré llamarte, pero tú estarás en una cueva acostándote con un grupo de chicos atractivos de padres famosos pero que tienen los ojos vacíos, y probablemente habrá cocaína…

—Dios, Arthur. Te das cuenta de que paso el noventa y nueve por ciento de mi tiempo escribiendo sobre magos y jugando a *Los Sims*, ¿verdad?

—Lo sé.

—Simplemente no tienes filtro, ¿no?

—Ninguno.

Me besa en la mejilla.

—Bueno, tengo que hacer algo ahora.

—Ahh, ¿qué? ¿Es un secreto? ¿Debería cerrar los ojos?

—No tienes que cerrar los ojos. Solo espera. Escucha tres canciones de *Dear Evan Hansen*, y estaré listo.

Me incorporo, sonriente.

—¡Lo haré!

Pero apenas estoy en la parte de Zoe de «Only Us» cuando mi aplicación de FaceTime se enciende con una llamada.

Presiono aceptar.

—Hola, mamá.

—¡Hola, cariño! —Se encuentra en la habitación de hotel más genérica que haya visto alguna vez. Ropa de cama blanca, cabecera afelpada y un cuadro con un paisaje de playa—. ¿Cómo salió la sorpresa?

—Fue fantástica.

—¿Cómo son Ethan y Jessie como pareja? No me lo puedo imaginar.

—Ah, son lo peor —comienzo a decir, pero luego la puerta de mi habitación se entreabre.

Y pierdo la capacidad de hablar.

Porque… guau. *Guau*. Ahí está mi novio. Llevando puesta solo ropa interior. Me mira directamente y…

—¿Estás bien, cariño? —pregunta mi madre.

La mano de Ben vuela hacia su boca. Corre de regreso hacia mi habitación y cierra la puerta de un golpe.

—Me tengo que ir, mamá. Perdón. —Termino la llamada antes de que ella pueda preguntar por qué.

Cuando entro en mi habitación, mi cama está cubierta de pegatinas con forma de corazón y una hilera de pequeñas velas forma un camino desde mi puerta.

Y allí está Ben, sentado en el medio de la cama de abajo, junto a su portátil.

—No he encendido las velas. Lo siento. No quería incendiar tu apartamento. Y Duane Reade no tenía pétalos de rosa, así que he elegido pegatinas.

—Ben.

—Sé que parece ridículo.

—Es perfecto.

—¿Te gusta? —Las comisuras de su boca se elevan en una sonrisa.

—Me encanta todo en esta habitación —le digo—. Cada una de las cosas que hay aquí.

36
BEN

Domingo 5 de agosto

Esta mañana he despertado junto a Arthur, y no puedo creer que casi existió un mundo en el que eso nunca sucedió. Me sentí de la misma manera anoche cuando nos estábamos quedando dormidos con mi cara apoyada sobre su hombro, respirando en su camiseta. Y esta tarde estamos acostados de lado, sin camiseta, con nuestras manos entrelazadas descansando entre nuestras caras.

—En serio, no tenemos que hacer esto —digo—. No sabemos qué va a pasar con nosotros y... Es un momento grande. No puedes retractarte. Está bien si quieres esperar a alguien más y...

—Tú eres el único con el que quiero hacer esto, Ben. ¿Tú quieres hacerlo?

—Sí, mucho.

—Yo también. Es solo que... no sé cómo...

—Lo sé.

—Ya sé que *tú* sabes. Solo sé paciente conmigo.

—Por supuesto. —Si Arthur se asusta como la última vez, lo entenderé por completo. Nunca querría que se sintiera incómodo. Le beso los nudillos—. Lo haré. Te quiero.

—Yo también te quiero.

Comenzamos y vamos lento. Quiero que esta sea la experiencia inolvidable que Arthur había estado soñando durante quién sabe cuánto tiempo. Y es una clase distinta de primera vez para mí. Arthur es un chico completamente diferente, y estamos en una cama completamente diferente. Este apartamento no es la casa de ninguno de los dos, pero nosotros somos el hogar del otro, y eso es lo que hace que cada muro se desmorone y solo me concentre en él. De verdad quiero que esto dure para él tanto como sea posible. Nadie comienza una película e inmediatamente quiere ver los créditos, así que cuando esto se termine, espero que mire hacia atrás y lo considere un éxito.

La presión se está apoderando de mí. No puedo fastidiar esto para él.

Me recupero rápido. Es una tontería. Arthur y yo nunca hemos hecho nada perfecto. Perfecto para nosotros, sí. Pero no en teoría. Y sé que sus pensamientos están muy ocupados con sus propias preocupaciones, en especial después de que algunas dificultades técnicas nos hagan ir más lento, y superamos todo con paciencia y sonrisas reconfortantes.

Lo beso y le digo que es guapísimo y le digo que lo quiero y continuamos más allá de la línea de meta.

Reímos y recobramos el aliento y nos quitamos las pegatinas del otro.

No fue necesario ningún nuevo intento.

Lunes 6 de agosto

Mi cumpleaños —el 7 de abril— fue la última vez que el chat de grupo en el que estamos Dylan, Harriett y Hudson estuvo activo. Yo había enviado un mensaje para ver si todos querían quedar para desayunar antes de que Hudson me llevara al recital. Harriett nos habló a Hudson y a mí por separado porque no podía tolerar la idea de que la burbuja de su chat estuviera cerca de la de Dylan, por lo que los tres fuimos a desayunar. Dylan no quería ningún drama de todas formas, así que me encontré con él en su casa y me cocinó tacos de coliflor y jugamos a videojuegos, solo nosotros dos. Y luego Hudson y yo nos fuimos a hacer lo nuestro, y yo ni siquiera podía descargarme sobre lo decepcionante que había sido el día porque su propio ánimo estaba por el suelo a causa del divorcio de sus padres esa semana. Realmente desearía haber sido suficiente para reunir a todos como Arthur lo hizo en el día de su cumpleaños, pero eso quedó en el pasado.

Tiempos distintos.

Cuando llegué a casa después de pasar la noche con Arthur, reviví el chat de grupo. Solo les dije a todos que quería reunirme con ellos después de clases para ver si podíamos hablar las cosas. Expuse mi deseo al universo con el GIF del Gato con botas suplicando con sus enormes ojos vidriosos. Dylan respondió con el GIF de Bob esponja levantando los dos pulgares y dijo que estaría allí. Una hora más tarde Harriett respondió con el GIF de «Como desees» de *La princesa prometida*. Y algunos minutos después, Hudson envió un GIF de Stewie Griffin saltando de la anticipación.

Sentí el aire diferente en clase. Ya no más incomodidad. Como si Hudson y Harriett fueran a ser mis amigos de nuevo y no solo porque eran las únicas personas a las que pude recurrir después de estropear las cosas con Arthur, Dylan y Samantha.

La disposición de todos fue suficiente para hacerme sentir esperanzado, sobre todo hasta que el señor Hayes me entregó un cuestionario donde obtuve un 6. Yo estaba muy seguro de que sacaría un 9 o un 8. El examen que determina todo es mañana, el mismo día en el que Arthur regresa a casa. Pero… no sabía cómo hacer esto y estaba listo para romper en llanto, así que le envié un mensaje a Arthur. Cancelaremos nuestros planes de recorrer la ciudad para que Arthur pueda ser un superturista, y en cambio simplemente me ayudará a estudiar. Me sorprendería si logramos estudiar algo, hay demasiadas razones para no mantener las manos fuera del cuerpo del otro y tener la gran charla que nos debemos. La que hemos estado evitando.

Pero una gran charla a la vez.

Cuando salimos de clase, hago que la conversación solo gire en torno a las notas mientras caminamos hacia Dream & Bean. A Harriett y Hudson les ha ido mucho mejor que a mí, como sabía que sucedería. Es extraño cómo todo podría reacomodarse en nuestro grupo y Harriett, Hudson y Dylan avanzarían hasta el último curso sin mí. Se graduarían sin mí. Irían a la universidad sin mí. Siempre estaré un año por detrás de ellos en la vida.

Tengo que hacer morder el polvo al examen de mañana.

Llegamos a Dream & Bean, y Dylan está sentado en un rincón con cuatro bebidas y una caja a sus pies.

—Estas no son todas para ti, ¿verdad? —pregunto cuando me siento junto a él.

Harriett se sienta frente a mí, y Hudson, frente a Dylan.

—Ofrendas de paz —anuncia Dylan. Me entrega una limonada rosa, a Hudson un *mocha* helado y a Harriett un capuchino con salsa de caramelo—. El camarero dibujó un gato que podrías haber subido a Instagram, pero se ha estropeado.

—La intención es lo que cuenta. Gracias. —Harriett bebe un sorbo—. ¿Cómo estás?

—Bien. Mi verano ha pasado con lentitud. He empezado a salir con alguien…

—Eso es maravilloso, pero me refería a que estuviste en el hospital —interrumpe Harriett—. No a tu verano. Pareces estar físicamente bien. ¿Qué sucedió? ¿Ataque de pánico?

—Sip. Estoy bien.

—Bien —dice Hudson—. Quise enviarte un mensaje ayer, pero no sentí que me correspondiera.

—¿A qué te refieres? —pregunta Dylan.

—Pregúntale a él —responde Hudson, señalándome.

—¿Porque no te dejé venir conmigo al hospital? No tenía sentido.

—Yo también lo quiero —señala Hudson—. No es solo tu amigo.

Dylan se lleva las manos a la cara.

—¿Os vais a pelear por mí?

Lo fulmino con la mirada.

—Sé que tú también lo quieres. Pero nunca intentaste ser su amigo después de que nosotros termináramos.

—Nuestra amistad comenzó a desvanecerse incluso antes de que vosotros lo dejarais —señala Dylan.

Hudson se está ruborizando.

—Así que ahora lo vais a atacar en grupo —protesta Harriett.

Pido un tiempo muerto con las manos.

—No lo estamos atacando. Sé que vosotros tenéis vuestra lealtad hacia el otro y nosotros tenemos la propia. Pero esto nos está dividiendo. —Respiro hondo—. Mirad, esto tiene que ser incómodo antes de que mejore. Sé que es incómodo ahora, pero me alegra que lo estemos haciendo.

—¿Qué es exactamente lo que estamos haciendo? —pregunta Hudson—. ¿Cuál es el objetivo de todo esto? ¿Un abrazo de grupo? ¿Volver a seguirnos en Instagram?

—Para empezar, sí —respondo—. Quiero que volvamos a intentarlo, que presionemos el botón de reinicio. Que hagamos un nuevo intento. Vosotros dos sois realmente importantes para nosotros, y obviamente no estáis aquí por diversión. Vosotros también queréis arreglar las cosas.

Harriett mira detenidamente su capuchino.

—Nunca estuviste antes en el hospital por un ataque de pánico, Dylan. Me asusté demasiado, pero sentí que no tenía permitido estar allí. Todo porque mi ego se negaba a permitir que tengamos cualquier clase de relación, ni siquiera una amistad, después de cómo me abandonaste sin motivos.

—Realmente lo siento —se disculpa Dylan—. No quería que perdieras el tiempo.

—Lo entiendo. Supongo que en retrospectiva te lo agradezco. Aun así, me hizo mucho daño. Pero sin importar lo enfadada que estuviera, cuando pensé que te estaba sucediendo lo peor, realmente quise estar a tu lado como en los viejos tiempos. —Harriett lo mira fijamente a los ojos y después me observa a mí—. No creo que hubiera estado dispuesta a tener esta conversación si no me hubiera quedado despierta el sábado pensando en todo esto.

—Guau, ¿no dormiste por mí? —pregunta Dylan—. Te encanta dormir.

—Sacrifiqué mi preciado sueño reparador por ti —indica Harriett.

—Significa el mundo para mí. —Dylan apoya una mano en su corazón—. Ya no soy el último de la fila. Entre que vosotros volvíais a llevaros bien cuando Ben y yo no nos hablábamos y después, todo el tiempo que habéis pasado juntos en el instituto de verano, me hicisteis desear suspender Química a mí también.

—D, ya es suficiente con las bromas sobre el instituto de verano, ¿vale?

—Ehh. —Se me acerca y baja la voz—. Pensé que formábamos parte del mismo bando.

—No hay bandos. El único bando es el que todos estamos intentando formar ahora. —Golpeo los nudillos contra la mesa—. Ha sido un día difícil. Me ha faltado poco para suspender un test, y estoy bastante seguro de que suspenderé mañana. Simplemente necesito tu apoyo.

—Lo lamento, Big B. Sabes que solo estaba bromeando.

—No es el momento. Es probable que pueda soportar una broma del instituto de verano una vez que haya salido victorioso de él. Si apruebo. No es muy probable. Estoy bastante seguro de que repetiré el año en un instituto diferente. Y no estarás tú, ni tú, ni tú.

—Casi añado que Arthur tampoco estará allí, pero que Arthur no esté para el instituto o para cualquier cosa es un problema mucho más grande que me carcome—. Yo seré el último de la fila al que dejaréis de lado y será olvidado.

Dylan me coge la mano.

—Big Ben, si te atrasas y te echan, yo me cambiaría a tu nuevo instituto. Sabes que no estoy bromeando.

Le aprieto la mano. Sin importar cuál sea el resultado con Hudson y Harriet, sé que Dylan estará en mi vida para siempre. Es la clase de pensamiento reconfortante que necesito en las vísperas de la partida de Arthur.

—No vas a venir a mi nuevo instituto si te vas a burlar de que voy retrasado.

—Trato hecho. —Se vuelve hacia Hudson—. Vale. Yo he ido a la guerra contra Harriett y Ben. ¿Tú tienes alguna queja o podemos pasar al abrazo de grupo?

—Estamos bien —asegura Hudson—. Pero quiero hablar con Ben.

—Y yo contigo —digo.

—Adelante —dice Dylan. Expectante.

—Deberíamos darles algo de espacio —propone Harriett.

—¿Por qué? Nosotros hemos expuesto nuestros asuntos frente a ellos.

Harriett se pone de pie.

—Vamos, cómprame un capuchino caliente y háblame sobre tu nueva novia.

Dylan la sigue, siempre dispuesto a hablar de Samantha. No puedo creer que esté observando cómo Dylan y Harriett se alejan caminando juntos como si no hubieran tenido esa historia de no hablarse durante los últimos cuatro meses.

Me deslizo en el asiento para quedar frente a Hudson.

—Así que. Buen comienzo, ¿verdad?

—Para el grupo, sí —afirma Hudson—. Lamento haber intentado besarte. No debería haberme acercado a ti de esa forma. Interpreté mal la situación.

—Sí, pensaste que yo quería que volviéramos.

—No solo eso. También interpreté mal mis propios sentimientos. No creo que quisiera que volviéramos a ser novios, solo estaba confundido porque... mis padres no fueron los únicos que me hicieron creer en el amor. Tú fuiste el primero, y quería tener ese sentimiento especial de nuevo. Pero creo que somos mejores como amigos que como novios y así deberían seguir las cosas. Tú eres tan duro contigo mismo que casi ni siquiera quería decirte esto porque nunca querría hacerte sentir poco valioso otra vez. Pero tengo que decírtelo para que puedas confiar en que estoy listo para que seamos amigos de nuevo. Eres importante para mí y, en primer lugar, no deberíamos haber estropeado nuestra amistad.

—Me alegra mucho que lo hayamos hecho, Hudson. D y yo estábamos hablando sobre esto anoche. No me arrepiento de que hayamos salido y no cambiaría nada de lo que sucedió. De verdad. —Arrastro la caja de debajo de la mesa—. Todo aquí me recuerda a cuando tú no pensabas que el amor era una mierda. Haz lo que quieras con ella, por supuesto. Pero si quieres descartarla quizás ayude a que mires su contenido una vez más. Eres una de las personas más buenas que existe. Yo no hubiera tenido el corazón tan roto porque lo nuestro no funcionó si tú no fueras tan increíble.

Hudson desliza la caja hacia él.

—Eso significa mucho, Ben. Gracias. —Le da una palmadita a la caja. Respira hondo—. ¿Qué vas a hacer con Arthur?

—No estoy seguro. Sé que eso no tiene sentido porque él se irá mañana, pero... creo que hay algo más para nosotros. Debería ir a verlo.

—Definitivamente deberías hacer eso.

Miro a Hudson a los ojos y sé que no solo está apoyando mi amor, también está sintiendo el dolor de la ruptura de corazón que quizás me espere.

Hago que Dylan y Harriett regresen. Les decimos que todo está bien entre nosotros. Nadie bromea. No hacen preguntas sobre nosotros al igual que nosotros no les preguntamos si ellos realmente han estado hablando de Samantha o si la conversación ha tratado sobre ellos dos. Solo porque seamos amigos no significa que tengamos el derecho de interferir en los momentos privados de los demás.

Abro los brazos y nos acercamos. Para ser sincero, siento el abrazo de grupo un poco forzado. Pero tal vez eso no sea algo malo. Estamos luchando por estar juntos de nuevo, y eso es precioso. Tal vez algún día sea fácil de nuevo. Podemos comenzar por seguirnos otra vez en Instagram y mantener el chat de grupo vivo. Podemos planear salidas en lugar de simplemente aparecer en los apartamentos del otro como hacíamos en los buenos viejos tiempos. Podemos volver a ocupar nuestros lugares, o algún lugar cerca de donde estábamos. Este verano y sus innumerables nuevos intentos me dan esperanzas de que los cuatro resolvamos las cosas.

37
ARTHUR

Lunes 6 de agosto

No me quiero ir a casa.

Estoy acostado sobre mi estómago en esta cama demasiado pequeña de Ben, en su habitación demasiado pequeña, con su cálido y pegajoso aire y sus fichas de estudio por todos lados, y estoy leyendo un manual de Química. Química, la asignatura más molecularmente mierda de todas, y no lo digo iónicamente.

Ojalá pudiera detener el tiempo.

Ben se deja caer sobre su estómago junto a mí, tapándose la cara con las manos.

—No puedo creer que estemos pasando tu última noche estudiando para mi estúpido examen.

—Me encanta estudiar contigo para tu estúpido examen.

—Cómo quisiera no estudiar para este examen y directamente pasar a…

Le tapo la boca con la mano.

—No digas *follar*. No te atrevas.

Su risa suena ahogada.

—¿Por qué?

—Porque no. —Dejo que mi mano viaje a su mejilla—. Es la palabra sexual menos romántica del mundo.

—¿Y qué piensas de *coito*?

—Vale, esa es otra gran competidora.

—Fornicar. Copular. Acto sexual.

—Eso último suena como una película porno de temática política.

Ben estalla en risas.

—Protagonizada por Mitch McConell y Paul Ryan.

—Muchas gracias por la imagen mental, Arthur.

—Y la secuela: *Coito político*.

—Te odio. —Me besa, y yo simplemente observo su cara. Estoy muy seguro de que sería feliz dedicándome el resto de mi vida a besar cada una de las pecas de Ben. Estoy seguro de que él lo sabe.

Le cojo las mejillas con las manos.

—Ey.

—Ey.

—Pregunta. En el cloruro de sodio, ¿qué elemento tiene la carga negativa?

—El cloruro.

—¡Sí!

Sonríe cohibido.

—Próxima pregunta. ¿Cómo afecta la sal al punto de ebullición y congelación del agua?

—El de congelación disminuye y el de ebullición aumenta.

—¿Cómo es que eres tan bueno con estas preguntas?

—Bueno, tengo que impresionar a mi novio estudioso, futuro profesor de Yale.

Río y lo beso en la mejilla.

—No puedes estudiar Magisterio en Yale.

—Serías el primero.

—Sí, hablando de eso. —Mi corazón se acelera—. Hoy he tenido una conversación interesante con Namrata y Juliet.

—¿Ah sí?

—Sobre la NYU. Una universidad excelente. Tiene un programa de teatro increíble.

—¿Te vas a graduar en teatro?

—No, pero quiero conocer a actores famosos antes de que sean famosos. Ah, y el novio de Namrata me va a hablar sobre Columbia.

—Yo… está bien.

—Solo digo —le lanzo una sonrisa tentativa—, que quizás esta no tenga que ser mi última noche en Nueva York.

Ben no me devuelve la sonrisa. No dice ni una palabra.

—Vale, guau, tu expresión ahora mismo. Te estoy asustando. Lo siento mucho. Solo iré a…

—Arthur, no. No me estás asustando, pero escúchame. —Se restriega la frente—. No puedes planear tu futuro a mi alrededor.

Y así de simple, mis palabras se evaporan. Mi corazón está latiendo tan fuerte que casi me resulta doloroso.

Ben frunce el ceño.

—¿Arthur?

—¿Qué? —Me aclaro la garganta—. Claro. Lo siento. Próxima pregunta.

—¿Estás bien?

Lo ignoro.

—¿El cloruro de plata es soluble en agua?

—Eh. No.

—¿Y el nitrato de plata?

—Sí.

—Nada mal, Alejo —digo, y Ben hunde su rostro en la almohada, pero antes logro ver un destello de una pequeña sonrisa de orgullo. Qué chico.

Mi corazón se retuerce cada vez que lo miro. Cómo su pelo se ondula alrededor de sus orejas. Cómo le roza la nuca.

—Tengo una pregunta —digo en voz baja.

—Tienes una gran cantidad de preguntas.

—Esta no se trata de química.

—Ah. —Rueda sobre su espalda y me mira—. Vale.

De modo que simplemente comienzo a hablar.

—Sé que no te gusta hacer planes para el futuro, pero casi somos estudiantes de último curso…

—A menos que yo siga estando en tercero. De nuevo.

—Pasarás de curso. —Arrastro su mano hacia mi pecho y entrelazo nuestros dedos.

—Pero ¿y si no lo hago?

—Lo harás. Vas a hacerle morder el polvo a ese examen.

Suelta una risa breve.

—No estoy en el instituto de verano por hacerles morder el polvo a los exámenes.

—Ben. Vamos. Lo vamos a lograr. —Me acerco a él—. Te enseñaré todas mis reglas mnemotécnicas…

—Esas no funcionan.

—Pruébame. Los primeros nueve elementos de la tabla periódica. Ya.

—Eh. Hidrógeno…

—Hidrógeno, helio, litio, berilio, boro, carbón, nitrógeno, oxígeno, flúor —digo—. «Hoy Hudson lamió bolas bonitas con naturalidad, orgullo y felicidad». Acabo de inventar ese para ti.

—Guau. —Ríe.

—Si eso es verdad o no, preferiría no saberlo.

—Arthur, eres demasiado adorable. —Me besa con suavidad en la boca—. No te vayas.

—No quiero irme. —Luego desenlazo nuestras manos y busco una tarjeta y un bolígrafo, porque a la mierda. Tengo que preguntarle.

Escribo. Respiro hondo. Y luego sostengo en alto la tarjeta.

—¿Qué va a pasar con NOSOTROS? —pregunta—. ¿A qué te refieres?

—A nosotros dos. Tú y yo. ¿Qué sucederá con lo nuestro? Las mayúsculas son para hacer énfasis —Está sonriendo. Le devuelvo la sonrisa y le doy un golpecito en el brazo—. Cállate. Sabes a qué me refiero.

—Bueno... no lo sé. —Me mira—. ¿Puedo ser sincero contigo?

—Siempre deberías ser sincero conmigo.

—Vale. —Hace una pausa. Durante un instante, su mirada encuentra la mía, pero luego cierra los ojos con fuerza—. Creo que deberíamos dejar ir lo nuestro.

—¿Dejarlo ir?

Y sobreviene este silencio, la clase de silencio que te reacomoda los órganos.

Apoyo ambas manos contra mi pecho.

—Quieres decir... ¿terminar?

—No lo sé. —Suspira—. Supongo que tengo miedo.

Me coge de la mano y me acerca hacia él, hasta que ambos estamos horizontales. Y durante un instante simplemente nos quedamos acostados allí, nuestras caras a un suspiro de distancia sobre la almohada.

—¿Miedo de qué? —pregunto finalmente.

—No lo sé. —Me aprieta la mano—. De evitar que conozcas a otros chicos. De perderte, incluso como amigo. Tengo mucho miedo de eso.

—Pero eso no va a suceder.

—No puedes saberlo. —Comienza a esbozar una sonrisa, pero luego se desvanece, y cuando vuelve a hablar, su voz suena muy suave—. Tengo miedo de romperte el corazón.

No hablo. Si lo hago, creo que lloraré.

—No quiero hacerlo. —Se le quiebra la voz—. Pero tal vez lo haga. Las relaciones son muy difíciles. Quizás simplemente sea yo. No lo sé. Pero no pude hacer que funcionara con Hudson, incluso cuando él estaba tan cerca.

Siento que mis ojos comienzan a llenarse de lágrimas.

—Desearía poder quedarme.

—Sí, yo también. —Se enjuga la mejilla con la palma de la mano y sonríe—. Mierda, te voy a echar demasiado de menos.

—Yo ya te echo de menos.

La próxima lágrima se desliza todo el camino por su mejilla.

—Bueno, tenemos un día más.

—El gran final. O el interludio. Porque nos mantendremos en contacto, ¿verdad?

—¿Estás bromeando? —dice—. Planeo conocerte para siempre.

Lo absorbo con la mirada: su cabello enmarañado, los ojos castaños, las mejillas brillantes y surcadas por las lágrimas.

—Te quiero —digo—. Estoy muy contento de que el universo nos haya reunido.

—Arthur, el universo solo nos dio el primer empujón —aclara—. Nosotros hemos hecho que esto sucediera.

Martes 7 de agosto

Ben me despierta con una llamada de FaceTime durante mi última mañana en Nueva York.

—Ey, te voy a secuestrar.

—Espera, ¿qué? —Bostezo—. ¿Dónde estás? —Claramente está fuera, pero su cara se encuentra tan cerca de la cámara que no puedo distinguir qué hay detrás de él.

—Lo vas a descubrir. Tu primera instrucción: hazme saber cuando estés en el metro. Y luego te enviaré la próxima. ¿Entendido?

En cuanto cortamos, salgo con prisa de la cama. No me molesto en ponerme las lentillas o ropa de verdad. Gafas, una camiseta y unos pantalones cortos son las prendas ganadoras. Encuentro a mi madre caminando de un lado a otro en la sala de estar, hablando por teléfono con la empresa de mudanza, la que Ben no podía creer que hubiéramos contratado porque ni siquiera trasladaríamos los muebles. Pero me alegra que lo hayamos hecho, porque adivinad quién no está llevando cajas al ascensor ahora mismo. Adivinad quién no está cargando un camión de mudanzas. Adivinad quién está ya en el metro a las seis cuarenta y cinco de la mañana.

¡¡Estoy aquí!!

Bien. Ahora coge el 2, haz la combinación en la calle Cuarenta y dos y coge el 7 hasta Grand Central

¿Me vas a llevar a la oficina? 😒.

Me envía un GIF de *Aladdín*. **¿Confías en mí?**
🙂. 😍.

Por supuesto, el metro 2 está repleto de gente, y el 7 se encuentra incluso peor. Estoy yendo a despedirme de un chico de quien estoy enamorado. Despertaré mañana en una ciudad donde no me he dado mi primer beso, en una cama donde no perdí mi virginidad.

Despertaré soltero.

Pero para todos los demás, es solo un día normal de trabajo. Auriculares y pantalones de vestir y deslizar pantallas de teléfonos. Me deja pasmado.

Le envío un mensaje a Ben desde Grand Central. **Bien, ¿ahora qué?**

Me envía una foto con un mapa, donde ha trazado con torpeza mi ruta en rojo. Ni siquiera tengo que leer los nombres de las calles. **¿¿¿POR QUÉ ME ESTÁS ENVIANDO AL TRABAJO, BEN ALEJO???**, pregunto.

Me envía un 😶.

Será mejor que esto no tenga nada que ver con los archivos Shumaker. 😞 😞 😞.

Pero de alguna manera no puedo dejar de sonreír. Soy el peor neoyorquino del mundo. Estoy cruzando las intersecciones como si estuviera flotando, sonriéndoles a los extraños, totalmente preso de mi propio estómago repleto de nudos. Quizás cuando llegue allí, Ben me esté esperando desnudo en la sala de conferencias. O tal vez haya un agente literario trabajando en el edificio, y encontraré a Ben firmando un contrato para un libro y los derechos para una película, y la película se grabará en Atlanta, porque las cosas siempre se graban en Atlanta, y necesitarán que Ben esté presente en la grabación, así que...

—¡Doctor! —exclama Morrie. Bebe un sorbo de una taza de café con una mano y extiende la otra hacia mí, pero no me choca el puño—. Se supone que tengo que entregarle esto —anuncia.

Me entrega un sobre con mi nombre, pero cuando comienzo a romperlo, me lo arrebata.

—Tiene que encontrar los cuatro. ¿Ve? —Morrie da vuelta el sobre, y como era de esperar, hay un mensaje con la escritura poco cuidadosa de Ben.

1 de 4. Encuéntralos todos y léelos en orden. NADA DE ESPIAR, ARTHUR.

—Bueno... —Echo un vistazo a la carta de nuevo, y levanto la mirada hacia Morrie—. ¿Dónde están las demás?

—Tiene que encontrarlas —dice Morrie, encogiéndose de hombros. Y luego hace girar su taza.

Es de Dream & Bean.

Me quedo boquiabierto.

—¿Esa es una de las pistas?

—No lo sé. ¿Lo es?

Dos calles hasta Dream & Bean. Creo que mis pies no tocan el suelo durante todo el camino hacia allí. Ni siquiera sé qué espero encontrar. Un sobre, ¿supongo? ¿Un conjunto de sobres, revoloteando en el aire al estilo Harry Potter?

Pero cuando empujo la puerta, no hay papeles flotando. Nada de magia. Solo un conjunto de neoyorquinos anónimos que forman fila para conseguir su descarga de cafeína.

Un conjunto de neoyorquinos anónimos… y Juliet y Namrata.

—¿Qué estáis haciendo aquí?

—Manteniéndote concentrado en tus deberes, como siempre. —Namrata señala la cartelera de anuncios con el mentón—. Búscala, amigo.

—¡Mi próxima pista!

Veo el sobre de inmediato. Se encuentra exactamente en el mismo lugar que ocupaba mi anuncio. 2/4. *Arthur, ¡¡¡ya lo tienes!!!!*

Lo guardo debajo del primer sobre, y abrazo ambos contra el pecho. Luego le envío un mensaje a Ben. **Búsqueda del tesoro, ¿¿eh??**

Me responde de inmediato con un 🙇.

¿A dónde voy ahora?

Mmm, si tan solo hubiera alguien allí a quien pudieras preguntarle… 🙄.

Ahhhhhh, escribo… y como esperaba, cuando levanto la mirada, las chicas me están mirando con la misma sonrisa divertida. El corazón me da una voltereta en el pecho. Me deslizo de regreso a su mesa.

—Aquí está tu pista —anuncia Juliet, sosteniendo en alto su teléfono—. La verdad es que no la entiendo.

Es una foto. De una rata.

—¡Listo! —Corro hacia la puerta, pero luego me detengo de pronto—. Esperad.

—¿Esperad qué? —pregunta Juliet.

—Guau. Ay, Dios. Me voy a ir. Esta es nuestra… despedida.

—No, no lo es —dice Namrata—. Tus archivos Shumaker son un desastre. Te estaré llamando con preguntas todos los días durante un mes.

La abrazo.

—Bien.

—Pero echaremos de menos tu cara —dice Juliet.

—Un poquito —acota Namrata.

—Mucho —corrige Juliet.

Las abrazo a ambas y echo a correr hasta que llego a la esquina y pido el primer taxi que veo. No me importa si el lugar se encuentra solo a algunas calles: no voy a jugar con el tiempo hoy. Miro por la ventanilla del asiento trasero, prácticamente saltando de los nervios. Cuando el conductor por fin se detiene en el karaoke, le entrego con prisa el dinero y salgo a toda velocidad.

Y allí está Dylan en la acera, sosteniendo su teléfono, un par de auriculares y una gigantesca taza térmica de café. Se sobresalta de forma visible cuando me ve.

—Mierda. Seussical, llegas temprano. Vale, toma estos. —Me coloca los auriculares sobre las orejas y bosteza con la boca bien abierta—. Maldito Benosaurio. Es demasiado temprano, vale, espera, está sin sonido. Espera. —Toca la pantalla de su teléfono—. Y... ¿ahora?

—Así que... ¿reggae? —Comienzo a preguntar, pero un momento más tarde lo entiendo. No es solo cualquier reggae. Es Ziggy Marley—. ¿Es esta...?

—¿Una canción sobre un cerdo hormiguero? —interrumpe Dylan—. Absolutamente.

Arthur Read, mi alter ego de gafas. El rey del jersey amarillo corte en V. El puño que dio origen a miles de memes.

Dylan parece pensativo.

—No soy el único que está pensando cómo sería el cruce entre una rata y un cerdo hormiguero, ¿verdad?

—Mmm. Es probable que sí.

—¡Arthur! —Levanto la mirada y veo a Samantha girando en la esquina. Corre hacia nosotros y de inmediato me estruja en un abrazo—. ¡Llegas temprano! Tus próximas pistas no están aquí todavía, pero están llegando en, bueno, un segundo.

—¿Pistas, plural?

—Definitivamente plural.

—¿Has terminado con mis auriculares, Seussical? —Dylan me los arranca de las orejas antes de que pueda responder—. Ey, no mires ahora…

Y en ese segundo los veo. Están cruzando la calle ahora, caminando hacia nosotros, sus pasos perfectamente sincronizados. Pero no llevan puestos monos esta vez. Ahora llevan petos.

—No me lo puedo creer —murmuro.

—Yo…

—Este es Wilhelm y este es Alistair —dice Samantha—. Y están aquí para acompañarte a tu última parada.

No puedo dejar de mirarlos. Los bigotes de Dalí. Los moños. Cómo son incluso más idénticos de cerca. Cada uno está sosteniendo un sobre con la escritura de Ben.

—¿Cómo… os encontró? —pregunto.

Wilhelm sonríe, el bigote temblando.

—Craigslist.

—No me lo puedo creer.

Mierda. Ben escribió una conexión perdida. Para mí. Bueno, para los gemelos. Pero yo soy la razón por la que lo hizo. Yo.

—Revisamos Craigslist todos los días —dice Alistair—. Hemos tenido treinta y seis conexiones perdidas desde que nos mudamos aquí.

—Eso es… ¿algo bueno? —pregunta Dylan.

—Es algo muy bueno —afirma Wilhelm—. Abre los sobres.

—En orden —me recuerda Samantha.

La escritura de Ben. Cuatro oraciones.

Arthur, sé que tú eres el de los grandes gestos y el que siempre va más allá.

Pero la verdad es que nadie merece un gran gesto más que tú.

Yo no soy tan creativo, pero esta vez es mi turno.

Mi turno de hacer que camines un poco más allá. Un kilómetro más. Te quiero.

Los ojos se me llenan de lágrimas, me siento tan dolido y feliz y extraño. Cuando me quiero dar cuenta, los gemelos me están escoltando de regreso al norte de la ciudad. Ni siquiera parece real. Si no fuera por mi corazón agitado, juraría que he escapado de mi cuerpo. Los gemelos no dejan de hacerme preguntas sobre música y películas y Ben, pero apenas puedo formular palabras. Es difícil ser un Arthur que funcione con normalidad cuando tu corazón vive en cuatro sobres.

Intento respirar. Ser normal. Llevar una conversación.

—¿Vosotros vivís en, eh, Brooklyn?

—Nah, Upper West Side. Bueno, *solíamos* vivir en el Upper West Side, pero acabamos de mudarnos otra vez con nuestros padres a Long Island.

—Estamos escribiendo un webcómic —anuncia Wilhelm.

—Sobre dinosaurios —añade Alistair.

Me detengo en seco.

—Por supuesto que sí.

Wilhelm señala la calle.

—Mira, ya casi llegamos.

Sigo sus miradas. Y sin dudarlo, lo sé.

Me separo de ellos a toda velocidad, esquivo cochecitos de bebés, me interpongo entre parejas, aferrando los sobres contra el pecho. Estoy seguro de que estoy siendo ridículo, o al menos ridículamente decidido. Ni siquiera sabía que podía correr así de rápido. Soy un sureño que mide uno sesenta y siete y lleva gafas, y soy el chico más jodidamente veloz de toda Nueva York.

Veo su fachada a una calle de distancia, sus paredes de piedra blanca brillan en el sol.

La oficina de correos de los Estados Unidos.

Y allí está Ben, apoyado contra la pared junto a la puerta, manteniendo en equilibrio una caja de cartón sobre su rodilla.

38
BEN

Martes 7 de agosto

Estamos de nuevo en el comienzo.

Arthur entra en la oficina de correos, y guau. Su cara es lo mejor. Como siempre. No importa si solo está leyendo preguntas de Química en fichas de estudio o comiendo un perrito caliente o si está avergonzado porque sus padres están hablando de su infancia o incluso ahora, cansado y llevando gafas. Mi corazón se desboca, lo que no sucedió cuando nos encontramos por primera vez. Debió haber sido amor a primera vista como todas las grandes historias, pero yo no estaba listo todavía. Y eso está bien. Aun así, logramos algo maravilloso. La peor historia hubiera sido nunca volver a encontrarnos, o ni siquiera habernos encontrado en primer lugar.

Apoyo la caja en el suelo y me abraza.

—¿Cómo lo he hecho? —pregunto—. Planear un recorrido de recuerdos me parecía una manera épica de cerrar este verano.

—La mejor ovación final —dice Arthur—. No quiero que esto se termine.

—Yo tampoco. En serio.

—Quiero una máquina del tiempo. Regresar y hacer todo bien. Literalmente todo habría sido diferente si te hubiera preguntado el nombre. Simplemente te habría seguido en Instagram y habríamos partido desde allí.

—El universo sabía que eso era demasiado fácil y fue más astuto que nosotros. —Le beso la frente—. Todo significa mucho más por los obstáculos que superamos, ¿verdad?

No sé si somos una historia de amor o una historia sobre el amor. Pero sé que lo que sea que seamos es maravilloso porque seguimos superando los obstáculos juntos.

—Todavía quiero la máquina del tiempo —insiste Arthur—. Para poder saltar al futuro. Quiero irme ahora mismo y ver dónde terminamos.

—Me gustaría hacer lo mismo —digo.

Mira la caja.

—Mejor que eso no sea lo que pienso que es. No completemos este círculo con mi propia caja de la ruptura.

—No lo es. —Tomo la caja—. Es una caja de mejores amigos.

—¿En serio? —Su sonrisa todavía será maravillosa en FaceTime, pero no será lo mismo.

—En serio. Pero no se lo cuentes a Dylan. No cree en los múltiples mejores amigos y quizás contrate a alguien para hacerte desaparecer.

—Lo tendré en cuenta. ¿Qué hay dentro?

—Solo algunas cosas para que siempre recuerdes nuestro verano.

Arthur sacude la cabeza.

—No necesito esta caja para recordar.

—Muy bien. Supongo que guardaré esa escena tan sexy entre Ben-Jamin y el rey Arturo en el dorso de una postal de Central Park...

—Quiero la caja.

—... Y la galleta envasada de Levain Bakery que se suponía iba a ser toda para ti.

—¡He dicho que quiero la caja!

Lo echaré mucho de menos a él y a su energía incansable.

—También hay un imán de turista con mi nombre. Y yo guardaré uno con el tuyo. —Respiro hondo ante su silencio—. Y enmarqué la foto que Dylan nos hizo con tu tarta de cumpleaños. Tengo una en mi habitación también.

Arthur está llorando.

—Gracias por esto. Por todo. Por esta mañana. Por este verano. Sé que soy a veces demasiado cargante, pero siempre has sabido sobrellevarlo.

Río un poco.

—Somos lo peor. Es decir, somos lo mejor. Pero lo peor. Tú siempre piensas que eres demasiado y yo siempre siento que no soy suficiente.

—Lo diré cientos de veces, eres más que suficiente.

—Estoy comenzando a creerte.

Llegamos a la ventanilla del empleado y beso el nombre de Arthur en la caja antes de entregarla. El empleado me lanza una mirada de «qué demonios» porque él no sabe por lo que Arthur y yo hemos pasado en las últimas semanas para estar aquí ahora mismo.

Una vez que la caja ha emprendido su camino, nosotros también lo hacemos.

Esta vez, cuando salgo de la oficina de correos, estoy sosteniendo la mano de Arthur. Nos detenemos debajo del letrero metálico.

—Una última foto para posponer la partida —dice Arthur, cogiendo su teléfono.

Cierro los ojos y beso su mejilla mientras él hace la fotografía. Cuando miro la imagen, Arthur tiene esta sonrisa de ganador de la lotería de *Hamilton*.

Esa sonrisa se ha desvanecido cuando levanto la mirada hacia él.

—No puedo creer que de verdad me esté yendo.

—Yo tampoco.

Esta mañana no podría ser peor para despedir a Arthur. Estamos caminando hacia el instituto, donde tengo que aprobar un examen que determinará mi futuro. Como si las cosas no fueran lo suficientemente complicadas. Pero me siento bien. Triste y nervioso, pero esperanzado. Apuesto a que seré la única persona riendo en la clase gracias a las ridículas pero muy útiles reglas mnemotécnicas de Arthur que me conducirán a la victoria.

—No estoy listo —anuncio fuera del instituto.

Está llorando.

—Yo tampoco.

—Arthur, sabes que lo intentaría si pensara que podemos derrotar al mundo, ¿verdad?

—Lo sé. Nunca dejamos que nada se interpusiera en nuestro camino, pero esto es…

—Otro nivel. No puedo perderte para siempre. No puedes ser alguien que solo conocí durante un verano. Tengo que conocerte todos los veranos.

—Lo harás —promete Arthur.

Juntamos nuestras frentes y él enjuga mis lágrimas.

—Debería ir entrando —anuncio, aferrándome a él como si estuviera colgado al lado de un edificio y él fuera la cornisa.

—Debería ir a coger mi vuelo —dice Arthur entre lágrimas.

—Vale, rey Arturo.

—Vale, Ben-Jamin.

Se acerca. Nuestro último beso. Me mantengo junto a él porque este es el momento, esto es todo lo que tendremos para atravesar los días venideros donde no podremos cogernos de las manos o besarnos o despertar uno junto al otro. Intento separarme pero no dejo de volver a él. No es suficiente y nunca lo será, así que hago una cuenta atrás lenta de diez en mi cabeza y cuando llego al cero nos separamos.

—Empezaré a caminar —anuncia Arthur—. Y no podré volverme una vez que comience. Pero no deberías quedarte aquí parado mirándome en caso de que haga trampa. Solo entra corriendo al instituto. ¿Vale? —Se aleja un paso.

Asiento.

—Te quiero, Ben.

—Yo también *te quiero*, Arthur —digo en español.

Nuestros dedos se desenlazan y eso es todo. Arthur de alguna manera encuentra la fortaleza para darse la vuelta y yo me siento más vacío con cada paso rápido que él da. Llega hasta el final de la calle y se detiene. El tiempo suficiente para que yo espere que haga un giro de ciento ochenta grados y regrese corriendo para buscar otro beso. Pero sigue moviéndose. Es lo mejor. Subo corriendo los escalones del instituto y mi teléfono vibra. Es Arthur, que me envía la foto en la que lo estoy besando frente a la oficina de correos. Una fotografía que enciende los recuerdos del verano y no me siento vacío. Me siento como si estuviera respirando esperanza.

El universo no nos reuniría solo durante un verano, ¿verdad?

Epílogo

¿Y si fueras tú y si fuera yo?

ARTHUR

Quince meses más tarde
Middletown, Connecticut

Ethan no responde.

Me siento ridículo, encogido contra una pared, a dos pasillos de la habitación de Mikey. Se supone que estoy en una fiesta, viviendo la vida del Arthur Universitario. Pero el Arthur Universitario y las fiestas universitarias no se llevan bien. Ya han pasado más de dos meses de mi primer año, así que oficialmente puedo decir eso. Es decir, sigo intentándolo de todas maneras, mayormente para tener La Experiencia, pero también porque dudo mucho de que Lin-Manuel Miranda se haya quedado en su habitación toda la noche mirando YouTube y desperdiciando su oportunidad. Pero las fiestas me hacen sentir nervioso, lo que me hace hablar demasiado, y luego todos piensan que estoy borracho cuando no lo estoy, porque seamos sinceros: nadie está listo para conocer al Arthur Borracho, ni siquiera yo.

En fin, le dije a Mikey que estaría allí, así que estoy aquí. O al menos *estaba* aquí, hasta que vi la historia de Instagram de Ethan. Ahora soy el mejor amigo, presentándome a cumplir mi deber.

Intento enviarle un mensaje. **¿Estás bien, amigo?**

Nada. Cinco minutos más tarde, todavía nada, ni siquiera puntos suspensivos, y me siento un poco preocupado por eso. Cuando

Jessie me dio la noticia ayer, lo hizo sonar como si hubiera sido mutuo. Hablé con ella dos veces desde entonces, y parece estar bien, triste, pero bien. Pero Ethan no responde mis llamadas. Apenas ha estado respondiendo mis mensajes.

Apoyo la cabeza contra la pared de cemento y cierro los ojos. Quiero decir, estoy seguro de que Ethan está bien. Tal vez esté ignorando mis mensajes porque ya ha conocido a una increíble chica nueva que puede cantar y tocar el piano y que se parece a Anna Kendrick. Tal vez *sea* Anna Kendrick. Aunque uno sabría que Ethan soltaría que le gusta más la banda sonora del elenco original de *The Last Five Years* que la película, con lo que estoy de acuerdo, pero ¿no sería poco educado sería decirle eso a Anna Kendrick? Así que seguramente ella cortará con él, lo que significa que lo habrán dejado dos veces, lo que significa que estamos como al principio, pero peor.

Será mejor que lo vuelva a llamar.

La llamada entra directamente en el buzón de voz. Durante un instante, solo miro mi teléfono, escuchando a medias la canción de Radiohead que se filtra desde la habitación de alguien. Odio lo indefenso que me siento. Y no la clase romántica de indefenso. No la clase de Eliza Schuyler. Se parece más a la sensación que tienes al ver el final de *Titanic*. Quieres meterte en la pantalla y enderezar el barco. Quieres arreglar lo que no tiene arreglo.

Un mensaje de Mikey: **Ey, ¿dónde te has metido?**

Debería responderle. En realidad, solo debería regresar a la fiesta. Ni siquiera es la clase de fiesta intimidante. En su mayoría solo hay gente cantando *a capella* sentada en la cama de Mikey y bebiendo. La universidad es así, al menos Wesleyan es así. Es como si los frikis hubieran llegado al poder, hubieran echado a todos los chicos populares y les hubieran robado toda la hierba y el alcohol. Lo que no es decir que todo aquí se trate de fumar y beber. Mucha gente simplemente se sienta a hablar, o jugar, o hacer arte, y a veces están desnudos, y de cierta manera me encanta eso. No la desnudez en particular. Pero sí esa mentalidad de *me importa todo una mierda*. Wesleyan también tiene los chicos más atractivos, mucho más atractivos que una universidad de Connecticut que permanecerá innombrable hasta que la nombre. Ni siquiera le guardo rencor a Yale por haberme puesto en la lista de espera. Así de atractivos son los chicos aquí. Por ejemplo: Mikey, con su pelo decolorado y sus gafas metálicas y su habilidad superior a la media para besar. Diría que es el tercer mejor besador de los seis chicos que he besado. El segundo mejor fue ese chico que conocí cuando visité a Jessie en Brown. El primero fue Ben.

Ben. A quien debería llamar por FaceTime. Él sabe de rupturas, y lo que es más importante, conoce a Ethan. Y más importante aún, llevo puesta una camisa y una chaqueta de punto y gafas, y me estoy sintiendo como yo mismo esta noche. También, hace algunas semanas, Ben me envió un mensaje de texto estando borracho para decirme que estaba sexy con mis gafas. Así que, eso sucedió.

Ben me responde al instante.

—¡Justo estaba pensando en ti!

—¿Sí?

Asiente.

—Pero no me vas a dar más detalles, ¿verdad?

—Verdad. —Su rostro se ilumina con una sonrisa, y guau. Tenemos que llamarnos por FaceTime con más frecuencia, porque su sonrisa siempre ha sido mi sonrisa favorita. Se ha cortado el pelo desde el último selfie que publicó, ahora lo lleva un tanto más largo en la parte de arriba, pero es sutil. Está perfecto. Lo que es algo que noto de una manera estrictamente platónica. Me limitaré a quedarme aquí con un montón de pensamientos platónicos sobre Ben. Aunque él esté en su cama. No es que esté pensando en todas las cosas que *nosotros* hemos hecho en esa cama. Puedo apreciar la cama como un elemento funcional y bien fabricado de mobiliario. Ben se recuesta sobre sus almohadas y bosteza.

—¿Qué sucede?

Será mejor que lo diga de una vez.

—Jessie lo ha dejado con Ethan.

Ben se sienta.

—No me lo puedo creer.

—Yo tampoco. Es raro.

—Ya lo creo. Vaya. ¿Cómo lo están llevando?

Estiro las piernas frente a mí, y me acomodo para hablar un rato largo.

—Jessie está bien, creo. Es Ethan quien me preocupa. ¿Has visto su Instagram?

—No últimamente.

—Ben, es malo. Publicó una historia en la que está cantando «I'll Cover You», de *Rent* y está llorando, y… no lo sé. ¿Puedes sacar músculo por encogerte de la vergüenza ajena?

Ben hace una mueca.

—¡Ay, no!

—Lo que sea que te estés imaginando, es peor. Solo tienes que verla.

—Pobre Ethan.

—Lo sé. —Me cubro la cara con una mano—. Dime que esto se vuelve menos incómodo.

—¿Te refieres a las rupturas?

—Sí, es decir… Yo solo he tenido la nuestra, y la nuestra fue increíble.

Ben se ríe.

—La mejor ruptura de todos los tiempos.

—Lo sé. Nos lucimos. —Suspiro—. Tal vez Ethan y Jess se recuperen también.

—Tal vez. Seguro que lo harán.

—¿Debería visitarlo en la UVA? No quiero que parezca que estoy escogiendo bandos. Jessie también es mi amiga.

—Eso es complicado —Ben arruga la nariz, y es tan mono que hace que mi corazón dé un brinco. Nunca superaré esas pecas. Jamás—. Pero se vuelve más fácil. Ya lo verás. Míranos a mí y a Hudson.

Entrecierro los ojos.

—Intento no hacerlo.

—Me encanta que todavía sientas celos de Hudson. Todavía.

—Siempre.

Sacude la cabeza, sonriendo.

—Solo digo, no es exactamente como solíamos ser, pero estamos bien. Nos enviamos mensajes. No hablamos mucho, pero…

La puerta de alguien se abre de forma repentina, y de pronto estoy rodeado de chicas que llevan bufandas, y guantes, y gorros con pompones. Hablan fuerte, están felices y ruborizadas, probablemente algo borrachas, y una de ellas me choca el puño cuando pasa junto a mí.

—¿Dónde estás? —pregunta Ben.

—En el Butts. La residencia estudiantil Butterfield.

—¿La llaman el Butts, como *trasero* en inglés? ¿La gente vive en un lugar llamado Trasero?

—Sip. La gente literalmente está teniendo una fiesta en un Trasero en este momento. Por eso estoy aquí. Me escapé de una fiesta en un Trasero.

—Guau. —Ben ríe—. ¿Del trasero de quién?

Me siento sonrojar.

—De un chico.

—Ah, cierto. ¿El del grupo de *a capella*?

—Mikey.

—Ah, está bien. —Hace una pausa—. Así que… ¿vosotros estáis …?

—No —me apresuro a decir—. No lo creo. Es decir, es dulce. Pero se llama como mi padre.

—No puedes hacer nada para cambiar eso.

—Vale. Y escucha esto. Piensa que *Hamilton* es un musical bueno, pero no maravilloso. ¡Y no le gustan los juegos de arcade! Es raro, ¿verdad?

—Arthur, a ti no te gustan los juegos de arcade.

—Lo sé, pero él parece ser alguien a quien le gustarían y no es así, y no me gusta eso. —Me encojo de hombros—. En fin, ¿qué me cuentas tú? ¿Estás…?

—Jodidamente soltero —responde Ben con alegría—. Pero Dylan y Samantha vendrán más tarde.

—Ay, Dios, ¡cómo los echo de menos! ¿Recuerdas esa noche en el apartamento de Milton?

—Por supuesto.

—Un poco extraño, eh, que de todas las parejas de esa noche, Dylan y Samantha sean oficialmente la última en pie.

—Eso es extraño. Guau.

Y durante un minuto, simplemente nos miramos, y juraría que el aire se ha vuelto más espeso. No he vivido en el mismo estado que Ben desde que nos despedimos ese verano. Pero mi corazón y cerebro y pulmones nunca recuerdan eso.

La verdad es que no sé cómo hacer esto. He pasado demasiado tiempo googleando. *¿Cómo apagar un sentimiento? ¿Cómo hacer que me guste solo platónicamente?*

Cuando Ben por fin habla, lo hace en voz baja y suave.

—Todavía seguimos en pie.

—¿Qué? —Lo miro extrañado. Estoy sentado en el pasillo de una residencia contra una pared. Él está sentado en una cama.

—Quiero decir, todavía estamos aquí. Todavía somos nosotros. Todavía estás en mi vida.

—Muy buen apunte.

Y es verdad. Me encanta su sonrisa. Me encanta su voz. Me encanta su cara. Me encanta que viva en mi teléfono, incluso ahora. Me encanta ser su amigo. Su *mejor* amigo.

Mi mejor amigo, Ben.

Quizás eso es lo que el universo quería. Quizás eso seamos nosotros.

BEN

Un mes más tarde
Nueva York, Nueva York

Eso es todo. De verdad es todo. El final.

No puedo creer que lo haya hecho.

El capítulo final de *La guerra del mago maléfico* está publicado en Wattpad.

Estoy con las piernas cruzadas sentado en mi cama, el mismo lugar contra la pared donde terminé el primer borrador en diciembre. Un par de días antes de Año Nuevo. Cumplí con mi meta. Estaba escuchando Lana Del Rey en ese entonces y hoy estoy relajándome con un cover de la canción «I'm on Fire», de Chromatics. Lo que me falta ahora es esa sensación de privacidad. No hay nadie esperando capítulos nuevos. Excepto Arthur. Es tan diferente ahora. He estado publicando en serie mis capítulos editados desde enero. Comenzó con algunos cientos de lecturas que luego escalaron a miles en febrero. Estoy seguro de que este capítulo final hará que el número de lecturas alcance los cincuenta mil, lo cual es una locura. Le debo mucho a esa increíble portada que Dylan le encargó diseñar a Samantha la última Navidad. A la comunidad le encanta; los lectores incluso nos encontraron a mí y a Samantha en Instagram para felicitarnos.

Publiqué el capítulo hace solo un par de minutos y ya quiero actualizar la página para ver si hay nuevas lecturas y reseñas.

Solo para corroborar que los treinta y nueve capítulos previos no hayan sido un golpe de suerte. Quiero entrar en Tumblr y revisar mis etiquetas como si los fanáticos hubieran tenido el tiempo de improvisar un *fan-art* épico de la escena donde Ben-Jamin aniquila a los Devoradores de Vidas sin la ayuda de nadie y rescata al rey Arturo, al Duke Dill y a la Soberana Harrietta. O de la escena en la que Ben-Jamin une fuerzas con la Hechicera Coronada, Sam O'Mal, para exorcizar a los espíritus malvados que estaban poseyendo a Hudsonien y que él pudiera volver a encontrar la felicidad.

Pero en lugar de hacer todo eso, cojo mi teléfono y llamo por FaceTime a la persona que me alentó a publicar mi historia en primer lugar. Es como si estuviera completando un círculo, ya que también llamé a Arthur cuando terminé mi primer borrador.

Arthur responde al instante. Sonrisa exultante y gafas.

—¡Me ha llegado la notificación de Wattpad de que Beniel el Travieso ha subido un nuevo capítulo! Estaba a punto de llamarte.

—Dices eso todo el tiempo —digo, sacudiendo la cabeza.

—¡Tú también!

—Es verdad. —Siempre nos llamamos cuando más necesitamos hablar con alguien. Como la semana pasada, cuando lo llamé por FaceTime desde Dave & Buster's para enseñarle la máquina de peluches de nuestra primera cita y me enteré de que estaba entrando en pánico en su dormitorio y estaba listo para dejar *a capella* porque había dejado las cosas con Mikey. Él tenía la necesidad de escuchar a alguien que hubiera sobrevivido al instituto de verano con su exnovio y me prometió que cantaría aún más fuerte.

Arthur está en su habitación, de regreso en Georgia para pasar sus vacaciones. A veces olvido que nunca estuve allí porque siento que conozco mucho su casa, en especial su habitación, por todas las horas que hemos pasado hablando por FaceTime.

—Estoy muy orgulloso de ti —dice Arthur—. Lo has logrado.

Que él me diga que lo he conseguido, hace que todo este asunto del libro sea más real. Cala más hondo que ver el capítulo final online o cambiar el estatus de la historia de *En progreso* a *Completa*.

—No podría haberlo hecho sin ti —comento.

—Tú eres el que escribió el libro —resalta Arthur.

—No estoy seguro de que lo hubiera terminado si tú no me hubieras alentado a hacerlo.

Arthur se deja caer en la cama donde leyó los primeros capítulos antes que nadie.

—Yo, el rey Arturo, soy tu primer fan, Ben-Jamin.

En más de un sentido; realmente creo en mí mismo gracias a él.

Le he agradecido miles de veces que me hubiese ayudado a estudiar en su última noche en Nueva York, porque esas reglas mnemotécnicas me ayudaron a aprobar el instituto de verano para poder pasar al último año con Dylan, Hudson y Harriett. Me tomé el instituto muy en serio después de ese miedo a suspender. Me puse el desafío de no solo llegar temprano —o al menos a tiempo—, sino también tener una asistencia perfecta para no sentir que me estaba retrasando en las asignaturas como antes. Llegué tarde algunas veces y falté en dos ocasiones porque todavía sigo siendo yo, pero en general no lo hice tan mal. Dylan, Harriett, Hudson y yo logramos graduarnos sin matarnos entre nosotros, y nuestra fotografía con togas y birretes está colgada justo al lado de la de Arthur y yo en el día de su cumpleaños.

La universidad en la ciudad ha sido más difícil, pero estoy lidiando con ella. Cuando me imaginaba la vida universitaria, pensaba que estaría compartiendo una habitación con Dylan y colgando una corbata de Hufflepuff en el picaporte cuando estuviera con un chico, y Dylan nos interrumpiría de todas maneras. Pero estoy en casa con mis padres mientras Dylan y Samantha se encuentran en Illinois. Por suerte, Hudson y Harriett todavía siguen en la ciudad, aun cuando nuestra amistad probablemente nunca vuelva a ser como solía ser. Quizás llegamos al punto máximo como grupo antes de empezar a salir entre nosotros. Pero estamos mejor ahora que cuando las cosas eran complicadas.

—No sé qué me espera —digo. Mis dedos están inquietos.

—Siempre te suplicaré para que publiques una secuela —comenta Arthur—. Para que sigas la historia.

—Pero ¿y si debería dejar ir a la historia ahora que tiene éxito?

—¿Cómo lo sabrás a menos que le des otra oportunidad?

Sonrío.

—Como un nuevo intento.

Estoy bastante seguro de que ya no estamos hablando sobre mi libro. Al menos Arthur está siendo mucho más sutil de lo que solía ser. A diferencia del año pasado, cuando me dio a entender muy evidentemente que él debería viajar a Nueva York para que pudiéramos pasar Año Nuevo juntos y observar la caída de la bola a la medianoche y que, si nos besábamos, a él le parecería bien. Eso no sucedió, pero Arthur todavía es la última persona a la que besé. Una vez pensé que estaba enamorándome de un chico de mi clase de escritura creativa, pero eso no duró. Solo necesito más tiempo conmigo mismo, creo. Para realmente creer en lo que valgo sin la ayuda de nadie. No significa que no repase las letras del nombre de Arthur del imán que compré para que acompañara al que lleva mi nombre. O que no mire la foto de cuando lo besé frente a la oficina de correos donde nos conocimos. O que no esté constantemente pensando en el futuro y preguntándome: ¿Y si...?

—Nunca digas nunca —dice Arthur—. ¿Verdad? —Tanta esperanza reside en una palabra.

—Verdad —respondo—. Nunca se sabe lo que el universo tiene planeado para nosotros.

Yo no sé lo que *nosotros* tenemos planeado para nosotros.

¿Y si hubiera un nuevo intento en el futuro para nosotros? ¿Y si termináramos de nuevo en la misma ciudad y retomáramos las cosas donde las dejamos? ¿Y si llegáramos tan lejos como una vez esperamos que llegaríamos y, *bum*, final feliz para nosotros? Pero ¿y si eso fuera todo? ¿Y si nunca nos volviéramos a besar? ¿Y si estuviéramos presentes en los grandes momentos de cada uno, pero ya *no* en el corazón de esos grandes momentos? ¿Y si el universo siempre quiso que nos conociéramos y permaneciéramos en la vida del otro para siempre como mejores amigos? ¿Y si reescribiéramos todo lo que esperamos de los finales felices?

O…

¿Y si todavía no hubiéramos visto lo mejor de nosotros?

¿TE GUSTÓ ESTE LIBRO?

Escríbenos a

puck@edicionesurano.com

y cuéntanos tu opinión.

ESPAÑA ⟩ 🅵 /MundoPuck 🐦 /Puck_Ed 📷 /Puck.Ed

LATINOAMÉRICA ⟩ 🅵 🐦 📷 /PuckLatam

▶ /PuckEditorial

¡Gracias por vivir otra
#EXPERIENCIAPUCK!